ཐུའུ་ཡོའུ་ཡོའུ།

འཛམ་གླིང་ལ་གྲགས་རྒྱན་ཐེབས་པའི་ཀྲུང་གོའི་སྟོ་ཛྭ་ཚུང་ཚུང་ཞིག

ཞའོ་ལེའུ་ཡིས་བརྩམས།
བསོད་ནམས་ཚེ་རིང་གིས་བསྒྱུར།

སི་ཁྲོན་མི་རིགས་དཔེ་སྐྲུན་ཁང་།

图书在版编目（CIP）数据

屠呦呦：影响世界的中国小草：藏文 / 徐鲁著；索南才让翻译. — 成都：四川民族出版社，2023.1

ISBN 978-7-5733-1112-2

Ⅰ. ①屠… Ⅱ. ①徐… ②索… Ⅲ. ①传记小说—中国—当代—藏语 Ⅳ. ①I247.5

中国国家版本馆CIP数据核字(2023)第025198号

屠呦呦：影响世界的中国小草

TUYOUYOU: YINGXIANG SHIJIE DE ZHONGGUO XIAOCAO

徐鲁 / 著　　索南才让 / 翻译

出 版 人　泽仁扎西
责任编辑　才秀加　旦知道吉　陈　敏　刘　敏
版式设计　林　瑶
责任印制　温祥宇
出版发行　四川民族出版社
（四川省成都市青羊区敬业路108号）
成品尺寸　130mm × 185mm
印　　张　6.5
字　　数　75千
制　　作　成都华桐美术设计有限公司
印　　刷　四川华龙印务有限公司
版　　次　2023年1月第一版
印　　次　2023年1月第一次印刷
书　　号　ISBN 978-7-5733-1112-2
定　　价　28.00元

དཀར་ཆག

ན་ཆུང་གྲོགས་པོ་ཚོར་བྲིས་པའི་གཏམ།

གཅིག་དགུ་སུམ་ཅུ་ལོའི་ཟླ་བཅུ་གཉིས་པའི་ཚེས་སུམ་ཅུ་ཉིན། འཛམ་གླིང་ཡོངས་ནས་དབྱིད་གསར་དུས་ཆེན་བསུ་བཞིན་ཡོད། ཀྲེ་ཅང་ཞིང་ཆེན་ཉིན་པོའི་གྲོང་ཁྱེར་ཁེ་མེན་སྲང་ཚོགས་ཀྱི་ཁྱིམ་ཚང་དཔེ་ཆ་སློག་པར་སྤྲོ་བ་ཞིག་ཏུ། བུ་མོ་ཆུང་ཆུང་ཞིག་གི་ངུ་སྐད་ཀྱི་དབྱངས་ཧ་སྙན་མོ་མི་ཡུལ་ནས་མཆེད།

མོ་ནི་མིང་དུ་གྲགས་པའི་ལྷ་རྗེ། ཉིས་སྟོང་བཅོ་ལྔ་ལོར་ནོ་སྦེར་དངོས་ལུགས་རིག་པའམ་ཡང་ན་གསོ་རིག་བྱ་དགའ་ཐོབ་མཁན། ཀྲུང་གོའི་ཐེངས་དང་པོའི་ནོ་སྦེར་ཚན་རིག་བྱ་དགའ་ཐོབ་མཁན་གྱི་སྐྱེས་མ་ཚན་རིག་པ་ཐུའུ་ཡོའུ་ཡོའུ་ཡིན།

ཐུའུ་ཡོའུ་ཡོའུ་ལ་སྨན་ལྡུ་ཡོད་པ་ལས་མོ་ནི་བུ་མོ་

གཅིག་པུ་ཡིན། མོའི་མིང་ནི་ཀྲུང་གོའི་གནའ་བོའི《སྙན་གཞུང་》（诗经）ལས “ཤ་སྐད་ལྷང་ལྷང་། རི་མགོའི་ཧོའོ་རྩྭ་ཟ” ཞེས་པའི་ཚིག་ལས་ཟུར་ཏུ་བཏོན་པ་ཡིན། ཀྲུང་གོའི་སྲོལ་རྒྱུན་རིག་གནས་ཀྱི་རྟུས་མིང་འདི་ཡིས་ལུང་བསྟན་གྱི་ཚུལ་གྱིས་མ་འོངས་པའི་ཉིན་གཅིག །ཐུའུ་ཡོའུ་ཡོའུ་ཡི་བྱ་གཞག་དང་ཞུགས་འདུན་ངོ་མཚར་ལྡན་པའི་རྩི་རྩྭ་ཆིན་ཧོའོ་ལ་འབྲེལ་ནས་མངོན་འགྱུར་བྱུང་བ་མཚོན་ནོ། །

ཐུའུ་ཡོའུ་ཡོའུ་ཡིས་ཆུང་དུས་ཐེངས་མང་པོར་ཉིན་པོའོ་གྲོང་ཁྱེར་གྱི་ཁྲིམ་སྲང་ནས་སྨན་རྩྭ་བཙོང་བ་དང་སྨན་བཙོས་བྱེད་པའི་གནས་ཚུལ་མཐོང་མྱོང་། དེ་བས་བུ་མོ་འདི་ཆུང་ངུའི་དུས་ནས་ཀྲུང་ལུགས་སྨན་རྩྭ་ལ་སྤྲོ་བ་ཟབ་མོ་ཡོད་ཅིང་། དེ་ལ་བརྟེན་ནས་ཕྱིས་སུ་མོས་ཀྲུང་ལུགས་རྩྭ་སྨན་གྱི་གསང་བ་བརྩོལ་བར་བག་ཆགས་ཟབ་མོ་ཞིག་བཞག་ཡོད།

གཅིག་དགུ་ང་གཅིག་ལོར། ཐུའུ་ཡོའུ་ཡོའུ་ཡིས་

པ་ཅིག་སློབ་གྲྭ་ཆེན་མོའི་གསོ་རིག་སློབ་གླིང་ལ་མཐོ་རྒྱུགས་སྤྲད། མོས་འདེམས་པའི་ཆེད་ལས་ནི་སྐབས་དེར་དཀའ་གནད་ཆེ་ལ། སྤྱིར་བཏང་གི་སློབ་མ་རྣམས་ཀྱིས་སྒྲུང་འདོད་མེད་པ་ཞིག་རེད།

ཡིན་ནའང་ཐུའུ་ཡོའུ་ཡོའི་སེམས་སུ། སྨན་རྫས་རིག་པ་ནི་ལོ་རྒྱུས་ཀྱི་རྒྱུན་རིང་བའི་ཀྲུང་ལུགས་གསོ་རིག་ལ་འབྲེལ་བ་དམ་པོ་ཡོད་པས། མོ་རང་ཉིད་ཀྱི་སེམས་ཁོངས་ཀྱི་མཚར་སྣང་ཡོད་ཚད་སྦྲུམ་ནས་ཀྲུང་ལུགས་སྨན་རྫ་དང་ལས་དབང་དམ་པོར་སྦྲེལ།

སློབ་གྲྭ་ཆེན་མོ་མཐར་ཕྱིན་རྗེས། མོས་དཀའ་བ་ཡོད་ཚད་ཐྲག་ཏུ་བླངས་ཏེ་ཀྲུང་ལུགས་སྨན་རྫར་ཞིབ་འཇུག་བྱས། གཅིག་དགུ་རེ་དགུ་ལོར། ཀྲུང་ལུགས་ཞིབ་འཇུག་ཁང་གིས་འདར་ནད་ཀྱི་འགོག་སྨན་བཟོ་བའི་ལས་འགན་སྤྲད་ཅིང་། ཚབ་རྟགས “523” ཅན་གྱི་ལས་གཞིའི་ལན་བཅོལ། ཐུའུ་ཡོའུ་ཡོའུ་ཡིས་ལག་སོ་དང་བཅས་རིག་ཚན་འདི་དང་ལེན་བྱས།

ཞིབ་འཇུག་གི་རྒྱུད་རིམ་ཁྲོད། ཁོ་ཚོས་ཐེངས་མ་གྲངས་མེད་ཅིག་ལ་ཕམ་ཁ་མྱངས། ཡིན་ནའང་ཚོད་ལྟའི་གྲུབ་འབྲས་མངོན་གྱུར་བྱ་ཆེད་ཐུའུ་ཡོའུ་ཡོའུ་ཡིས་གཙོས་པའི་ཚོགས་མི་རྣམས་ཀྱིས་རང་ལུས་ལ་མ་འཛེམ་པར་ཞིབ་འཇུག་བྱས། ལས་གྲོགས་ཀྱིས་ཀུ་རེ་ཀྱལ་ཀའི་ཚུལ་དུ་རང་ཉིད་ནི་དུས་རབས་གསར་བའི་ "སྨན་བརྒྱ་མྱོང་མཁན" དང་ "ཞིང་པ་ཁྱད་པར་ཅན" ཡིན་ཅེས་བཤད།

གཅིག་དགུ་དོན་གཉིས་ལོར། ཐུའུ་ཡོའུ་ཡོའུ་ཡིས་འགོ་ཁྲིད་བྱས་པའི་རིག་ཚན་དེའི་ཚོགས་པས། ཆིན་ཧོའོ་ཡི་རིགས་མང་པོ་ལས་ "ཆིན་ཧོའོ" ཡི་གྲུབ་ཆ་བླངས་ཏེ་འདར་ནད་འགོག་བཅོས་ཐད་ནད་སྲིན་ལ་ཐུང་འབྲེལ་གྱིས་དཔང་རྟགས་བཅལ་ནས་དམིགས་བསལ་གྱི་གྲུབ་འབྲས་བླངས། གྲུབ་འབྲས་དེ་ལ་བརྟེན་ནས་རྒྱལ་ཕྱི་ནས་ཆིན་ཧོའོ་ཡི་ཉིང་འབྲས་དངོས་ལུགས་ལ་ཞིབ་འཇུག་གི་སྒོ་སླེགས་ཕྱེས། ཡིན་ནའང་སྐབས་དེར་མོས་ད་དུང་སྐབས་འདིར་མིའི་རིགས་ཀྱིས་འདར་ནད་

རིམས་འགོག་བྱས་པའི་ལམ་བུའི་ཁྲོད་ཀྱི་རྗེ་རིང་ཆེན་པོ་ཞིག་བསྒྲངས་ཟིན་པ་ཤེས་མེད། ངོ་མཚར་ལྡན་པའི་ཆེན་ཏོའོ་གསར་རྙེད་བྱུང་ནས་མི་ལོ་བཞི་བཅུ་འགོར་རིང་། དེ་ཉིད་ཀྱིས་མི་གྲངས་ཇི་འདྲ་ཞིག་གི་ཚེ་སྲོག་བསྐྱབས་ཐུབ་པ་སུས་ཀྱང་བཤད་དཀའ།

ཉིས་སྟོང་བཅུ་གཅིག་ལོར། ཐུའུ་ཡོའུ་ཡོའུ་ཡིས་འཛམ་གླིང་ན་སྐད་གྲགས་ཆེ་བའི་བྱ་དགའ་སྟེ "གསོ་རིག་ཁྱབ་ཁོངས་ནས་ནོ་ཧྥེར་མཚན་སྙན" ཡོད་པའི་ལ་སི་ཁེ་བླངས།

ཉིས་སྟོང་བཅོ་ལྔ་ལོར། ལོ་ན་བརྒྱད་ཅུ་གྱ་ལྔ་ལ་སོན་པའི་ཐུའུ་ཡོའུ་ཡོའུ་ཡིས་འཛམ་གླིང་ནས་ཀུན་གྱི་མིག་དབང་འཕྲོགས་ཤིང་སྙན་གྲགས་འབར་བའི་ནོ་ཧྥེར་དངོས་ལུགས་སམ་ཡང་ན་གསོ་རིག་བྱ་དགའ་བླངས།

ཅུང་མ་འགོར་བར་ཡང་བསྐྱར "ཉིས་སྟོང་བཅུ་དྲུག་ལོའི་རྒྱལ་ཁབ་ཀྱི་ཆེས་མཐོའི་ཚན་རིག་ལག་རྩལ" བྱ་དགའ་བླངས་ཏེ་ལོ་རྒྱུས་བྱུང་བ་ནས་བཟུང་

བུད་མེད་ཚན་རིག་པ་ཐོག་མའི་མཚན་སྙན་མང་པོ་བླངས། ཉིས་སྟོང་བཅུ་བདུན་ལོའི་ཟླ་དང་པོའི་ཚེས་དགུ་ཉིན་གྱི་སྔ་དྲོ། གྲོང་ཡན་གྱི་མི་དམངས་ཚོགས་ཁང་ཆེན་མོ་ནས་ཐུའུ་ཡོའུ་ཡོའུ་ལགས་མདུན་དུ་གོམས་པ་དལ་མོས་བགྲོད་ཅིང་། རྒྱལ་ཁབ་ཀྱི་ཀྲུའུ་ཞི་ཞི་ཅིན་ཕིང་གི་ཕྱག་ནས “རྒྱལ་ཁབ་ཀྱི་ཆེས་མཐོའི་ཚན་རིག་ལག་རྩལ” བྱ་དགའ་བླངས།

ཉིས་སྟོང་བཅུ་དགུ་ལོའི་ཟླ་དང་པོར། དབྱིན་ཇིའིBBCགསར་ཁང་གིས “དུས་རབས་ཉི་ཤུའི་རླབས་ཆེ་བའི་མི་སྣ” ཞེས་པའི་ཁྲིད་དུ་དེང་རབས་མིའི་རིགས་ཀྱི་འཚོ་བར་ཤུགས་རྐྱེན་ཟབ་མོ་བཞག་པའི་མཛད་རྗེས་ཅན་གྱི་མི་སྣ་འགོད། ཐུའུ་ཡོའུ་ཡོའུ་དང་ལྷམ་ཅི་ལི། ཨེ་དབྱིན་སི་ཐན། “རྩིས་འཕྲུལ་གྱི་ཡབ་ཆེན” ཨེ་ལོན་ཐུའུ་ལིན་བཅས་ཡོད།

ཉིས་སྟོང་བཅུ་དགུ་ལོའི་རྒྱལ་སྟོན་གྱི་སྔོན་ལ། ཐུའུ་ཡོའུ་ཡོའུ་ཡིས་ཡང་བསྐྱར་ང་ཚོའི་རྒྱལ་ཁབ་ཀྱི་

ཆེས་མཐའི་གཟི་བརྗིད་མཚན་སྐན་ཧེ་སྤྱི་མཐུན་རྒྱལ་ཁབ་ཀྱི་གཟི་བརྗིད་མཚན་སྐན་བླངས།

"ཤ་སྐད་ལྷང་ལྷང་། རི་མགོའི་རྡོའི་རྡུ་ཟ།" ཐུའུ་ཡོའུ་ཡོའུ་ཡིས་སྤོ་ལྷོང་གི་རྡུ་ཕྲན་ཞིག་ལ་བརྟེན་ནས་འཛམ་གླིང་བསྐྱུར་བཙོས་བྱས། ཡིན་ནའང་མོ་རང་ཉིད་སྔར་བཞིན་བབ་ཆགས་དང་ཉམས་ཚུང་སྤོ་རྡུ་ལྷ་བུ་ཞིག་ཡིན།

བབ་ཆགས་པའི་ཆེན་རྡོའི་ཡིས་རང་གི་ལྷོང་མདོག་དང་དྲི་བསུང་ལ་བརྟེན་ནས་མ་ཡུམ་ས་ཆེན་ལ་དྲིན་གཟོ་བྱས་པ་ལྟར། ཐུའུ་ཡོའུ་ཡོའུ་ཡིས་རང་ཉིད་ལོ་ན་དགུ་བཅུར་ཉེ་ཡང་སྔར་བཞིན་སེམས་ཤུགས་བསྒྲིལ་ནས་རྩི་ཤིང་ལ་ཞིབ་འཇུག་བྱས་ཏེ་མ་ཡུམ་མེས་རྒྱལ་གྱིས་ཁོ་མོ་བསྐྱངས་པར་དྲིན་གཟོ་བཞིན་ཡོད་ལ། མི་ཚེ་གཅིག་ནང་མེས་རྒྱལ་དང་མི་དམངས་ལ་དགའ་བ་བྱེད་བཞིན་ཡོད།

དེ་ན་བྱམས་བརྩེ་ལྡན་པའི་མ་ཡུམ་དང་ངོ་མཚར་ལྡན་པའི་རྩི་ཤིང་གི་གཏམ་རྒྱུད་འདི་ང་ཚོས་ཁོང་མོའི་མིང་གི་ཐོགས་ཚུལ་ནས་བརྩམས་ནས་ཞུ་བར་བྱའོ། །

ཁ་སྐད།

གཅིག་དགུ་སུམ་ཅུ་ལོའི་ཟླ་བཅུ་གཉིས་པའི་ཚེས་སུམ་ཅུ་ཉིན། གྲེ་ཅང་ཉིན་པོའི་གྲོང་ཁྱེར་གྱི་ཁེ་མེན་སྲང་ཚོགས་ཀྱི་སྒོ་རྟགས508ཅན་གྱི་བཤས་ཚོང་ཁང་ཞིག་ནས། བུ་མོ་ཆུང་ཆུང་ཞིག་གི་ངུ་ངག་གི་དབྱངས་ཏ་བར་མེད་དང་འཛིག་རྟེན་འདིར་སླེབས།

བཤས་ཚོང་གི་ཁྱིམ་བདག་སྐྱེ་བུ་མོ་དེའི་ཨ་ཕའི་མིང་ལ་ཐོའུ་ཆན་ཀུའི་ཟེར་ཞིང་དཔེ་ཆ་པ་ཞིག་ཡིན། ཁོ་ལ་བུ་གསུམ་སྐྱེས་ཡོད་པས་བུ་མོ་ཞིག་སྐྱེས་པར་རེ་ལྟོས་འཆར་བཞིན་ཡོད། ད་ནི་བསམ་དོན་འགྲུབ་སྐྱེ་བུ་མོ་ཞིག་དངོས་སུ་བཙས་བྱུང་།

ཐོའུ་ཞེས་པའི་ཕ་རྒན་དགའ་དྲགས་ནས་ས་ལྡིང་གནམ་ལྡིང་བྱེད་བཞིན་ཡོད། ལོ་རབས་དེའི་ནང་

གནས་ལུགས་ཤེས་མཁན་གྱི་ཁྲིམ་ཚང་དག་གིས་བྱིས་པར་མིང་འདོགས་སྐབས་གནའ་བོའི་རྩོམ་རིག་ཁྲོད་ཀྱི་སྙན་ཞིང་འཛེབས་ལ་བསྟན་དོན་ཟབ་པའི་མིང་ཚིག་ཅིག་འདེམས་བཞིན་ཡོད། བྱིས་པ་ཕོ་ལ་མིང་འདོགས་སྐབས《ཁྲོའུ་ཚི》ཡི་ནང་ནས་འདེམས་ལ། བུ་མོ་ལ་མིང་འདོགས་སྐབས《སྙན་གཞུང》གི་ནང་ནས་མིང་འདེམས། ཐོའུ་ཆན་ཀུའེ་ཡི《སྙན་གཞུང》ཁྲོད་ཀྱི《ཤ་སྐད》ལས "ཡོའུ་ཡོའུ" ཞེས་པའི་སྒྲ་ཉིས་རྩེག་ཅན་དེ་བདམས་ནས་བུ་མོའི་མིང་ལ་བཏགས།

སྙན་ངག་ཅིག་ཏུ་ཡང་ནས་ཡང་དུ "ཤ་སྐད་ཡོའུ་ཡོའུ། རི་སྐྱེས་སྤང་རྩ་ཟ། ང་ཡི་མགྲོན་པོས། ཕུའུ་ཧུང་བཞིན་སླེབས། ……ཤ་སྐད་ཡོའུ་ཡོའུ། རི་སྐྱེས་ཤོ་རྩ་ཟ། ང་ཡི་མགྲོན་པོས། སྐུ་ཡི་སྤྱོད་པར་ཀུན་གྱིས་སྔོན་ཞིང་བཀུར།……ཤ་སྐད་ཡོའུ་ཡོའུ། རི་སྐྱེས་རྩི་ཤིང་ཟ། ང་ཡོ་མགྲོན་པོས་ཕི་ཡང་ཧུང་བཞིན་སླེབས……" ཞེས་འཁོད། དེའི་དོན་བསྡུས་ཚེ། ཤ་དང་ཤའུ་རྣམས་

ཀྱིས་ཤ་སྐད་ཡོའུ་ཡོའུ་ཞེས་སྒྲོག་བཞིན་རི་མགོ་ན་སྤང་རྩྭ་ཟ་ཞིང་། བདག་གི་ཁྱིམ་མགྲོན་དག་གིས་པི་ཝང་རྡུང་བཞིན་སླེབས།……ཤ་དང་ཤའུ་རྣམས་ཀྱིས་ཤ་སྐད་ཡོའུ་ཡོའུ་སྒྲོག་བཞིན་རི་མགོའི་སྔོ་རྩྭ་ཟ་བ་དང་། བདག་གི་སྐུ་མགྲོན་དེའི་སྤྱོད་ཡོན་ལ་མི་རྣམས་ཀྱིས་སྨོན་ཞིང་བཀུར། ……ཤ་དང་ཤའུ་རྣམས་ཀྱིས་ཤ་སྐད་ཡོའུ་ཡོའུ་སྒྲོག་བཞིན་རི་སྐྱེས་རྩི་ཤིང་ཟ་ཞིང་། བདག་གི་སྐུ་མགྲོན་རྣམས་ཀྱིས་སྒྲ་དང་པི་ཝང་གི་དཔལ་ལ་སྤྱོད་ཅེས་པའོ།།

མིང་འདིའི་དོན་མཛེས་པར་མ་ཟད་གནའ་བོའི་སྙན་ཚིག་གི་བསྟན་དོན་ཡང་འདྲ་བ་བཞིན། དེ་ཡིས་ཕ་མ་གཉིས་ཀྱི་རེ་བ་ལ་བུ་དང་བུ་མོ་ནར་སོན་རྗེས་རི་སྐྱེས་མེ་ཏོག་དང་ལྗོང་མདོག་གི་རྩི་ཤིང་གཞན་དག་ལྟར་དུས་བདེ་སོས་དལ་ངང་བདེ་ཞིང་སྐྱིད་པ་མཚོན་ནོ།།

ཉིན་པོའོ་ནི་གནའ་བོའི་མཚོ་ཁུག་གི་གྲོང་ཁྱེར་ཞིག་ཡིན། དེ་ནི་ཀྲུང་གོའི་གནའ་བོའི་མཚོ་ངོགས་དར་ལམ་གྱི་ཐོག་མའི་ས་ཚིགས་ཤིག་ཡིན། འདི་ནས་

རྒྱང་རིང་ལ་བསྐྱོད་པའི་ཚོང་ཟློག་དག་རྒྱང་རིང་གི་རྒྱ་མཚོའི་གླིང་ཕྲན་ཏེ། ཉི་ཧོང་དང་ཁྲའོ་ཞན། ཤར་ལྷོའི་ཨེ་ཤིའི་ཡུལ་གྲུ་སོ་སོ་བཅས་ལ་སླེབས་ལ། ཐ་ན་གནའ་བོའི་ས་དཀྱིལ་མཚོའི་ཡུལ་ཁམས་རྣམས་ལའང་སླེབས་སོ། །

ཐུའུ་ཡོའུ་ཡོའུ་ཡི་ཁྱིམ་མི་རྣམས་ཁེ་མེན་སྲང་ཚོགས་ན་ཡོད་ཅིང་། དེ་ནི་ཉེན་པོའི་གྲོང་ཁྱེར་གྱི་དཀྱིལ་ཚོགས་ས་ཁུལ་ཏེ "ལེན་ཆོའོ་ཏེ" ཟེ་ཡོད། ཉེན་པོའོ་ན་སྐད་གྲགས་ཅན་གྱི་ལས་བཟོ་པ་དང་དམངས་ཁྲོད་ཀྱི་ལས་རིགས་པ་མཆིས། དེ་དག་གིས "ལེན་ཆོའོ་ཏེ" ཡི་ཉེ་འཁོར་དུ་འདུས་ཏེ་ཤོག་བུ་བཟོ་བ་དང་། སྨུམ་བག་བཟོ་བ། ཆང་བཙགས་པ། བསིལ་གདུགས་བཙོང་བ། མགར་བྱེད་པ། ཐབ་ཆས་བརྟུངས་པ། སྨན་རྩ་བཙོང་བ། ཀ་ར་བཟོ་བ། སྲན་ཕྱེ་བཙོང་བ། སྔོང་བག་བཙོང་བ་སོགས་ཉོ་འཚོང་ཙག་ཅིག་སྣ་ཚོགས་བྱེད་བཞིན་མཆིས། ལོ་སར་ཉེ་སྐབས། དེ་ཟུ་ད་ཟུང་ཟློས་གར་དང་ཤིང་རྐང་

གི་རྩེད་མོ། འཕྲུལ་རྩལ་སྟོན་པ་སོགས་རྩེད་མོ་སྣ་ཚོགས་ཀྱང་དུས་རྒྱུན་མཐོང་ཐུབ།

གྲོང་ཁྱེར་དེའི་གཡས་གཡོན་གང་སར་འུར་ཟིང་གིས་ཁེངས་ཡོད་ལ། ཞོགས་པ་སྔ་མོ་ནས་ཉེ་འཁོར་གྱི་མི་སྡེ་དག་གིས་སྲན་ཁུ་དང་སྒོ་ཚལ་བཙོང་བའི་ཉོ་བཛས་ཁེངས་པ་སོགས། ཐུའུ་ཡོའུ་ཡོའུ་ནི་ཆུང་དུས་ནས་གྲོང་པའི་འུར་ཟིང་དེ་དག་ལས་འཚར་ལོངས་བྱུང་། གནའ་བོའི་གྲོང་ཁྱེར་འདི་ཡི་འུར་ཟིང་དང་མཚར་སྡུག་གིས་ཁེ་མེན་སྲང་ཚོགས་ཀྱི་སྒོ་རྟགས་ཨང508ཚང་གི་ཁྱིམ་མི་ཡོངས་ཀྱི་རེ་བ་ལྟར། སྙིང་འཛགས་ཀྱིས་བུ་མོ་ཡོའུ་ཡོའུ་ཡི་ནར་སོན་ལ་སྒུག་བཞིན་ཡོད།

སྨན་རྩ་འཐུ་བའི་ཡ་ཏྲ།

གཅིག་དགུ་སོ་དྲུག་ལོར། ལོ་ན་དྲུག་ལ་སོན་པའི་ཐུའུ་ཡོའུ་ཡོའུ་ཉིན་པོའོ་ཡི་སྐེར་བཙུགས་སློབ་ཆུང་ཁྲུང་ཧི་བུ་མོའི་སློབ་གྲྭར་ཞུགས།

ཁྲུང་ཧི་བུ་མོའི་སློབ་ཆུང་ནི་སྐབས་དེའི་ཉིན་པོའོ་གྲོང་ཁྱེར་གྱི་ཐོག་མའི་ཀྲུང་ནུབ་ཟུང་འབྲེལ་གྱི་སློབ་ཆུང་ཞིག་རེད། སློབ་གྲྭ་དེ་དང་ཐོག་ཉིན་པོའོ་ཀྲུང་ཧི་ཚོའོ་བུ་མོའི་སློབ་ཆུང་ཞེས་པ་རེད། དེ་ནི་དབྱིན་ཇིའི་ཆོས་སྤེལ་པ་ཨེ་དེར་སི་ཞེས་པའི་བུད་མེད་ཅིག་གིས་བཙུགས། གཅིག་དགུ་ཞེ་བཞི་ལོ་སྟེ། ཉིན་པོའོ་ནི་ཉེ་རབས་ཀྱི་ཀྲུང་གོའི་མཚོ་ངོགས་ཀྱི་གྲོང་ཁྱེར་ཐོག་མར་སྒོ་འབྱེད་པའི་ལོ་དེར་བཙུགས།

སློབ་གྲྭ་དེ་ཙ་ཀྲུང་ནུབ་ཟུང་འབྲེལ་གྱི་སློབ་གསོ་

གསར་བ་སློལ་བཞིན་ཡོད་སྐབས། སྔོན་གྱི་སྨེར་བཙུགས་སློབ་གྲྭ་ལྟར《སློབ་ཕྲུག་གི་སྒྲིག་སྲོལ》དང《སན་ཙིའི་མདོ》སོགས་སྦྱོང་མི་དགོས། དེ་བས་བསམ་བློ་གསར་བ་དང་ལེན་ཕོད་པའི་ཁྱིམ་ཚང་ཚང་མས་བུ་ཕྲུག་དེ་ཏུ་སྐྱེལ་བཞིན་ཡོད།

"ཨ་ཁུ་ལགས། སྨན་རྩས་དངོས་གནས་མི་སྐྱོབ་ཐུབ་བམ།"

"ཡོས་ཐུབ་ཡ། ཡོས་ཐུབ།" ཨ་ཁུས་ལག་ཏུ་སྨན་རྩ་ཁང་གཅིག་བཟུང་ནས་ཞིབ་ཏུ་བལྟ་བཞིན་ཡོད་ལ། ཕལ་ཆེར་སྟིང་ནས་བ་སྤུ་ཡོད་མེད་ལ་བརྟག་བཞིན་མཆིས།

"ཨ་ཁུ་ལགས། སྨན་རྩ་ཚང་མ་གང་ནས་སྐྱེས་བཞིན་ཡོད་རེད།"

"རི་མགོ་དང་། ཞིང་ཆེགས། ནགས་ཚལ་སོགས་ན་སྨན་རྩ་ཙ་ཆེན་མང་པོ་ཡོད། ཙ་ཆེ་བའི་སྨན་རྩ་ནི་བཙལ་ན་སྙེད་དཀའ་བ་རེད། དེ་བས་ཨ་ཁུས་རྒྱུན་པར་

རྒྱབ་ལ་སློ་བོ་འཁུར་ནས་བཙལ་དུ་སོང་སྟེ་བཏུས་པ་ཡིན……"

ཨ་ཁྱུས་བཤད་པའི་སྐད་ཆ་ལ་མཉན་ཏེ་བུ་མོ་ཡོའུ་ཡོའུ་ཕྱིར་ཁྱིམ་ལ་ལོག་ནས་ཟ་མ་ཟ་རྒྱུའང་བརྗེད།

དཀར་གསལ་ཟླ་བ་ནམ་མཁའི་འཕང་ནས་ཚེས་བྱུང་། ཨ་མས་ད་དུང་སྒང་ལམ་དེད་ནས་འདི་གར་ཐོན།

"སྨན་རྩ་འཐུ་བའི་ཨ་ཁྱུ་ཁྱེད་བདེ་མོ། ཡང་སྨན་རྩ་གསར་བ་མང་པོ་རྙེད་འདུག་གམ།"

"རེད་ཡ་རེད། འོ་རེད། མ་གཞི་འདི་ནི་ཁྱེད་ཚང་གི་བུ་མོ་རེད་དམ། ལྟོས་དང་། ཁྱིམ་དུ་འགྲོ་རྒྱུ་བརྗེད་འདུག"

"ཨ་མ་ལགས། ཁྱོད་ཀྱིས་ལྟོས་དང་། ཨ་ཁྱུས་ང་ལ་བྱིན་པའི་རི་སིལ་རེད། ཨ་ཁྱུ་བདེ་མོ། སང་ཉིན་མཇལ།"

ཐུའུ་ཡོའུ་ཡོའུ་ཡིས་ལག་དུ་རི་སིལ་མང་པོ་བཟུང་ཞིང་ལག་པ་ཡ་གཅིག་ཨ་མའི་ལག་པར་འཇུས་

ནས་མདུན་གྱི་རྗོ་ལམ་རིང་མོ་དེད་ནས་ཁྱིམ་ལ་ལོག དཀར་གསལ་ཟླ་བ་དེ་ཤིང་སྡོང་དག་གི་ཡལ་གའི་རྩེ་རུ་ཆེས་པ་འདྲ། དེ་ནི་ཡལ་གའི་རྩེ་མོར་བརྟེགས་པའི་གཟེབ་གྲུ་ཆུང་ཆུང་ཞིག་དང་ཡང་འདྲ།

ཉིན་རེ་རེ་ཡི་མཚན་མོའི་མ་གཉིད་གོང་ལ། ཨ་མས་ཐུའུ་ཡོའུ་ཡོའུ་ལ་གནའ་གཏམ་བཤད་བཞིན་ཡོད།

དེ་རིང་བཤད་པ་ནི་སྨན་རྩྭ་འཐུ་བའི་ཨ་ཁུའི་གཏམ་རྒྱུད་དེ་གཤམ་ལྟར།

མིག་གཉིས་ཞར་བའི་ཨ་ནེ་ཞིག་ཡོད། ཨ་ཁུས་ཕྱིན་པའི་སྨན་འཐུང་རྗེས་ག་ལེར་མིག་གིས་མཐོང་ཐུབ་པར་གྱུར།

རྐང་བར་དུག་སྦྲུལ་གྱིས་སོ་བཏབ་པའི་ཕྲུ་བོ་ཆུང་ཆུང་ཞིག་ཡོད། མ་གཞི་ཡིན་ཆོ་རྨ་ཁ་ཚབས་ཆེ་བས་རྐང་བ་གཅོད་དགོས་མོད། ཨ་ཁུས་ཕྱིན་པའི་སྨན་འཐུང་རྗེ་རྨ་གསོས་བྱུང་།……

"ངོ་མཚར་བའི་རྩེ་ཤིང་ཆུང་ཆུང་ཡ།" ཐུའུ་

ཡོའུ་ཡོའུ་ཨ་མའི་པང་ལ་འཁྱུད་ནས། "ཨ་མ་ལགས། ང་རང་ནར་སོན་ཚེ་ཨ་ཁྱུ་ལྟར། རི་མགོ་དང་ནགས་ཚལ་དུ་སོང་ནས་སྨན་བཏུས་ན་ཆོག་གམ།"

"ཡ་ཡ་ཡ། བུ་མོ་ཡོའུ་ཡོའུ་ཡིས་ཀྱང་སྨན་བཏུས་ཆོག རྗེས་མ་འུ་ཚང་གི་ཁྱིམ་མི་གང་པོར་ན་རྒྱུ་ཆ་རྒྱུ་ཡོད་མི་སྲིད།"

དེའི་རྗེས་ནས་བཟུང་། ཉིན་རྒྱུན་སློབ་གྲྭ་གྲོལ་རྗེས། བུ་མོ་ཡོའུ་ཡོའུ་ཡིས་སྲང་ལམ་གྱི་གྲུ་ཟུར་ཞིག་ནས་སྨན་རྩྭ་འཐུས་ནས་ཕྱིར་ལོག་པའི་ཨ་ཁྱུར་སྒུག་བཞིན་ཡོད།

སྐབས་ལ་ལར། ཐུའུ་ཡོའུ་ཡོའུ་ཨ་ཁྱུ་ཚང་གི་སྨན་རྩྭའི་ཚོང་ཁང་ནང་བྱིན་ནས་བལྟ་བཞིན་ཡོད།

སྒོ་འགྲམ་ལ་ཉེ་མར་བཀྲམས་པ་མཐའ་དག་སྨན་རྩྭ་སྣ་ཚོགས་རེད།……

ཐུའུ་ཡོའུ་ཡོའུ་དངོས་གནས་དེ་དག་ལ་ངོ་མཚར་སྐྱེས་བྱུང་།

ཁོ་མོས་རྒྱུན་པར་རྩ་གསེང་རྩི་ཤིང་ལ་མནར་ནས། ས་འབུའི་སེར་སྦྲ་ལ་མཉན་ཞིང་སྒྲོ། མོ་དང་གྲོགས་པོ་ཆུང་ཆུང་སའི་ལམ་འགྲམ་ནས་རྩི་ཤིང་སྨན་ཚོགས་བཏུས་འོངས་ཏེ་མཉམ་དུ་རྩེད། ཨ་ཕ་དང་ཨ་མར་འགྲོགས་ནས་རི་མགོ་སོགས་ལ་སོང་ནའང་། མོས་རྒྱུན་པར་རྩི་ཤིང་སྨན་ཚོགས་བཙལ་ནས་རྩེད་མོ་རྩེ།……

"ཨ་མ་ལགས། འདི་ནི་ཁྱོད་ལ་བྱིན་པ་ཡིན། མེ་ཏོག་འདི་ཟོས་ན་བྲོ་མ་ཞིམ། མི་རློམ་ན་ཁྱོད་ཀྱིས་ཚོད་ལྟ་བྱེད་རོགས།"

"ཨ་ཙི། བུ་མོ། སུ་ཞིག་གིས་ཁྱོད་ལ་རྩ་མོའི་ཀྱིན་གྱི་བྲོ་བ་ཞིམ་ཞེས་ལབ་བྱུང་།"

"ང་རང་གིས་མྱངས་ནས་ཤེས་པ་ཡིན། འདི་ནི་མེ་ཏོག་ཅིན་ཡུན་རེད། ཨ་ཕར་བྱིན་པ་ཡིན།"

"ཨ་ཙི། ཁྱོད་ཀྱིས་ད་དུང་མེ་ཏོག་ཅིན་ཡུན་ཡང་ཤེས་སམ།"

"དེ་ཡོས་ཤེས། ཨ་ཕ་ལགས། སེམས་ཆུང་བྱོས། མེ་

ཧོག་ཅིན་ཡུན་གྱི་སྔེང་ན་ཚོར་མ་ཡོད་རེད། ཡིན་ནའང་མེ་ཧོག་ཟློས་ན་གྲོ་བ་ཞིམ།”

ཐལ་ཆེར། སྨན་རྩ་འཐུ་བའི་ཨ་ཁྱུ་དེ་ངོ་ཤེས་པ་ནས་བཟུང་། བུ་མོ་ཡོཙུ་ཡོཙུ་ནི་སྔོ་རྩའི་རིགས་ལ་སྤྲོ་བ་ལྡན་པ་དང་། ལྷག་པར་རི་གསེང་གི་རྩི་ཤིང་དག་ལ་ངོ་མཚར་སྐྱེས་བྱུང་།

སྐབས་ལ་ལར། མོས་སློབ་དེབ་ལ་བལྟ་ཞོར་འདང་ཟབ་མོ་ཞིག་རྒྱག་བཞིན་ཡོད། དཔེར་ན། ནམ་ཞིག་ངའང་ཨ་ཁྱུ་ནང་བཞིན་ཉིན་ལྟར་སློ་པོ་རྒྱབ་ལ་འཁྱུར་ཏེ། རི་མགོའི་སྨན་རྩ་སྔོ་ཚོགས་འཐུས་འོངས་ཏེ། ན་ཚ་ཅན་གྱི་མི་གཞན་དག་ལ་སྨན་བཅོས་བྱེད་ཐུབ་ཚེ་ཅི་འདྲའི་བཟང་བ་ལ་ཨང་།

ལོ་མང་པོ་ཞིག་གི་རྗེས་སུ། ཁོ་མོ་ནར་སོན་བྱུང་། དངོས་གནས་ཆུང་དུས་ཀྱི་རྨི་ལམ་ལྟར། པེ་ཅིན་སློབ་གྲྭ་ཆེན་མོའི་གསོ་རིག་གླིང་ལ་རྒྱུགས་འཕྲོད། གནས་འདིར་ཁོ་མོས་རྩི་ཤིང་སྔོ་ཚོགས་ལ་ཞིབ་འཇུག་ཟབ་མོ་བྱས།

དེར་མ་ཟད་དཔྱར་གནང་གི་སྐབས་སུ་ཚུང་དུས་འཕྲད་པའི་ཨ་ཁྱུ་དེ་ནང་བཞིན། མགོ་ལ་རྨ་ཞྭ་གོན་ཞིང་རྒྱབ་ལ་སློ་བོ་འཁུར་ནས་རི་མགོ་དང་ཞིང་ཚོགས་སོགས་སུ་ངོ་མཚར་བའི་རྩི་ཤིང་སྨན་ཚོགས་བཙལ་དུ་སོང་།

ཁོ་མོའི་ཚོད་ལྟ་ཁང་གི་ནང་དུ་རྩི་ཤིང་སྨན་ཚོགས་ཀྱིས་ཁེངས་ཡོད། ཁོ་མོས་ཚོད་ལྟ་བྱེད་སྐབས་རྒྱུན་པར་རང་གིས་ཟས་ཏེ་བལྟ་བཞིན་ཡོད། འདིའང་ཚུང་དུས་ནས་ཨ་ཁྱུ་སྨན་པའི་གམ་ནས་བསླབ་པ་རེད།

འདི་དག་ཕྱིས་སུ་མི་རྣམས་ཀྱིས་བཤད་པ་རེད། ད་ལྟ་ཐུའུ་ཡོའུ་ཡོའུ་ནི་སློབ་ཚུང་སློབ་མ་ཞིག་རེད། མོའི་མ་འོངས་པ་ད་དུང་ཤིན་ཏུ་རིང་། ཤེས་བྱའི་སྒོ་ཆེན་ནི་ད་ལྟ་ཕྱེ་ཙང་རེ། མཚར་སྡུག་གི་རྩི་ལམ་གྱི་གཤོག་ཟུང་ནི། བྱེའུ་ཚང་ནས་འཕུར་སྐབས་ལྟར་བརྐྱང་དགོས། ད་དུང་སྒྲོ་སྤུས་རང་མདངས་དང་གྲངས་ཀས་ལོངས་མེད།

སྐྲའི་བསླེ་ཉག་གཉིས་རྒྱབ་ལ་དཔྱངས་པའི་བུ་མོ་ཚུང་ཚུང་འདི་ཉིན་རྒྱུན་ཞོགས་པའི་ཉི་ཟེར་དང་མཉམ་

དུ་སློབ་གྲྭར་འགྲོ་བཞིན་ཡོད། སློབ་གྲྭ་གྲོལ་ནས་ཕྱིར་ལོག་རྗེས། སྨན་རྩྭ་འབྲུ་བའི་ཨ་ཁྲུ་ལས་གཞན་ད་དུང་སྲང་ལམ་གྱི་ཁུག་སོ་ནས་མོ་རང་འགྲོ་འདོད་ཆེ་བའི་གནས་ག་གེ་མོ་རེ་ཡོད། ཁོ་མོ་རྒྱུན་པར་གྲོགས་པོ་ཆུང་ཆུང་ཚོ་དང་མཉམ་དུ་རྩེད་མོ་རྩེ་ཞོར་དེ་དག་ལ་འགྲོ་བཞིན་ཡོད།

ཨོ་རེད། གནས་ག་གེ་མོ་དེ་དག་གང་གང་ཡིན་ནམ།

ཨ་ཕྲིའི་ཁྲིམ།

ཐུའུ་ཡོའུ་ཡོའུ་ཡི་སྤྲོ་བོ་དང་ཨ་ཕྲི་ཚང་ཡང་ཁེ་མེན་སྲུང་ཚོགས་ན་ཡོད། དེ་བ་ཚང་གི་སྒོ་རྟགས་ཨང26པ་ཡིན།

ཐུའུ་ཡོའུ་ཡོའུ་ཡི་སྤྲོ་བོའི་མིང་ལ་ཡོ་ཁྲིན་ལུའུ་ཟེར། སྔོན་ཆད་དངུལ་ཁང་གི་ཧང་ཀྲང་ཡིན། གཞན་སྲིད་གཞུང་གི་ནོར་སྲིད་དོ་དམ་གྱི་དཔོན་ལ་ཡང་བསྐྱད་སྐྱོང་། ཡོ་ཚང་ཡང་སྐབས་དེའི་ཉིན་པོའི་གྲོང་ནང་ན་སྐད་གྲགས་ཆེ་བའི་ཁྲིམ་ཚང་ཞིག་ཡིན།

སྤྲོ་བོ་ཚང་གི་ཁྲིམ་ར་ཧ་ཅང་ཆེ། མདུན་ར་དང་རྒྱབ་ར་སོགས་མང་པོ་ཡོད། མདུན་སྒོ་ནས་རྒྱབ་སྒོའི་བར་དུ་ར་སྐོར་ཆེན་པོ་ཞིག་ཡོད། ར་སྐོར་ནང་ན་ཀའི་ཧྭ་སྡོང་པོ་སྐྱེས་ཡོད། སྔོན་ཁ་སླེབས་ཚེ། ར་སྐོར་གང་

པོར་ཀའི་ཧྭའི་དྲི་བསྲུང་འཁྲུལ།

ཐུའུ་ཡོའུ་ཡོའུ་ཆུང་དུས་ཨ་ཕྱི་ཚང་ལ་འགྲོ་བར་དགའ། ཨ་ཕྱིས་མོ་ལ་གཏམ་རྒྱུད་སྣ་ཚོགས་བཤད། གཞན་ད་དུང་སྙན་ཞིང་འཛེབས་པའི་བྱིས་གླུ་མང་པོ་ཁྲིད། ཐུའུ་ཡོའུ་ཡོའུ་ཡིས་ད་དུང《རྒྱུག རྒྱུག རྒྱུག》ཅེས་པའི་བྱིས་གླུ་དེ་བརྗེད་མེད།

རྒྱུག རྒྱུག རྒྱུག
མདུན་གྱི་ཟམ་པའི་སྟེང་ལ་རྒྱུག
ཁྱོད་སྒྱུར་མོར་མཚོངས། ང་སྒྱུར་མོར་རྒྱུག
དེ་ན་ཡུང་མེ་མེ་ཏོག་དང་ཁམ་བུ་ཡོད།

གཡུག གཡུག གཡུག
རྩ་ནས་སྙེད་པར་གཡུག
མ་ཏྲུ། མ་འབོད།
དེ་ན་བག་ལེབ་དང་སྒོང་སྒྲི་ཡོད།

ཨ་ཕྱི་ཚང་ན་ད་དུང་ཡོའུ་ཡོའུ་ལ་ཤིན་ཏུ་དགའ་བའི་མི་ཞིག་ཡོད། དེ་ནི་ཡོའུ་ཡོའུ་ཡི་ཨ་མྱེས་རེད།

ཨ་མྱེས་ཀྱི་མིང་ལ་ཡོའུ་ཙི་ཁོན་ཟེར། ཁོ་ནི་དཔལ་འབྱོར་རིག་པ་སྨྲ་བ་ཞིག་ཡིན། གཅིག་དགུ་ཉེར་དགུ་ལོ་སྟེ། ཐུའུ་ཡོའུ་ཡོའུ་མ་སྐྱེས་པའི་སྔ་ལོར། ཨ་མྱེས་ཡོའུ་ཙི་ཁོན་ཧྥུ་ཏན་སློབ་གྲྭ་ཆེན་མོ་ནས་མཐར་ཕྱིན་ཏེ། ཧྥ་རིན་སིར་སློབ་སྦྱོང་ལ་ཕྱིན། རྗེས་སུ་པྷ་ལི་སློབ་གྲྭ་ཆེན་མོའི་ཆབ་སྲིད་དཔལ་འབྱོར་རིག་པའི་སྡེ་ཁག་ནས་མཐར་ཕྱིན། ཕྱིར་རང་རྒྱལ་དུ་ལོག་རྗེས། ཁོས་གཞོག་གཅིག་ནས་ཧྲང་ཧེ་འགྲིམ་འགྲུལ་དངུལ་ཁང་ནས་ལས་ཀ་གཉེར་བ་དང་། ཕྱོགས་གཅིག་ནས་རྩོམ་ཡིག་བྲིས། ཡོའུ་ཙི་ཁོན་གྱི་བརྩམས་ཆོས《ནོར་སྲིད་རིག་པའི་སྤྱི་དོན》ཞེས་པ་ཡོད། དེ་ནི་ཀྲུང་གོའི་དེང་རབས་ཀྱི་ནོར་སྲིད་རིག་པའི་བརྩམས་ཆོས་ཐོག་མའི་གྲས་ཡིན།

ཐུའུ་ཡོའུ་ཡོའུ་ཆུང་དུས་ནས་ཨ་ཁུའི་རིག་པ་ལ་ཡིད་སྨོན་སྐྱེ་བཞིན་ཡོད། མོ་ནི་ཨ་ཁུའི་རྗེས་འབྲངས་པ་

རེད། ཨ་ཁྲུའང་ཐུའུ་ཡོའུ་ཡོའུ་ལ་ཤིན་ཏུ་དགའ། ཁོས་བལྟས་ན་མོ་རང་ཤིན་ཏུ་སྨྱུང་གྲུང་ལྡན། བྱ་བ་ཆེ་ཆུང་ཅི་ཞིག་བསྒྲུབས་ཀྱང་མཚར་སྣང་གིས་ཁེངས་ཤིང་། རྒྱུན་པར་འདྲི་གཅོད་སྤྱོང་འདོད་བྱེད། ཨ་མྱེས་ཀྱིས་མོ་ལ་ "མཚར་སྣང་ནི་ཤེས་བྱ་སྣ་ཚོགས་ཀྱི་སྒོ་མོ་རེད། འུ་ཚང་གི་བུ་མོ་ཡོའུ་ཡོའུ་ནི་མ་འོངས་པར་ཚན་རིག་པ་ཆུང་ཆུང་ཞིག་ཡིན་མི་སྲིད་པའི་ངེས་པ་མི་འདུག ཤུ་རེ་བྱོས" ཞེས་བསྐུལ་མ་གནང་།

དཔེ་མཛོད་ཁང་།

ཁེ་མེན་སྲུང་ཚོགས་ཀྱི་སྒོ་རྟགས26པ་སྟེ་ཨ་ཕྲི་ཚང་ཕུད་དེ། ཐུའུ་ཡོའུ་ཡོའུ་ཆུང་དུས་མོས་གྲོགས་པོ་རྣམས་དང་མཉམ་དུ་འགྲོ་འདོད་པའི་གནས་གཞན་ཞིག་ཡོད། དེ་ནི་ཉིན་པོའི་གྲོང་ཁྱེར་ན་སྐད་གྲགས་ཡོད་པའི་ཐེན་ཡེའུ་དཔེ་མཛོད་ཁང་རེད།

ད་ལྟ་ཉིན་པོའི་གྲོང་ཁྱེར་གྱི་མི་རྣམས་གནའ་དེང་གི་དཔེ་ཆ་ཉར་བར་དགའ། དེའི་རྒྱུ་མཚན་ཉིན་པོའི་གྲོང་ཁྱེར་ན་མི་རྣམས་ལ་བག་ཆགས་ཟབ་མོ་བཞག་པའི་གནའ་དེང་གི་དཔེ་ཆ་ཉར་བའི་དཔེ་མཛོད་ཁང་ཞིག་ཡོད།

ཐེན་ཡེའུ་དཔེ་མཛོད་ཁང་ནི་གཅིག་སྟོང་ལྔ་བརྒྱ་དྲུག་ཅུ་རེ་གཅིག་ལོར་བཙུགས་པ་རེད། སྐབས་དེར་

དཔོན་གནས་ནས་ཟུར་བཞུགས་བྱས་པའི་མི་སྣ་ཇྲན་ཆེན་གྱིས་འགོ་ཁྲིད་པའི་སྒེར་བཙུགས་དཔེ་ཁང་ཞིག་ཡིན་ཞིང་། ད་ལྟའི་བར་ལོ་བཞི་བརྒྱ་ལྷག་ཡོད། ཇྲན་ཆེན་ནི་གོང་མའི་ཕོ་བྲང་ནང་གི་དཔོན་རིགས་ཡིན་ནའང་། ཁོ་རང་དཔེ་ཀློག་དང་དཔེ་ཆ་ཉར་བར་དགའ་བས་མི་ཚེ་གང་པོར་དཔེ་ཆ་ཉར་སྐྱེ་གཙུག་ལག་བདུན་ཁྲི་ལྷག་ཉར། ཁོང་ཕ་ཡུལ་དུ་ལོག་རྗེས་ལོ་ལྔ་ཡི་རིང་གི་དུས་ཚོད་སྤྱད་ནས་དཔེ་མཛོད་ཁང་འདི་བསྐྲུན་ཏེ་དཔེ་ཆ་ཉར་ཚགས་དང་ཉེ་དམ་བྱས།

དཔེ་མཛོད་ཁང་དེར་ཐོག་མར་ཧོན་མེན་ཚོའོ་ཐང་ཟེར། མིང་འདི་ཤིན་ཏུ་སྐབས་བདེ་དང་བབ་ཆགས་ཡིན་ལ་གོ་མ་ཐག་མེར་འཚིག་སླ་བ་ལྟ་བུར་མཐོང་བས། རྗེས་སུ་ཇྲན་ཆེན་གྱིས《ཡིའུ་ཅིན་གྱི་འགྲེལ་པ》ལས་ཚིག་ཅིག་མཐོང་སྐྱེ་ཆུ་ནི་མེ་ཡི་དགྲ་བོར་ངེས་ནས། དཔེ་མཛོད་ཁང་དེའི་མིང་ལ "ཐེན་ཡིའུ་དཔེ་ཁང" བཏགས། དེའི་བཟོ་བཀོད་ཀྱི་ཕྱོགས་བཞིར་ཆུ་

རྗེང་ཡོད་པས་ཆུ་ཡིས་མེ་འགོག་པའི་སྣང་ཚུལ་སྟེར།

ཐུན་ཆེན་ནི་སྤྱི་ལོ་གཅིག་སྟོང་ལྔ་བརྒྱ་གྱ་ལྔ་ལོར་སྐུ་འཁྲུངས། སྐུ་མ་གཤེགས་སྔོན་པོ་རང་གིས་རྒྱུ་ནོར་ཡོངས་བསྒོས་ཏེ་དཔེ་ཚ་དང་ཁྲིམ་ནོར་ལ་བཏང་། ཁོའི་བུ་ཆེ་བའི་མིང་ལ་ཐུན་ཏ་ཀྲུང་ཟེར། དེའི་ཁྲིམ་སྲུངས་ནས་ཕའི་རྗེས་སུ་འབྲངས་ཏེ་དཔེ་ཚ་བདུན་ཁྲི་ལྷག་སུ་མཐུད་དུ་ཉར།

དེ་ནས་བཟུང་ཐྲང་ཚང་ནི་མི་རབས་ནས་མི་རབས་བར་དཔེ་ཚ་ལ་མི་འབྲལ་ཞིང་། དཔེ་ཚ་དཔེ་མཛོད་ཁང་ལ་མི་འབྲལ་བའི་ཁྲིམ་རྒྱུད་ཅིག་སྟེ། མི་རབས་རེ་རེ་བཞིན་ཁྲིམ་བསྒོས་ཡོད་ནའང་དཔེ་མཛོད་ཁང་དང་དཔེ་ཚ་སྤྱི་སྤྱོད་བྱེད་ཅིང་། མི་སུ་ཞིག་གིས་གཡར་ནས་འཁྱེར་མི་ཆོག

ཐུན་ཏ་ཀྲུང་གིས་དཔེ་མཛོད་ཁང་ལ་བདག་ཉར་བྱས་རྗེས་ཡབ་ཀྱི་དཔེ་ཚ་མང་པོར་བདག་ཉར་ལེགས་པོ་ཐོབ་པར་མ་ཟད་དཔེ་ཁང་གི་སྒྲིག་ལམ་བཙུགས།

དཔེར་ན་དཔེ་ཆ་ཚང་མ་ཧྥན་ཚང་གི་བུ་རབས་ཚ་རྒྱུད་ལ་དབང་བས། དཔེ་སྒྲོམ་གྱི་ལྡེ་མིག་སྤྱུན་མཆེད་ཡོངས་ཀྱིས་དོ་དམ་བྱེད་དགོས། གལ་ཏེ་ལྡེ་མིག་གཅིག་མེད་ཚེ་མི་སུ་ཞིག་གིས་ཀྱང་དཔེ་སྒྲོམ་གྱི་སྒོ་ཕྱེ་མི་ཐུབ་པ་ལྟ་བུའོ།།

དཔེ་ཆ་ཉར་སྟངས་དེ་མིན་རྒྱལ་རབས་ཀྱི་མཇུག་དང་ཆིན་རྒྱལ་རབས་ཀྱི་དུས་མགོའི་བར་སླེབས་རྗེས་དགོད་སྒོ་འགྱུལ་བྱུང་།

ཕྱི་ལོ་གཅིག་སྟོང་དྲུག་བརྒྱ་དོན་དྲུག་ལོར། ཧྥན་ཚང་གི་རྒྱུད་པ་ཧྥན་ཀོང་ཟེར་བས་ཐེན་ཡོའུ་དཔེ་མཛོད་ཁང་གི་དཔེ་ཆ་བརྒྱ་ལྷག་དཔེ་བཤུས་བྱས་ཏེ། རིག་གནས་པ་འགའ་ཞིག་ལ་གློག་ཏུ་བཅུག ཧྥན་ཀོང་གིས་ད་དུང་ཐུར་གྱི་སྒྲིག་ལམ་གཏོར་ཏེ་མཁས་པ་ཆེན་པོ་ཧོང་ཙུང་ཞེས་པ་ནང་དུ་བསུས་ཏེ་དཔེ་ཀློག་བྱེད་དུ་བཅུག

ཧོང་ཙུང་ནི་མིན་རྒྱལ་རབས་ཀྱི་མཇུག་དང་ཆིན་

རྒྱལ་རབས་ཀྱི་དུས་འགོ་བསམ་བློ་པ་ཞིག་ཡིན་ལ། སྨན་ཚང་གི་དཔེ་ཁང་ནང་ལ་སླེབས་པའི་རིགས་རུས་གཞན་གྱི་མི་ཐོག་མ་ཡིན། ཧོང་ཚུང་གིས་དཔེ་ཁང་དེར་དཀར་ཆག་བསྒྲིགས་པར་མ་ཟད། ད་དུང《ཐེན་ཡིའུ་དཔེ་ཁང་གི་ཟིན་ཐོ》ཅེས་པ་བརྩམས་ཏེ། སྨན་ཚང་གི་བུ་རྒྱུད་རྣམས་ཀྱིས་དཔེ་ཁང་དང་དཔེ་ཆ་ནི་རང་གི་མིག་འབྲས་བཞིན་བདག་ཉར་ལེགས་པོ་བྱས་ཏེ་དཔེ་ཆ་ཉར་བའི་གོ་སྐབས་བསྐྲུན།

ཐེན་ཡིའུ་དཔེ་མཛོད་ཁང་ནི་ཉིན་པོའོ་གྲོང་ཁྱེར་ན་སྐད་གྲགས་ཆེ་བའི་གནའ་ཤུལ་ཞིག་ཡིན་པར་མ་ཟད། ཀྲུང་གོའི་ད་ཡོད་ཀྱི་གནའ་བོའི་སྒེར་ཉར་དཔེ་ཁང་ཞིག་ཡིན། དེ་ནི་ཨེ་གླིང་སྤྱི་ནས་གནའ་བོའི་དཔེ་ཁང་དང་ཁྱིམ་རྒྱུད་ཀྱིས་བདག་གཉེར་བྱས་པའི་དཔེ་ཁང་ཞིག་ཡིན།

ཐུའུ་ཡོའུ་ཡོའུ་ཡིས་སྔ་མོ་ནས་ཨ་མྱེས་དང་ཨ་ཕྱིའི་ངག་ནས་དཔེ་ཁང་དེ་གོ་ཐོས་བྱུང་། མོའི་བསམ་

པའི་ནང་དུ་དེ་ནི་ཤིན་ཏུ་ཛོ་མཚར་ལྡན་པའི་དཔེ་ཤག་ཅིག་ཡིན་བསམས།

དེ་བས་རྒྱུན་པར་སློབ་གྲྭའི་གུང་གསེང་དང་གཟའ་མཇུག་ལ་གྲོགས་པོ་ཚོ་དང་མཉམ་དུ་དེར་ཡོང་ནས་དཔེ་ཀློག་བྱེད།

ཨ་ཕ་དང་ཨ་མ་གཉིས་ཀྱིས་མོས་མཐུན་བྱེད་ཅིང་། ཨ་ཕས་རྒྱུན་པར "ཁོམ་དུས་རྟག་པར་ཐེན་ཡིའུ་དཔེ་ཁང་ནང་ལ་སོང་ནས་དཔེ་ཀློག་བྱས་ཏེ། དཔེ་ཀློག་གི་གོམས་སྲོལ་དང་བག་ཆགས་བཟང་པོ་ཞིག་ཡོབས་པར་བྱ་རོགས། དེ་ནི་ཉིན་པོའོ་གྲོང་ཁྱེར་གྱི་ཤེས་བྱའི་མཛོད་དང་དཔེ་མཛོད་ཁང་ཞིག་རེད" ཟེར།

ཨ་ཕའང་རྒྱུན་པར་ཁོམ་པ་བྱུང་ཚེ་ཐུའུ་ཡོའུ་ཡོའུ་ཁྲིད་ནས་དེར་ཡོང་སྟེ་དཔེ་ཀློག་བྱེད། ཨ་ཕས་དཔེ་ཆེག་མང་པོ་བསྟན་ཏེ་ཐུའུ་ཡོའུ་ཡོའུ་ལ་དཔེ་སྟོན་དང་བསླབ་བྱ། གཏམ་རྒྱུད་སྣ་མོ་མང་པོ་བཤད།

ཐུའུ་ཡོའུ་ཡོའུ་ཆུང་དུས་ནས་ཨ་ཕའི་གཏམ་རྒྱུད་

དེ་དག་གི་གོ་དོན་ལ་བསམ་བློ་གཏོང་བར་དགའ།

ཨ་ཕས་ཐུའུ་ཡོའུ་ཡོའུ་ལ "དཔེ་དོན་འདི་དག་ཞོའུ་ཧྲི་ཧྲུང་གིས་བརྩམས་པ་ཡིན། མི་རྣམས་ཀྱིས་ཁོང་གི་མིང་ལ་ལིག་ཆོན་ཟེར" ཞེས་བཤད།

"ཨ་ཕ་ལགས། ལིག་ཆོན་ནི་རང་རེའི་ཉིན་པོའི་ཡི་གཟི་བརྗིད་ལ་བརྩིས་ཆོག་པའི་མི་སྣ་ཞིག་རེད་དམ།"

"དེ་ད་ལོས་ཡིན། ཁོང་ནི་དངོས་གནས་དཔེ་དོན་མཚུངས་པའི་མཁས་པ་དང་ཡིག་མཁན་ཞིག་རེད། ཁོང་ཡང་དཔེ་ཆ་ཉར་མཁན་ཞིག་རེད། ཨ་ཕས་ཁྱོད་ཁྲིད་ནས་ཀོའུ་ཧྲ་ཀང་ལ་འགྲོ། དེ་རུང་ཞོའུ་སྐུ་ཞབས་ཀྱིས་ཉར་བའི་དཔེ་ཆ་ཡོད།"

ཀོའུ་ཧྲ་ཀང་ནི་ཉིན་པོའི་གྲོང་ཁྲེར་གྱི་དཔེ་ཤག་གཞན་ཞིག་རེད། དེ་ནི་ཡོའུ་ཧོའུ་མཚོའུ་ཡི་ནུབ་སྟེ་ཡི་ཀོའུ་ཧྲ་སྲང་ཤུར་ན་ཡོད། མི་རྣམས་ཀྱིས་ལིག་ཆོན་ཞེས་འབོད་པའི་མཁས་པ་དེ་ཚང་ལ་ལོ་ངོ་བརྒྱ་ཕྲག་ལྔག་

འགོར་བའི་ར་སྒོར་ཞིག་ཡོད། དེའི་ནི་ཀོའུ་ཀང་སྲང་གྲུར་ན་ཡོད་པས་མི་རྣམས་ཀྱིས་ཀོའུ་ཧྲ་ཀང་ཟེར།

ཉིན་ཞིག བུ་མོ་ཐུའུ་ཡོའུ་ཡོའུ་ཨ་ཕའི་རྗེས་སུ་འབྲངས་ཏེ་ཀོའུ་ཧྲ་ཀང་ལ་སླེབས། ཨ་ཕས་ར་སྒོར་ནང་གི་ཐོག་ཁང་ཞིག་བསྟན་ཏེ "ཡོའུ་ཡོའུ། ཁྱོད་ཀྱིས་ལྟོས་དང་། ཁང་པ་འདི་ཡི་མིང་ལ་ཞེན་ཧོ་དཔེ་ཁང་ཟེར། འདི་ནི་མཁས་དབང་ཞོའུ་ཚང་ཆུང་དུས་དཔེ་ཀློག་བྱེད་ཡུལ་རེད། འདི་ནི་དཔེ་ཁང་ཞིག་ཀྱང་ཡིན་ལ། ནང་དུ་ཆེད་ལས་སྐོར་གྱི་དཔེ་ཆ་མང་པོ་ཡོད། ནང་དུ་དཔེ་ཀློག་གིས་རྣམ་རིག་རྒྱས་ཤིང་རྫོགས་པ་སད་ཅེས་བྲིས་ཡོད……"

"ཨ་ལ་ལ། ཉིན་པོའོ་གྲོང་ཁྱེར་ན་མཁས་པ་མང་པོ་འདུག" ཐུའུ་ཡོའུ་ཡོའུ་ཡིས་དཔེ་མཛོད་ཁང་གི་ཁང་རྩིག་ལ་ལྟ་ཞོར "ཨ་ཕ། ངའང་ནམ་ཞིག་ལ་མཁས་པ་ཆེན་པོ་ཞིག་ཏུ་འགྱུར་སྲིད་དམ" ཞེས་དྲིས།

"མཁས་པ་ཚང་མས་མི་ཚེ་གང་པོར་བརྩོན་

འགྲུས་བསྐྱེད་ཅིང་། ཤེས་བྱ་བག་ཙམ་རེ་བསགས་ནས་ཡར་རྒྱས་བྱུང་བ་རེད། ཐེན་ཡོའུ་ལྷ་བུ་ནི་དཔེ་མཚོན་ཁང་ཞིག་ཡིན་ཙང་། དེ་ནི་དཔེ་ཆ་རེ་རེ་བཞིན་བརྩེགས་ནས་གྲུབ་པ་དང་། དཔེ་ཆ་རེ་རེ་བཞིན་བསླུགས་ནས་མཁས་པར་གྱུར་པ་རེད། གཞན་ད་དུང་འཛིག་རྟེན་གྱི་མཛེས་སྡུག་ལྡན་པའི་རི་བོ་དེ་དག་ཀྱང་ས་དང་རྡོ་རེ་རེ་བཞིན་ཆགས་ནས་གྲུབ་པ་རེད། ཡོའུ་ཡོའུ། བྲེལ་བ་མ་བྱེད། ཡུན་གྱིས་སྡུག་ཙུས་བསྐྱེད་ནས་དཔེ་ཀློག་བྱེད་རོགས། ནམ་ཞིག་ཁྱོད་ཀྱང་མཁས་པ་ཞིག་ཏུ་འགྱུར་ངེས་རེད།”

“ཨ་ཕ་ལགས། དེ་འདྲ་རེད་དམ།”

“དངོས་གནས་ཡིན། ཁྱོད་ཀྱིས་བརྩོན་འགྲུས་བསྐྱེད། སྙིང་གི་གཅེས་ཕྲུག”

དེ་ནས་བཟུང་ཐུའུ་ཡོའུ་ཡོའུ་ཡིས་ཨ་ཕས་བཤད་པའི་སྐད་ཆ་སེམས་ལ་དམ་པོར་བཟུང་།

དམག་འབྲུག་གི་གཏོད་འཚོ།

ཉིན་པོའི་ཡི་བསྡུས་མིང་ལ “ཡུང” ཟེར། ཡུང་ནི་མ་གཞི་ནི་གཟུགས་ཡིག་ཅིག་སྟེ་ཅོང་ཆེན་ཞེས་པའི་དོན་ཡིན། ཉིན་པོའི་ས་ཆ་ན་རི་མོ་ཆེན་པོ་ཞིག་ཡོད་ལ་དེའི་དབྱིབས་ནི་ཅོང་དང་མཚུངས་པས་ཡུང་ཧྲན་ཟེར། ཡུང་ཧྲན་གྱི་འདབ་ན་བཞུར་བའི་ཆུ་ལ་ཡོང་ཆུ་སྔོན་མོ་ཟེར།

ཅང་དོན་ས་ཆ་ན་ཆུ་ལམ་ཕྱོགས་སོར་ཡོད་ཅིང་ཤར་གྱི་རྒྱ་མཚོའི་ངོགས་ལ་འགྲོ། དེ་ཏུ་སྐྱེས་པའི་མི་རྣམས་ཀྱིས་སྔ་མོ་ནས་དར་གོས་དང་འཐག་རྫས་ཀྱིས་གཙོས་པའི་དངོས་རྫས་རྒྱ་མཚོ་བརྒྱུད་ནས་ཕྱི་ལ་འདྲེན་བཞིན་ཡོད། དེ་བས་ས་ཆ་འདི་སྔ་མོ་ནས་འབྱོར་ཕྱུག་ལྡན་ཞིང་རིག་གནས་ཀྱི་མཁའ་དབུགས་ལྡན་ནོ། །དོན་

དངོས་པོ་ངོ་བདུན་སྟོང་གི་གོང་རོལ་ནས་མེས་པོ་དག་འདི་ཙ་ཐོན་ནས་རྗེས་ཤུལ་བཞག་ཡོད། དེང་སྐབས་རྒྱལ་ཡོངས་དང་འཛམ་གླིང་གི་ས་ཆ་གང་ཡིན་སར་ཉིན་པོའོ་ཡི་ཚོང་པ་མེད་ས་མེད་ལ། མི་རྣམས་ཀྱིས་ཡུང་ཚོང་ཟེར། དེ་ལས་སྔོན་ཆེ་ཅིན་གྱི་ཚོང་པ་དང་། ཧེའུ་ཡི་ཚོང་པ། ཁྲིའུ་ཡི་ཚོང་པ་རྣམས་གྲགས་ཆེ།

ས་ཆ་འདི་ཙ་ཆེས་སྔ་མོ་ནས་ཧྥིན་ཧྭ་གཙང་པོ་དང་ཡོ་གཙང་པོ། ཡུང་གཙང་པོ་བཅས་གཙང་པོ་གསུམ་གྱི་འབབ་ཡུལ་ལམ་འདུས་ཡུལ་ཡིན་པས། མི་རྣམས་ཀྱིས་གཙང་གསུམ་འདུས་མདོ་ཟེར། ཉིན་པོའོ་ཕྱོགས་ཀྱི་བུ་དང་བུ་མོ་རྣམས་གཙང་པོ་འདི་གསུམ་གྱི་འབབ་ཡུལ་ནས་འཚར་ལོངས་རྒྱས་པས་མ་ཡུམ་གཙང་པོ་ཟེར།

ཉིན་པོའོ་གྲོང་ཁྱེར་གྱི་ཕྱི་ནང་བར་གསུམ་གང་ཡིན་སར་གཙང་ཆུས་གང་ཡོད་པས། རག་དང་ཟམ་པའི་རྒྱུན་བསྟུད་མར་འཐེན་ནས་དྲ་བ་ལྟར་གྱུར་ཡོད།

ཉིན་པོའི་གྲོང་ཁྱེར་ནས་གསར་རྙིང་གི་ཟམ་པ་བརྒྱ་ཕྲག་དུ་མ་ཡོད་ཅིང་། དེ་ལས་འགའ་ཞིག་ནི་གྲོང་ཁྱེར་དང་ས་གནས་ཀྱི་མཚོན་བྱེད་རྟགས་རིས་སུ་འང་གྱུར་ཡོད།

དེ་ལས་ལེན་ཟམ་པ་ནི་ཉིན་པོའི་གྲོང་ཁྱེར་གྱི་སྤྱི་ཚོགས་མཐོ་རིམ་མི་སྣ་དང་ཚོང་པ་ཆེན་པོ་རྣམས་ཀྱིས་རྩང་ཏེ་ན་ཚོང་ལས་བྱེད་བཞིན་པའི་ཉིན་པོའི་ཡི་མི་རྣམས་ལ་འབྲེལ་བ་བྱས་ཏེ་མཉམ་དུ་བསྐྲུན་པ་ཞིག་རེད། འདི་ནི་ཐྲིན་ཧྲ་གཙང་པོའི་གཞོག་གཉིས་ལ་འཛའ་ཚོན་ལྟར་འཕྱེན་ཡོད་ཅིང་། སྤྱི་ལོ་གཅིག་དགུ་སུམ་ཅུ་སོ་དྲུག་ལོའི་ཟླ་ལྔ་པའི་ཚེས་ཉེར་ལྔ་ཉིན་དངོས་སུ་བེད་སྤྱོད་བྱས།

དེ་ནས་ལོ་གཅིག་འགོར་མ་ཐག་འཛམ་གླིང་ཡོངས་ལ་དངངས་སྐྲག་བཟོས་པའི་བདུན་བདུན་དོན་རྐྱེན་བྱུང་བ་ཡིན། སྤྱི་ལོ་གཅིག་དགུ་སུམ་ཅུ་སོ་བདུན་ལོའི་ཟླ་བརྒྱད་པར། འཇར་དམག་གིས་མཁའ་དབྱིངས་

ནས་ཧྲེང་ཧེ་ལ་འཛེམ་རྐོལ་བྱས་ཤིང་། ཉེ་ལོག་གི་ཉིན་པོའི་གྲོང་ཁྱེར་ལ་འཛེར་པ༔་གྱི་འབར་གས་ལྷུང་། དེའི་རྗེས་བདེ་འཛུགས་ཀྱི་ཆེད་དུ་ཉིན་པོའི་ཡི་ཁྱིམ་ཚང་ཕལ་ཆེར་ཞིག་བྲོས་བྱོལ་ལ་སོང་། གྲོང་ཁྱེར་གྱི་སྡོད་དམངས་ལ་ལ་རང་ཡུལ་དང་འབྲལ་མ་འདོད་པར་ཕ་ས་བསྲུངས་ཤིང་དགྲ་འཐབ་བྱས།

འཐེར་དམག་གིས་བསྣུད་མར་ཟིང་འཁྲུག་བསླངས་ཏེ་ཉིན་པོའི་ཡི་ཐོག་རྩིག་དང་སྲང་ལམ་ཡོངས་གཏོར་བར་མ་ཟད། མཛེས་སྡུག་ལྡན་པའི་ཁང་རྩིག་མང་པོ་རྡུལ་ལ་བརླགས་པས། ཐུའུ་ཡོའུ་ཡོའུ་སྡོད་པའི་ཁེ་མེན་སྲང་ཚོགས་ཀྱང་རྡུལ་ལ་འདྲེས།

མི་རྣམས་ཀྱིས་དྲན་ཆེ་སྙིང་ལ་ཟུག་གཟེར་སྐྱེ་བར་བྱེད་པ་ཞིག་ལ་ཉིན་པོའི་གྲོང་ཁྱེར་གྱི་གཟི་བརྗིད་དུ་བརྩི་ཙུང་བའི་ལེན་ཟམ་པའང་གཏོར་སོང་།

བསྣུད་མའི་འབར་གས་ཀྱི་གཏོར་སྐྱོན་ལས་མི་གྲངས་ཁྲི་གསུམ་ལྷག་དམག་འཁྲུག་ཁྲོད་འདས་གྲོངས་

ཁྲིན་པ་དང་། ཁྲིམ་ཚང་ཕལ་ཆེར་གྱི་སྡོད་ཁང་དང་ར་སྐོར་བཅས་ཏེ་མཚན་གཅིག་ལ་ཐལ་བའི་རྡུལ་དུ་བརླགས།

འདི་ནི་ཉིན་པོའོ་ཡི་མི་རྣམས་ཀྱིས་ནམ་ཡང་བརྗེད་པར་དཀའ་བའི་འཛར་པན་དམག་གི་བཙན་འཛུལ་རེད།

འདི་དུས་སློབ་གྲྭ་ལ་ལ་ཞིག་ཐབས་མེད་ཙུ་ཐུག་གིས་དབེན་འཛགས་ཀྱི་རི་ཁུལ་སོགས་སུ་བྲོས་སྡོད་བྱས།

དཔེར་ན་ཉིན་པོའོ་ཡི་སློབ་འབྲིང་ལྷ་བུ་རེད། སློབ་གྲྭ་དེར་ཕེ་ཇོང་གི་ཧོཙུ་ཞེས་པའི་ཁྲིམ་ཚང་གི་དུར་ས་ཡོད་པའི་གྲོང་སྡེ་ཆུང་ངུ་དེར་སྤར། སྤྱི་ལོ་གཅིག་དགུ་སུམ་ཙུ་སོ་དགུ་ལའི་དགུན་གནང་གི་སྐབས་སུ། ཅིན་དང་ལོཙུ། ཏང་སོགས་ལའང་གནོད་འཚེ་ཐེབས་ཏེ། སློབ་གྲྭ་ཁག་ཉེ་འཁོར་གྱི་དབེན་འཛགས་ཡིན་པའི་གནས་སུ་མི་སྤར་ཐབས་མེད་བྱུང་།

ཐུཙུ་ཡོཙུ་ཡིས་སློབ་ཆུང་འགྲིམ་ཡུལ་ཁྲང་ཏེ་

སྨེར་གཉེར་བུ་མོའི་སློབ་གྲྭའང་ཐར་ཐབས་ག་ལ་ཡོད། སློབ་གྲྭ་དེའི་སློབ་ཁང་མང་པོ་ཞིག་ལ་འབར་གས་ཀྱི་གནོད་པ་ཐེབས་ནས་གཏོར་བ་རེད།

དགེ་སློབ་མང་པོའི་བདེ་འཇགས་ཀྱི་སླད་དང་། ཡང་སྐྱོས་ཀྱང་རྟ་མི་རིགས་ཀྱི་སློབ་གསོ་དང་རིག་གནས་རྒྱུན་འཛིན་གྱི་ཆེད་དུ། ཁྲུང་ཧྲི་སྨེར་གཉེར་བུ་མོའི་སློབ་གྲྭའང་སློབ་གྲྭ་གཞན་དག་ལྟར་མི་སྒོ་ག་མེད་བྱུང་།

སྐབས་དེར་ཁྲུང་ཧྲི་བུ་མོའི་སློབ་གྲྭའི་ནང་གི་སློབ་འབྲིང་གི་ཚོགས་པ་ནི་ཧྲིན་རྟ་ན་ཐེན་ཞ་ཞེས་འབོད་པའི་གྲོང་སྡེ་ཚུང་ཚུང་ཞིག་ཡོད་ས་དེར་སྤར་ཞིང་། སྡེ་པའི་ནང་གི་འབྲུ་མཛོད་ཁང་ཞིག་གཡར་ནས་སློབ་ཁྲིད་བྱས། སློབ་ཚུང་གི་ཚོགས་པ་རྣམས་ལོ་ན་ཕྲ་སྐབས་རི་ཁུལ་གྱི་ཁོར་ཡུག་མི་འཕྲོད་ལ་དཀའ་སྡུག་མི་ཐེག་པས། རང་རང་གི་ཡུལ་ལ་སློབ་ཕྱོལ་བྱེད་དུ་བཅུག་པ་རེད།

སྐབས་དེར་ཐུའུ་ཡོའུ་ཡོའུ་ནི་པེ་ཇོང་གི་སྨེར་གཉེར་སློབ་ཚུང་ཞིག་ལ་བསྐྱལ་ནས་མུ་མཐུད་དུ་སློབ་

གཉེར་བྱས་པ་རེད།

དམག་འཁྲུག་གི་གདུག་རྩུབ་ཀྱིས་ཐུའུ་ཡོའུ་ཡོའུ་ཡི་སེམས་ལ་བརྗེད་ཐབས་བྲལ་བའི་ཤུགས་རྐྱེན་ཞིག་བཞག་ཡོད། དེ་ལས་ཀྱང་ལོ་མོས་དྲན་ན་འཇིགས་ཡེར་བ་ཞིག་ནི་འཇར་པན་གྱི་མི་ཡིས་ཉིན་པོའི་གྲོང་ཁྱེར་དུ་འཕང་བའི་སྙི་དངོས་རྫས་འགྱུར་འབུ་མདའི་འབར་གས་རེད།

ཧྲང་ཏེ་ལ་གནོད་འཚེ་ཐེབས་རྗེས། ཧྲང་ཏེ་ཉེ་ལོག་གི་ཉིན་པོའི་ནི་སྐབས་དེར་ཅང་ཧོན་དང་ནང་ལོག་བར་གྱི་གྲུ་ཁའི་གྲོང་ཁྱེར་གཙོ་བོ་གཅིག་རེད།

ཡིན་ནའང་འཇར་པན་གྱིས་ཐེངས་མང་པོར་ཉིན་པོའི་ལ་གནོད་འཚེ་བཏང་བས་ས་གནས་ཀྱི་དམག་དང་དམངས་ཀྱིས་ཁྱོད་ཤི་ང་གསོན་གྱི་འགོག་རྒོལ་བྱས། དེ་བས་འཇར་པན་ཧྲ་ཞི་སི་ཡིས་ཉིན་པོའི་ལ་གནོད་འཚེ་གཏོང་མ་ནུས་པར་མཐར་འབུ་མདའི་འབར་གས་འཕང་བས། ཉིན་པོའི་ཡི་ཁེ་མེན་སྒྲུང་ལམ་དང་ཉེ་ལོག་

ལ་འཇིགས་ཡེར་བའི་ཅོག་ནད་བྱུང་བ་རེད།

གདུག་རྩུབ་ཀྱི་དམག་འཁྲུག་ལ་བརྟེན་ནས་འཇར་པན་མི་ཡིས་ཅོག་ནད་བཏང་སྟེ་ཀྲུང་གོའི་འབངས་མི་ནད་ཅན་དུ་བཏང་། ཉིན་པོའོ་ཁེ་མེན་གྱི་ཕྱོགས་ནས་ཚོད་ལྟ་བྱེད་ཡུལ་དུ་གྱུར། འཇར་པན་མི་ཡིས་མནར་གཅོད་བཏང་བའི་དུས་ནི་ཉིན་པའོ་ཡི་ལོ་རྒྱུས་སུ་ཤིན་ཏུ་འཇིགས་སྣང་བྱུང་བའི་དུས་ཤིག་ཡིན།……

གཅིག་དགུ་བཞི་བཅུ་ལོའི་ཟླ་བཅུ་པའི་ཚེས་ཉེར་བདུན་ཉིན་གྱི་ཞོགས་པའི་ཆུ་ཚོད་བདུན་གྱི་སྟེང་། ནམ་མཁའ་ནས་གློ་བུར་འབྲུག་སྒྲ་ལྟ་བུའི་སྒྲ་ཆེན་ཞིག་གྲགས།

གྲོང་ཁྱེར་ནང་གི་མི་རྣམས་འགྲོ་དབང་བྱོལ་དབང་མེད་པར་འབར་གཏོར་གནམ་གྲུ་མང་པོ་འཕུར་ནས་ཐོན། ཉིན་པོའོ་ཡི་གྲོང་ཁྱེར་གྱི་མཁའ་ནས་ལྡིང་བསྐོར་ཞིག་བྱས་རྗེས་སྨུར་མོར་ཐུར་ལ་བབས།……

ཡ་མཚར་བ་ཞིག་ལ་གནམ་གྲུ་ཐང་ལ་མ་བབས་ལ་འབར་གས་ཀྱང་མ་འཕང་། དེ་ལས་ལྡོག་སྟེ་འབྲུ་རིགས་དང་ཕྱུ་མར་འཕངས་ཤིང་། ཕལ་ཆེར་ཞིག་ཁེ་མེན་སྲུང་ལམ་ལ་ལྷུང་།

སྐད་ཅིག་དེ་ཉིད་ལ་ཁེ་མེན་གྱི་ནམ་མཁའ་དང་ཁང་ཀླད་ནས་སྤྲིན་པ་སྐྱ་སེར་ཞིག་ཁེངས་ཤིང་། ཕྱུ་རྫུལ་ལྟ་བུའི་རྫུལ་སྨུག་གིས་ཁེངས་ཤིང་ཁངས་སྐྱ་དང་ཕྱུ་མ་བབས་པའི་སྦྲ་ལྟ་བུ་ཞིག་ཀྱང་གྲགས།

འདི་ནི་ཅི་ཞིག་ཡིན་ནམ། གྲོང་ཁྱེར་གྱི་མི་རྣམས་ཏ་ལས་ཤིང་འཛེགས་ཡིར་སྐྱེས།

ཉིན་དེའི་ཕྱི་དྲོའི་དུས་ཚོད་གཉིས་ཡས་མས་སུ། འཛར་པན་གྱི་འབར་གས་གཏོང་བའི་གནམ་གྲུ་འགའ་ཞིག་ཡང་བསྐྱར་ཉིན་པོའི་ཡི་མཁའ་ལ་འཁོར་ཞིང་། ཡང་བསྐྱར་ཕྱུ་རྫུལ་དང་འབྲུ་རིགས་ལྟ་བུ་འཕངས།

སྔོང་དམངས་ལ་ལས་འདང་མང་པོ་མ་བརྒྱབ་པར། གདོང་ཡོལ་གོན་ནས་ཁང་ཀླད་ཀྱི་ཕྱུ་རྫུལ་ཕྱགས།

རྒྱ་མཚན་དམག་འཁྲུག་གི་སྐབས་སུ་འབྲུ་རིགས་དཀོན་པས་དེ་ལ་ཟོ་དམ་བྱེད་བསམས་པ་རེད།

ཡིན་ནའང་ཞིབ་ཚགས་ཅན་གྱི་མི་རྣམས་ཀྱིས་སྦྱར་སོར་འབྲུ་དང་ཕྱེ་རྫས་ཀྱི་ནང་དུ་དངོས་པོ་ཚུང་ཚུང་ཞིག་ཡོད་པ་མཐོང་ཞིང་དེ་དག་འགུལ་ནུས། ཞིབ་ཏུ་བལྟས་ཚེ་དེ་ནི་ཤིག་རེད།

ཤིག་ནི་སྦྱར་སོར་ཁེ་མེན་སྲུང་གི་ཁྱིམ་ཚང་སོ་སོར་ཁྱབ། ཐུའུ་ཡོའུ་ཡོའུ་ཡི་ཁྱིམ་ནང་ལའང་མང་པོ་ཐོན། ཤིག་འདིའི་རིགས་ཀྱིས་མི་ལ་སོ་འདེབས་པ་དང་། སོ་བཏབ་ཤུལ་ནི་དམར་ཐིག་ཡོད་ཅིང་ཟ་འཕྲུག་ལངས།

ཉིན་དེའི་དགོང་མོ། ཉིན་པོའོ་ལ་ཆར་པ་ཆེན་པོ་ཞིག་བབས།

མི་རྣམས་ཀྱི་སེམས་སུ་ཆར་ཆུ་ཡིས་ཁང་སླད་ཀྱི་ཤུག་དག་ཁྱུར་ནས་གཙང་སེལ་བཟོ་སྙམ་ཡང་། དེ་ལས་ལྡོག་སྟེ་ཆར་ཆུས་ཕྱེ་རྫས་དག་ཁྱུར་ནས་དོང་ཆུ་དང་ཕྱུགས་ཀྱི་འཐུང་ཆུའི་ནང་བབས།

དངོས་འབྲེལ་ཉིན་འགའ་མ་འགོར་བར། ཐུའུ་ཡོའུ་ཡོའུ་ཡི་ཨ་ཕ་ཡིས་དོན་དག་ངན་པ་ཞིག་གོ་བྱུང་། དེ་ནི་ཁེ་མེན་སྲང་བར་གྱི་སྲུན་ཁུ་བཙོང་མཁན་གྱི་ཕོ་མོ་དེ་གཉིས་སློ་བུར་ཤི་བ་ཐོས།

དེ་དང་མཐུད་ནས་ཁེ་མེན་གྲོང་ཁྱེར་གྱི་ཁྲིམ་ཚང་མང་པོ་ནས་གནས་ཚུལ་དེ་འདྲ་གོ་རྒྱུ་འདུག ཐུའུ་ཡོའུ་ཡོའུ་ཚང་ནས་མི་རིང་བའི་ཕང་ཧྲོན་ཞིན་ཞེས་པའི་གོ་རེ་ཚོང་ཁང་དང་། ཧོའུ་ཡོན་ཞིན་ཞེས་པའི་ཚོང་ཁང་། གཞན་ཡོན་ཐེ་ཚང་ཁང་སོགས་སུའང་མི་རྣམས་ལ་ཚ་བརྒྱབ་སྐྱེ་མི་ཤི་བའི་གནས་ཚུལ་བྱུང་།

འཇིགས་ཡེར་བའི་སྨུག་སྤྲིན་ཞིག་གིས་སློ་བུར་ཉིན་པོའོ་བཏུམས།

སྨན་ཁང་གི་ཚོད་ལྟ་དང་སྨན་ཐོག་ངོས་འཛིན་ཡང་སློ་བུར་ཐོན་ཞིང་། མི་འདི་འདྲ་མང་པོ་ཞིག་ཤི་བའི་རྒྱུ་རྐྱེན་ནི་ཙིག་ནད་ཕོག་པར་བཤད།

མ་གཞི་འཇར་པན་དམག་གིས་འཕང་བའི་ཕྱེ་

རྩལ་དང་འབྲུ་ཡི་ནང་གི་ཤིག་དེའི་རིགས་ནི་སྦྲ་འབུའི་དྲག་ཆས་རེད།

འདི་ནི་རྒྱལ་སྤྱིའི་སྤྱི་ཁྲིམས་ནང་བེད་སྤྱོད་མི་ཆོག་པ་དང་མི་རྒྱུད་ཚར་གཅོད་ཀྱི་དྲག་ཆས་ཤིག་ཡིན། འཇར་པན་མི་ཡིས་ཉེས་མེད་ཀྱི་ཉིན་པོའོ་མི་རྣམས་ཀྱི་སྟེང་ལ་འཕང་བ་ནི་ཧྲ་ཞི་སི་སྦྲ་འབུ་རེད།

འཇར་པན་གྱིས་ཉིན་པོའོ་ནས་ཉེས་པ་བསགས་པར་མ་ཟད་འཛམ་གླིང་གི་དམག་འཁྲུག་ལོ་རྒྱུས་སྟེང་ནས་ཉེས་པ་བསགས་པ་རེད། ཕྱི་རྒྱལ་གྱི་བཙན་འཛུལ་པ་དག་གིས་ཐེངས་དང་པོར་ཁྱབ་རྒྱ་ཆེན་པོའི་སྒོ་ནས་བཙན་འཛུལ་གྱིས་སྦྲ་འབུའི་དྲག་ཆས་འཕང་བ་རེད།

ཉིན་འགའི་ནང་དུ་ཉིན་པོའོ་གྲོང་ཁྱེར་ནས་མི་བརྒྱ་དང་སུམ་ཅུ་ལྷག་ལ་ཅིག་ནད་ཕོག་ནས་ཤི་བ་དང་། སྐབས་རིམས་ནད་རྒྱ་ཁྱབ་སོང་སྟེ་གྲོང་ཁྱེར་སྲིད་གཞུང་གིས་ཁེ་མེན་སྲུང་ལམ་ནི་ནད་ཡོད་ས་ཁུལ་ལ་གཏན་ཁེལ་བྱས་ཏེ། མཐའ་བསྐོར་བཀག་ནས་ཟུར་བཀར་བྱས།

ཟུར་བཀར་འདི་ནི་ཐུའུ་ཡོའུ་ཡོའུ་ཡི་སེམས་ནས་ནམ་ཡང་བརྗེད་ཐབས་མེད་ལ། མོ་ལ་ཐེངས་དང་པོར་དམག་འཁྲུག་གིས་གནོད་འཚེ་དང་འཇིགས་སྣང་ཚོར་དུ་བཅུག

སྐབས་དེར་ཐུའུ་ཡོའུ་ཡོའུ་ཚང་ནི་ལས་བཟང་སྐྱེ་ཙིག་ནད་མ་ཐོག ཡིན་ནའང་དོན་རྐྱེན་འདིའི་དབང་གིས་ལོ་དེའི་ཟླ་བཅུ་གཅིག་པའི་ཚེས་སུམ་ཅུ་ཉིན། སྲིད་གཞུང་གིས་ཡིག་ཆ་བསྒྲགས་ཏེ་ཙིག་ནད་འགོག་ཆེད་ནད་ཡམས་ཐོག་པའི་ས་ཁུལ་གྱི་ཁང་པ་ཡོད་ཚད་མེ་ལ་བསྲེག་རྒྱུ་གཏན་ཁེལ་བྱས།

བསྒྲགས་ཡིག་དེ་ཡིས་སྟོན་ཆད་ཚོང་བྱེད་མཁན་གྱི་ཚོང་བརྡ་དང་བྱིས་པ་རྣམས་ཀྱི་དགོད་སྒྲས་ཁེངས་པའི་ཁེ་མེན་སྲང་ལམ་ནི་མྱུ་ངམ་གྱི་མེ་སྒྲས་ཁེངས།……

མེ་ཤུགས་བསྟུད་མར་དུས་ཚོད་བཞི་ལ་མཆེད་རྗེས་ཁེ་མེན་སྲང་ལམ་གྱི་ཁྱིམ་ཚང་བརྒྱ་དང་བཅོ་ལྔ་དང་། འདས་པའི་དུས་ཀྱི་ལོ་རྒྱུས་ཀྱི་གནའ་ཤུལ་དང་

བཅས་ཐལ་བའི་རྡུལ་དུ་བརླགས།

མེ་ལྕེ་ལྷེམ་ལྷེམ་འབར་བའི་ཁྲོད། ཐུའུ་ཡོའུ་ཡོའུ་ཨ་ཕ་དང་ཨ་མའི་ལག་པར་དམ་པོར་འཇུས་ཏེ་མིག་མཐའ་འཚི་མས་ཁེངས།……

བྱིས་དུས་ཀྱི་ཕ་ཁྱིམ་མེད་པར་བཟོས། ཐུའུ་ཡོའུ་ཡོའུ་ཡི་སེམས་སུ་རང་ཉིད་བྱིས་པ་ཞིག་མིན་པར། མཚན་གཅིག་ལ་ནར་སོན་ན་སྙམ།

"འཛར་པན་ཧྥུ་ཞི་སི…… ཕྲ་འབུའི་དྲག་ཆས…… ནད་དུག……" ཐུའུ་ཡོའུ་ཡོའུ་ཡིས་ཐེངས་དང་པོར་ཡི་གེ་དང་ཐ་སྙད་འདི་དག་གོ་དུས། དེ་དག་ནི་ལུས་སྟེང་གི་རྨ་ཁ་ཞིག་དང་མཚུངས་པར་སེམས་སུ་རྗེ་ལ་རི་མོ་བཀོས་པ་ནང་བཞིན་གསལ།

ན་ཚའི་ཁྲོད་ཀྱི་བྱ་མོ།

ཁེ་མེན་སྲང་ལམ་གྱི་སྒོ་རྟགས508ཅན་གྱི་ཁྱིམ་ཚང་དེ་མི་ལ་སྤྲར་ནའང་། སྒོ་རྟགས26ཅན་གྱི་ཨ་ཕྱི་ཚང་ནད་ཁྲུལ་གྱི་ཕྱི་ན་ཡོད་པས། བྱུའུ་ཡོའུ་ཡོའུ་ཕ་མར་འགྲོགས་ནས་ཨ་ཕྱི་ཚང་ལ་སྤྲར།

ཁོ་མོ་ཨ་ཕྱི་ཚང་ནས་ལོ་བཅུ་ལ་བསྡད། སྤྱི་ལོ་གཅིག་དགུ་ལྔ་བཅུ་ང་གཅིག་ལོ་ལ་མོ་རང་ཉིན་པོའི་དང་བྲལ་ནས་པེ་ཅིན་ནས་སློབ་ཆེན་འགྲིམས།

སྔོན་ནས་བཤད་པ་བཞིན་བྱུའུ་ཡོའུ་ཡོའུ་ཡི་ཨ་ཕ་ནི་དཔེ་ཀློག་པ་ཞིག་ཡིན་པས་སློབ་གསོ་ལེགས་པོ་བརྒྱུད་མྱོང་། དེ་བས་ཁོས་བུ་མོའི་སློབ་གསོ་ལ་དོ་སྣང་ཆེན་པོ་བྱེད། ལར་དམག་འཁྲུག་གི་དུས་སྐབས་དང་འཚོ་བར་དཀའ་ཁག་ཆེ་དུས་ཡིན་ནའང་བུ་མོའི་སློབ་

སྦྱོང་ལ་དལ་འགོར་མ་བཏང་། ཐུའུ་ཡོའུ་ཡོའུ་དང་མོའི་ཕུ་བོ་གསུམ་པོས་སློབ་གསོ་ལེགས་པོ་ཞིག་མྱངས་ཡོད།

ཐུའུ་ཡོའུ་ཡོའུ་ཡིས་ཕུ་བོ་ཐོའུ་ཧྲིན་ཞོའུ་ཡིས་བྲིན་པའི་འདྲ་པར་ཞིག་ཉར་ཡོད། འདྲ་པར་དེའི་རྒྱབ་ན་ཕུ་བོས་མོ་ལ་བྲིས་པའི་ཡི་གེ་འགའ་གསལ་བ་གཤམ་ལྟར།

ནུ་མོ་ལགས།

ཤེས་བྱ་ལ་མུ་མཐའ་བྲལ། དེ་བས་ཁྱོད་ཀྱིས་སློབ་སྦྱོང་བྱས་ནས་འབྲས་བུ་ཅུང་ཙམ་བླངས་རྗེས་གཏན་ནས་ཡིད་ཚིམས་མི་རུང་། གལ་ཏེ་ཁྱོད་ལ་ཕམ་ཁ་ཅི་ཞིག་བྱུང་བའི་སྐབས་དེར་ཡིན་ནའང་། ཁྱོད་རང་གཏན་ནས་སེམས་ཕམ་མི་རུང་། ནུ་མོ་ལགས། རིག་གནས་ཞེས་པ་ནི་སློབ་སྦྱོང་རྣམ་དག་བྱེད་མཁན་གྱིས་སྤྱངས་ནས་ཐོབ་སྲིད་པ་ཞིག་ཡིན།

ཕུ་བོ་ཧྲིན་ཞོའུ་ནས་ལུང་ཁུ་རུ་བསྐུར།

གཅིག་དགུ་ཞེ་བཞི་ལོར། ཐུའུ་ཡོའུ་ཡོའུ་ལོ་བཅུ་བཞི་རེད། ཕུ་བོས་མོ་ལ་བསྐུར་བའི་པར་དང་དེའི་

རྒྱབ་ཀྱི་ཡི་གེ་ལས་ཐོའུ་ཚང་གི་སློབ་གསོའི་གནས་ཚུལ་ཤེས་ཐུབ། དེར་མ་ཟད་ཕུ་ནུའི་བར་གྱི་བརྩེ་འདུང་དང་སེམས་ཁུར་ཡང་མཚོན་ཡོད།

གཅིག་དགུ་ཞེ་གསུམ་ལོའི་སྔོན་ཀ་ནས་གཅིག་དགུ་ཞེ་ལྔ་ལོའི་སྔོན་ཀའི་བར་ནི་ཐུའུ་ཡོའུ་ཡོའུ་ཡིས་སྒེར་བཙུགས་བུ་མོའི་སློབ་གྲྭ་ནས་སློབ་འབྲིང་ལོ་རིམ་དང་པོ་དང་གཉིས་པ་སྦྱོང་དུས་རེད། གཅིག་དགུ་ཞེ་ལྔ་ལོའི་ཟླ་དགུ་པར་ཡུང་ཅང་སྒེར་གཉེར་སློབ་གྲྭ་ཏུ་ཕྱིན་ཏེ་ལོ་རིམ་གསུམ་པ་བཏོན།

ཡུང་ཅང་སྒེར་གཉེར་བུ་མོའི་སློབ་གྲྭ་ནི་ལོ་བརྒྱ་ཕྲག་གི་ལོ་རྒྱུས་ལྡན་པ་ཞིག་རེད། དེ་ནི་སྔོན་ཆད་ཉིན་པའོ་ཡི་བུ་མོའི་སློབ་གྲྭ་ཐོག་མ་རེད། ད་ལྟ་བུ་མོའི་སློབ་གྲྭ་དེའི་ཤུལ་ནས་ཉིན་པའོ་སློབ་གསོའི་བཤམས་སྟོན་ཁང་བཙུགས་ཡོད།

གཅིག་དགུ་ཞེ་ལྔ་ལོར་ཐུའུ་ཡོའུ་ཡོའུ་དེ་ཏུ་ཞུགས། སྔོན་གྱི་སློབ་ཁྲིད་ཐོག་ཁང་འཛར་པན་དམག་གིས་ཞིག་

སྟེ། ཤུལ་དུ་གཞན་ནས་གཡར་བའི་ཁང་པ་ཞིག་ལས་མེད། དེའི་ཁང་ཙུས་རྫེ་ཡིན་པའི་ཁྱིམ་ཚང་ཞིག་གི་ར་སྐོར་ཡོད། དེ་ནི་སློབ་འབྲིང་དང་མཐོ་འབྲིང་སློབ་མའི་སློབ་ཁྲིད་ཁང་པ་བྱས་པ་རེད། དམག་འཁྲུག་གི་དུས་སྐབས་ལ་སློབ་གྲྭ་ནས་ཐབས་སྣ་ཚོགས་འཐེན་ཏེ་སློབ་ཁྲིད་བྱས། དེ་ཙུ་སྤྱི་དམངས་དང་རྒྱ་ཡིག རྩིས་རིག། དབྱིན་ཡིག དངོས་ལུགས། འཕྲོད་བསྟེན། རོལ་དབྱངས། ལོ་རྒྱུས། ས་ཁམས། བྲིས་དམག ལུས་རྩལ་སོགས་ཀྱི་ཁྲིད་བྱ་མཆིས།

བུ་མོའི་སློབ་གྲྭ་དེ་ཙུ་ཟོན་གྱི་སྒྲིག་སྲོལ་ཞིག་མཆིས། དེ་ནི་སློབ་གྲྭ་ནས་ངེས་པར་དུ་སློབ་གྲྭའི་སློབ་ལྭ་གོན་དགོས། དབྱར་དུས་ཤམ་ལྭ་ཐུང་ངུ་དང་། དཔྱིད་ཀ་དང་སྟོན་ཁ། དགུན་ཁ་བཅས་ལ་ཤམ་ལྭ་ནག་པོ་ཞིག་གོན་དགོས། འདི་ནི་ཕྱི་བལྟས་ཀྱིས་བབ་ཆགས་དང་རྣམ་པ་འཕྱོར་པོ་ཞིག་ཡིན་མོད། བུ་མོའི་སློབ་གྲྭ་ཡིས་དེ་གོན་ཆེ་སློབ་མའི་གཤིས་སྤྱོད་ལ་གནོད་པ་ཡོད་ཚུལ་བཤད་ཡོད། གཞན་དེ་ཙུ་ཀང་ཆེན་རོལ་དབྱངས་སྦྱོང་

རྒྱུ་ཡོད། དེའི་དམིགས་ཡུལ་ནི་བུ་མོ་རྣམས་ཀྱི་སྒྱུ་རྩལ་ལྷོ་སྦྱོང་གོང་འཕེལ་གཏོང་ཆེད་ཡིན།

སློབ་གྲྭའི་ནང་དུ་འདི་འདྲའི་སྤྱོད་བཟང་གི་བྱ་སྤྱོད་མང་ལ། ཕྱིར་ཨ་ཕྱི་ཚང་ལ་ཐོན་ཚེ་རྒྱུན་པར་ཨ་ཕྱི་དང་ཨ་ཁུ་གཉིས་ཀྱིས་སློབ་གསོ་གཏོང་བཞིན་ཡོད། འདི་འདྲའི་ཁྱིམ་རྒྱུད་རིག་གནས་ཅན་གྱི་ཁོར་ཡུག་ནས་ནར་སོན་པས། ལར་དམག་འབྲུག་གིས་མོའི་རྒྱུད་ལ་གསུབ་ཏུ་མེད་པའི་རྨ་ཁ་བཞག་ཡོད་རུང་། ཡུན་གྱིས་སོས་བདེ་དང་སྤྲོ་སྣང་ཅན་ལ་ཕྱོགས།……

ཡིན་ནའང་དེ་ལྟར་ཡུན་རིང་པོ་མ་བྱུང་། སློབ་འབྲིང་ལོ་རིམ་གསུམ་པའི་མཇུག་རྒྱུགས་ཀྱི་སྐབས་སུ། ཐུའུ་ཡོའུ་ཡོའུ་ལ་གློ་བུར་ན་ཚ་ཞིག་བྱུང་།

ཐོག་མར་མོ་ལ་ཚ་བ་ཅུང་ཙམ་རེ་བྱུང་། འཁྱག་དུས་ལུས་པོ་ཡོངས་གྲང་ཞིང་འདར། དྲོ་དུས་ཚ་བོ་ཆེན་པོ་རྒྱས། སྐབས་ལ་ལར་རྣམ་རིག་མི་གསལ་བར་འགྱུར།

ཨ་ཕས་སྨན་ཁང་ཁྲིད་འོངས་ནས་བརྟག་དཔྱད་

བཏང་། སྨན་པས་བརྟག་དཔྱད་ནན་མོ་བྱས་རྗེས་ཨ་ཕ་ལ། “གནས་ཚུལ་ཡག་རྒྱུ་མེད་དེ། བུ་མོར་འདར་ནད་བྱུང་འདུག” ཟེར།

འདར་ནད་ནི་བརྙན་བཤེར་ཆེ་བའི་སྐབས་སུ་ཨང་ང་ཅོས་སོ་བཏབ་སྐྱེ་ཐོག་པ་ཞིག་རེད།

སྐབས་ལ་ལར། མི་རྣམས་ཀྱིས་ཚ་གྲང་གི་ནད་དེ་ངོས་འཛིན་ལེགས་པོ་མ་ཐུབ་པར། དེ་ནི་ཚ་ནད་ལ་བལྟ་བཞིན་ཡོད་པས་ཤིན་ཏུ་སྐྲག་བཞིན་ཡོད།

ཐུའུ་ཡོའུ་ཡོའུ་ཡི་ཨ་ཕས་འདར་ནད་ལ་རྒྱུས་ལོན་ཡག་པོ་བྱས་ཡོད་སྟབས། ནད་དེ་ཡིན་པ་ཤེས་རྗེས་སེམས་ནང་ཙུང་བདེ་ལ་བབས།

“གལ་ཏེ་ཁོའུ་ཉིན་ཞེས་པའི་སྨན་དེ་ལག་ཏུ་ཚུད་ཚེ། སྨན་བཅོས་བྱེད་ཐུབ།” ཐུའུ་ཡོའུ་ཡོའུ་ཡི་ཨ་ཕས་ཆུང་མ་དང་ཁྱིམ་མིར་སེམས་གསོ་བྱེད་ཞོར “སྨན་དེ་ལག་ཏུ་ཚུད་དཀའ་ནའང་། ཡོད་ཚེ་སྒོར་མོ་དུ་ཡིན་ཡང་ཉོ་རྒྱུ་ཡིན” ཞེས་བཤད།

ཐུའུ་ཡོའུ་ཡོའུ་ལ་བརྟག་མཁན་གྱི་སྨན་པ་དེས་མགོ་བོ་འཕྲེད་དུ་གཡུག་ཞོར་བརྣན་པ་ཞིག་འཐེན་ཞོར་ "ད་ལྟ་སྨན་ཁང་ཆེ་ཆུང་གང་ཡིན་རུང་བཤད་མི་དགོས། ཐ་ན་སྤྱི་ཚོགས་ཀྱི་ནག་ཚོང་ཁང་དག་ཏུའང་སྨན་དེ་ཉོ་རྒྱུ་མེད། དེ་ནི་འཇར་པན་འདྲེ་དམག་གིས་ཕྱིར་བསྡུ་བྱས་ཏེ་བཀག་འགོག་བྱས་ཡོད" ཅེས་བཤད།

"དེ་འདྲ་ཡིན་ནམ།" ཐུའུ་ཡོའུ་ཡོའུ་ཡི་ཨ་ཕས་དོན་དག་དེ་སླ་མོ་ཞིག་མིན་པ་ཤེས་བྱུང་། "དེ་ན་ཇི་འདྲ་བྱས་ན་བཟང་ངམ། འདི་ལྟར་སོང་ཚེ་བྱིས་པའི་ལུས་པོ་ཇེ་སྡུག་ཏུ་འགྲོ་རྒྱུ་རེད......"

སྨན་པས "གལ་ཏེ་ཕྱི་རྒྱལ་གྱི་སྨན་དེ་ཉོ་མ་ཐུབ་ཚེ། ང་ཚོ་རང་གི་རྒྱ་སྨན་བཀོལ་དགོས་རྒྱུ་རེད" ཅེས་བཤད།

ཐུའུ་ཡོའུ་ཡོའུ་ཡི་ཨ་ཕས་སྨན་པས་བཤད་པ་ལྟར་ཁེ་མེན་སྲང་ལམ་དང་མི་རིང་བའི་ཡོའུ་ཧང་སྲང་ལམ་ནས་རྒྱ་སྨན་མཁས་པ་ཞིག་ཁྲིད་དེ་འོང་།

ཡོའུ་ཧང་ལམ་ནི་ཉིན་པོའོ་གྲོང་ཁྱེར་གྱི་རྒྱ་སྨན་

ཚོང་སའི་སྲུང་ལམ་ཞིག་རེད། སྲུང་ལམ་དོགས་ཤིང་གཞོག་གཉིས་ཀར་རྒྱ་སྨན་བཙོང་རྒྱུ་ཡོད། དེ་ཙ་སྐད་གྲགས་ཅུང་ཆེ་བའི་རྒྱ་སྨན་སྣ་ཚོགས་ཚོང་ཡུལ་དང་སྨན་པ་གྲགས་ཅན་མང་པོ་འདུག

ཐུའུ་ཡོའུ་ཡོའུ་ཆུང་དུས་སློབ་གྲྭ་འགྲིམ་སྐབས་འཕྲད་བཞིན་པའི་སྨན་ཛེ་ཧན་པ་དེའང་སྲུང་ལམ་འདི་ཙ་ཡོད། སྲུང་ལམ་ཡོངས་ལ་སྨན་གྱིས་ཁེངས་སྤངས་དུས་ཚོགས་བཞི་པོར་སྨན་གྱི་དྲི་བ་འཐུལ། དེ་བས་མི་རྣམས་ཀྱིས་སྨན་ཚོང་སྲུང་ལམ་མམ་ཡོའུ་ཧང་སྲུང་ལམ་ཟེར།

རྒྱ་སྨན་མཁས་པ་དེས་ཐུའུ་ཡོའུ་ཡོའུ་ལ་ཆེད་བཀོད་སྨན་སྣ་ཕྱིན། ཐུའུ་ཡོའུ་ཡོའུ་ཡི་ཨ་མས་ཉིན་རྒྱུན་ཛ་བུམ་ནང་སྨན་དཀྲུ་བཞིན་ཡོད། སྨན་ཁུའི་ཁོལ་བའི་སྒྲ་དང་སྨན་དྲི་ཁ་ནའང་། ཐུའུ་ཡོའུ་ཡོའུ་ཡིས་བཙན་གྱིས་འཐུང་བཞིན་ཡོད།

རྩ་སྨན་དེ་ཤིན་ཏུ་ཁ་བས་དངོས་གནས་འཐུང་དཀའ། ཐུའུ་ཡོའུ་ཡོའུ་ཡིས་ནམ་རྒྱུན་སྨན་འཐུང་སྐབས་

ཕལ་ཆེར་སྔ་ཁུང་བསྡམས་ཤིང་མིག་གཉིས་བཙུམས་ཏེ་འཕྱང་བཞིན་ཡོད།

"ཨ་ཕ། རྩ་སྨན་དེ་དངོས་གནས་འཕྱང་དཀའ་གི" ཕྲུའུ་ཡོའུ་ཡོའུ་ཡི་མིག་གིས་ཨ་ཕར་འབུར་ཚུགས་ཀྱིས་བལྟས་ཏེ་བཤད།

"ཕྲུའུ་ཡོའུ་ཡོའུ། གནའ་མིའི་ཁ་དཔེར་ནད་མཁྲིས་པའི་སྨན་ལ་ཞིམ་པོ་མེད་ཟེར་བ་ལྟར་རེད། འཇིག་རྟེན་འདི་ན་སྨན་ཞིམ་པོ་གཅིག་ཀྱང་མེད། ནན་གྱིས་འཕྱང་དང་ཁྱོད་རང་བདེ་བར་འགྱུར།" ཨ་ཕས་རང་གི་བུ་མོ་ལ་ཤ་ཚའི་སྐད་ཆ་དེ་འདྲ་བཤད་ཅིང་། ནམ་རྒྱུན་ཕྲུའུ་ཡོའུ་ཡོའུ་ཡིས་ཨ་མས་རྩ་སྨན་དཀྲུས་ཏེ་ཡོང་སྐབས་བསྐྱལ་མ་དང་སྙིང་སྟོབས་སྦྱིན།

དངོས་གནས་འབྲས་བུ་སྨིན་བྱུང་། ཨ་མས་ཐེངས་གཅིག་ལ་སྨན་མང་པོ་བསྐོལ་བ་དང་དེ་འཕྱང་ཚར་རྗེས་ཕལ་ཆེར་དྲག་སྐྱིད་བྱུང་།

མ་གཞི་རྒྱ་སྨན་ལ་འདི་འདྲའི་ནུས་པ་ཆེན་པོ་

འདུག དེ་ནི་དངོས་གནས་ཆུང་དུས་འཕྲད་པའི་ཨ་ཁུ་སྨན་པས་བཤད་པ་ལྟར་རེད། དེས་ནད་མང་པོ་དྲག་ཐུབ་པར་མ་ཟད་མི་རྣམས་ཀྱི་བདེ་ཐང་ལ་ཕན་པ་འབྱུང་ཐུབ།

འདི་ནི་ཐུའུ་ཡོའུ་ཡོའུ་རང་ཉིད་དངོས་ཀྱིས་སྔོ་སྨན་གྱི་ནུས་པ་ཉམས་ལེན་བྱས་པ་ཞིག་རེད། དེ་ནས་བཟུང་མོས་རྒྱུན་པར་ཉིན་པོའི་ཡི་ཡོའུ་ཧང་སྲང་ལམ་ལ་ངོ་མཚར་དང་ལྷ་ཚུལ་ཡག་པོ་ཞིག་སྐྱེས།

ལུས་པོ་བདེ་ཐང་བྱུང་རྗེས། མོ་ལ་སྨར་ལས་མཚར་སྣང་སྐྱེས་ཤིང་། ཨ་མ་དང་ཨ་ཕྱིའི་ས་ནས་དཔེ་ཆ་གཡར་ཏེ་ནད་གཞི་མང་པོའི་རྒྱུ་རྐྱེན་ལ་འཚོལ་ཞིབ་དང་སློབ་སྦྱོང་བྱས།

མ་གཞི་དུས་རབས་བཅུ་དགུའི་མཇུག་ནས་ཉི་ཤུའི་འགོའི་བར་ནི་ཚ་གྲང་གི་ནད་ཀྱིས་མི་ལ་གནོད་འཚེ་ཐེབས་པ་ཚབས་ཆེ་ཞིང་འགོས་ནད་ཅིག་རེད། སྐབས་དེར་འཛམ་གླིང་ཡོངས་ནས་ལོ་རེར་འདར་ནད་ཕོག་པའི་མི་དུང་ཕྱུར་རེ་ཡོད་ལ། དེའི་ནང་ནས་བརྒྱ་

ཕྲག་ཅིག་ཤི་བཞིན་ཡོད།

སྤྱི་ལོ་གཅིག་བརྒྱད་གོ་དགུ་ལོར་དབྱིན་ཇིའི་སྨན་པ་དང་ཕྲ་ཕུང་སྐྱེས་དངོས་ཀྱི་འཚོལ་ཞིབ་པ་ལོ་སི་ལགས་ཀྱིས་རང་གི་བདེ་འཛུགས་ལ་མ་བལྟས་པར་སྨན་པ་འགའ་ཞིག་ཁྲིད་ནས་རྟོག་ཞིབ་བྱས་ཤིང་། ཚ་གྲང་ཕོག་པ་ཚབ་ཆེ་བའི་ཧྲེ་སླིང་ནུབ་མའི་ས་ཆར་བརྟག་དཔྱད་བཏང་། ཟླ་གསུམ་གྱི་དུས་ཡུན་ལ་རྟོག་ཞིབ་བྱས་མཐར་ཨང་ང་ཅིའི་ཕོ་བའི་ནང་ནས་ཕྲ་ཕུང་སྐྱེ་དངོས་འཇིགས་པོ་ཞིག་གི་སྐྱོང་སྲིན་ཉེད། དེ་ནས་བཟུང་འདར་ནད་ནི་ཨང་ང་ཅོ་བརྒྱུད་ནས་འགོ་བཞིན་པ་ཤེས་སོང་།

རྒྱུ་རྐྱེན་དང་སྲུབ་བྱེད་ཉེད་རྗེས་ཕྱིས་བྱུང་གི་འདར་ནད་བཅོས་ཐབས་ཀྱི་ཁ་ཕྱོགས་ཉེད་པ་རེད། ལོ་སི་ཡིས་ཕྱིས་སུ་རང་གི་ཉིན་ཐོའི་ནང་སྙིང་སྟོབས་ཆེན་པོའི་སྒོ་ནས་འདར་ནད་བྱུང་བ་ཚབ་ཆེ་བའི་ས་ཁུལ་ནས་ཚ་གྲང་ལ་བརྟག་དཔྱད་དང་སྲུབ་བྱེད་བཅལ་ཚུལ་བྲིས་ཡོད། དེ་ནས་འདར་ནད་ཀྱི་བྱུང་རྐྱེན་ཉེད་པ་ནི་

མིའི་རིགས་ཀྱི་ལོ་རྒྱུས་ཤིན་བྱུས་རྗེས་རླབས་ཆེན་བཞག་པ་ཞིག་རེད། ལོ་སི་ཡིས་ཕྱིས་ཀྱི་སྤྱི་ལོ་གཅིག་དགུ་ཐིག་གཉིས་ལོར་ནོར་བྷེར་སྐྱེ་དངོས་རིག་པའམ་སྨན་པའི་གཟེངས་རྟགས་བཞེས།

ཐུའུ་ཡོའུ་ཡོའུ་ཡིས་ད་དུང་ཚན་རིག་གི་ལོ་རྒྱུས་དེབ་ཆུང་ཞིག་ལས་ལོ་སི་ཆུང་དུས་ཀྱི་གཏམ་རྒྱུད་ཉེད། ལོ་སི་ཆུང་དུས་ཨ་མས་ཁོ་རང་སྲུང་ལམ་ནས་རྩེ་དུ་མི་འཇུག ཁོ་ལ་ལྷ་རྟོག་བྱེད་ཆེད་རྒྱུན་པར་ཁྱིམ་དུ་བཀག་ནས་འཇོག

"ཨ་མའི་ཁ་ལ་ཉན་ཏེ་ཁྱོད་རང་ཕྱི་ལ་རྩེ་དུ་མ་འགྲོ། སྲུང་གི་ནད་དུག་གིས་ཁྱོད་ལ་ཚ་ནད་ངེས་རེད།" ཨ་མའི་སྐད་ཆ་ནི་ཤིན་ཏུ་འཇིགས་སྣང་སྐྱེ་བ་ཞིག་རེད།

"ཚ་ནད་ནི་ཅི་ཞིག་རེད་དམ།" ལོ་སིས་མ་ཤེས་པར་ཨ་མ་ལ་དྲིས།

"དེ་ནི་ལུས་ལ་ཚ་དུག་ཐོག་པའི་ནད་ཅིག་རེད།

འདར་ནད་ཀྱང་ཟེར། མི་ལུས་ལ་གནོད་པ་བཟོ་ཞིང་ཤིན་ཏུ་འཇིགས་སྣང་ལྡན་པའི་འགོས་ནད་ཅིག་རེད།”

“ཨ་མ་ལགས། སྨན་ཡོད་པ་མ་རེད། སྨན་དེ་འཐུང་རྗེས་ཕྱི་རུ་རྩེད་མོར་སོང་ན་མི་ཆོག་གམ”

ལོ་སི་ཡི་ཨ་མས་ཅིན་ཅི་ནྭ་རྫོང་ཞེས་པའི་སྨན་དེས་ནད་གཞི་མང་པོ་གསོ་བཅོས་ཐུབ་པ་བཤད་བྱུང་།

“མ་རེད། བུ་ལགས། ད་ལྟ་ཅིན་ཅི་ནྭ་རྫོང་གིས་ཀྱང་ཕན་པ་མི་འདུག སྲང་ཤུར་འདི་ན་འདར་ནད་ཕོག་པའི་ནད་པ་ཉིན་རེར་མང་པོ་འདུག ཁྱོད་ཕྱི་ལ་མ་འགྲོ། གལ་ཏེ་ཕོག་ཚེ་མ་འགྲིག་ནི་རེད།”

“དེ་ན་སྨན་གང་ཞིག་གིས་འདར་ནད་གསོ་བཅོས་ཐུབ་བམ། ནད་དེ་དངོས་གནས་དེ་འདྲ་ཀླི་མོ་ཞིག་ཡིན་ནམ།”

“ཚ་གྲང” ཞེས་པའི་ནད་འདི་དངོས་གནས་འཇིགས་སུ་རུང་བ་ཞིག་རེད། དེ་ནས་བཟུང་ལོ་སི་ཡི་སེམས་ནས་བརྗེད་དཀའ་བའི་དོན་དག་ཅིག་ཏུ་གྱུར།

ཐུའུ་ཡོའུ་ཡོའུ་ཡིས་སེམས་སུ་མ་གཞི་ལོ་སེ་ལགས་སྨན་པའི་ལས་ཀར་ཞུགས་དོན་ཡང་ཕོ་རང་གི་ཆུང་དུས་ཀྱི་དྲན་པ་ལ་འབྲེལ་བ་འདུག་སྙམ།

གཅིག་དགུ་གོ་གཉིས་ལོར། ལོ་སེ་ཡིས་རང་ཉིད་ཆུང་དུས་ཀྱི་མཚར་སྣང་དང་དྲན་པ་ལ་བརྟེན་ནས་འདར་ནད་ལ་བརྟག་དཔྱད་ཀྱི་ལས་ཀ་བྱས། ལོ་རེའི་དབྱར་དུས་ཕོས་རྒྱབ་ཁུག་འཁུར་ཏེ་འདར་ནད་ཕོག་པ་ཚབ་ཆེན་ཡིན་པའི་ས་ཁུལ་དུ་རྟོག་ཞིབ་བྱེད་དུ་སོང་། ཐེངས་གཅིག ལོ་སེ་ལའང་འདར་ནད་ཕོག་ཅིང་ཤིན་ཏུ་ཚབ་ཆེ་བས་ལམ་བར་ནས་འཐོམས་ཤིང་འགྱེལ། ཕོ་རང་སད་སྐབས་རང་ཉིད་སྨྱུག་མའི་མལ་ཁྲི་ཞིག་གི་སྟེང་ལ་མནར་ཞིང་གམ་དུ་བྱམས་བརྩེ་ལྡན་པའི་བགྲེས་པོ་ཞིག་བསྲུང་འདུག བགྲེས་པོ་དེས་ཕོ་རང་སད་པ་མཐོང་རྗེས་དགའ་སྤྲོའི་ངང་ "སྨན་པ་རྣམས་ཀྱི་ཚེ་ཐག་རིང་པོ་རེད། ང་ཚོའི་ས་ཆ་འདི་ནས་ལོ་རེར་མི་མང་པོ་ཤི་བཞིན་ཡོད། ཁྱོད་དངོས་གནས་བསོད་ནམས་ཆེན་པོ་རེད" ཅེས་སྨྲས།

ལོ་སི་ཡིས་བགྲེས་པོ་ཡི་ལག་པར་འཇུས་ནས “སྐུ་ཞབས་ལགས། བདག་གིས་ཁྱེད་ལ་ཇི་ལྟར་བཀའ་དྲིན་ཞུས་ན་འགྲིག་གམ” ཟེར།

“ང་ལ་གཏན་ནས་དེ་འདྲ་ཟེར་མི་དགོས། ཁྱེད་ནི་འདར་ནད་ལ་བརྟག་དཔྱད་བྱེད་མཁན་རེད། ཁྱོད་ནི་ང་ཚོ་སྐྱོབ་མཁན་རེད།” བགྲེས་པོ་དེས་ལག་ཏུ་ཟ་འཐུང་ཞིག་བཟུང་སྟེ “ཟ་རྒྱུ་ཞིམ་པོ་ཅི་ཡང་མེད་མོད། འདི་ཟ་རོགས། ཨང་ང་ཙི་མང་པོ་འདུག” ཅེས་བཤད་ཞོར་ལག་པས་འབུ་རྣམས་ལ་ཕྱུགས་བདའ་བྱེད།

ལོ་སི་ཡིས་འབུའི་ལྡིང་སྐོར་ལ་བལྟས་པ་ན། དེ་དག་གིས་ཟ་མའི་སྟེང་ནས་འཕུར་ལྡིང་བྱེད་པ་མཐོང་། ལི་སི་ཡི་སེམས་སུ་འདི་འདྲའི་ཨང་ང་ཙི་མང་པོ་ཞིག་ཡོད་པས། དེ་དག་ནི་འདར་ནད་བརྒྱུད་འགོས་མཁན་ཡིན་ནམ་སྙམ། ཁོས་ཡང་དང་བསྐྱར་དུ་བསམ་བློ་བཏང་རྗེས་འདར་ནད་ཤིན་ཏུ་ཚབ་ཆེ་བའི་ས་ཆ་ན་ཨང་ང་ཙི་འདི་ལས་ཀྱང་མང་བ་ཤེས་ཤིང་། མྱུར་མོར་ཡར་

ལངས་ཏེ་བགྲེས་པོ་དེར “བཀའ་དྲིན་ཆེ། ང་སོང་ནས་ཨང་ང་ཙི་འདི་དག་བཟུང་སྟེ་བརྟག་དཔྱད་བྱེད་དགོས་འདུག” ཅེས་སྨྲས།

ཡོ་དུ་མའི་རིང་ལ་ཞིབ་འཇུག་ཐེངས་མང་བྱས་ཤིང་། སྔ་རྗེས་སུ་ཨང་ང་ཙི་ཁྲི་ཕྲག་ལྷག་ལ་ཚོད་བཤེར་བྱས་རྗེས་ཁོ་ཚོའི་ལྟོ་བའི་ནང་འདར་ནད་ཀྱི་སྲིན་སྒོང་ཡོད་པ་ཚོར། ཡོ་སི་ཡིས་ཞིབ་འཇུག་གཏིང་ཟབ་བྱས་ནས་རིང་པོ་མ་འགོར་བར་ཨང་ང་ཙི་ལས་མོ་ཡི་རིགས་ཀྱི་ཕོ་བའི་ལྟེབས་སུ་སྲིན་སྐྱུད་རིང་པོ་ཞིག་ཡོད་ཅིང་། ཆུ་རྫེན་གྱི་ནང་དུ་བཞག་ཚེ་དེ་ཉིད་སྲིན་འབུའི་དབྱིབས་ཀྱིས་འཚོ་ཞིང་ཨང་ང་ཙིས་མི་ལ་སོ་འདེབས་སྐབས། དེ་ཉིད་རྩ་ལམ་རྒྱུད་ནས་མིའི་ལུས་པོའི་གསེང་ལ་འགོས་འགྲོ་བ་རྟོགས་སོ།།

ཡོ་སི་ཡི་གསར་རྙེད་ལྟར་ན་གལ་ཏེ་ཨང་ང་ཙི་ལ་གཡོལ་བའམ་ཁོ་ཚོ་མེད་པར་བཟོས་ཚེ། འདར་ནད་མེད་པར་བཟོ་ཐུབ། འདི་ནི་ཡོ་སི་ཡིས་གསར་གཏོད་ཡིན་ལ།

འདིས་མིའི་རིགས་ཀྱིས་འདར་ནད་གསོ་བཅོས་བྱེད་པ་ལ་ཁ་ཕྱོགས་བསྟན་ཡོད་པ་དང་། མི་གྲངས་ལས་འདས་པ་ཚེ་སྲོག་གི་ཉེན་ཁ་ལས་སྐྱོབ་པའི་རེ་བ་སྙེད་བྱུང་།

ཡོ་ན་བཙོ་ལྷ་ཅན་གྱི་བུ་མོ་ཐུའུ་ཡོའུ་ཡོའུ་ཡིས་ཐེངས་འདིའི་ནད་གཞིར་བརྟེན་ནས་རྩ་སྨན་གྱི་ནུས་པ་ཚོར་བར་མ་ཟད། ཡོ་སི་ལགས་ཀྱིས་འདར་ནད་ཀྱི་བཅོས་ཐབས་ཁ་ཕྱོགས་སྙེད་སྟངས་ལའང་ཐོག་མའི་ངོས་འཛིན་བྱུང་།

མོའི་སེམས་སུ་མ་འོངས་པའི་ཉིན་གཅིག་རང་ཉིད་ཀྱིས་ཀྱང་ཡོ་སིའི་ལམ་ཁ་ལྟ་བུ་ཞིག་སྙེད་པར་སྨོན། མོས་ཀྱང་ཐེངས་དུ་མར་འདར་ནད་ལ་སྦྱོང་ལེན་བརྒྱུད་རྗེས་ཐ་མར་འཛམ་གླིང་ན་སྐད་གྲགས་ཆེ་བའི་སྨན་པ་ཞིག་ཏུ་གྱུར་པ་རེད། མོ་ནི་རྩ་སྨན་གྱི་ནུས་པར་བརྟེན་ནས་འཇིག་རྟེན་སྐྱོབ་མཁན་ཞིག་དང་། ཀྲུང་གོའི་སྲོལ་རྒྱུན་རྩ་སྨན་གྱིས་མིའི་རིགས་ཀྱི་ཚེ་སྲོག་སྐྱོབ་མཁན་ཞིག་ཏུ་གྱུར་པ་རེད།

ན་བའི་ཁྲོད་ཀྱི་དཀའ་སྡུག

དམག་འཁྲུག་གི་དུས་སྐབས་སུ་སྐྱེས་ཤིང་ཡུན་རིང་ལ་ན་ཚ་བྱུང་བའི་ཐུའུ་ཡོའུ་ཡོའུ་ནི་གཞོན་ནུའི་སྐབས་ཡིན་པས། སེམས་ནང་དུ་རྨི་ལམ་ཞིག་ཡོད། དམག་འཁྲུག་གི་རྨི་ལམ་ལ་རེ་ཞིག་བར་ཆད་བྱུས་ཀྱང་། སྔར་བཞིན་མཛེས་སྡུག་ལྡན་པའི་རྨི་ལམ་གྱི་མེ་ཏོག་བཞད་ནས་འདབ་ལག་རྒྱས་ཡོད།

གཞོན་ནུ་སྟོབས་དང་ལྡན་ཚེ་རྒྱལ་ཁབ་སྟོབས་ལ། གཞོན་ནུ་ལ་ཤེས་རབ་ཆེ་ཚེ་རྒྱལ་ཁབ་ལའང་ཤེས་རབ་ལྡན། ཐུའུ་ཡོའུ་ཡོའུ་ཡི་ཨ་ཕས་གནས་ལུགས་འདི་གསལ་པོར་ཤེས། དེ་བས་འཚོ་བར་དཀའ་ཁག་ཅི་འདྲ་ཆེ་རུང་ཁོས་ཐབས་ཤེས་འཐེན་ཏེ། བུ་དང་བུ་མོ་རྣམས་ལ་སེམས་བདེ་མོས་སློབ་སྦྱོང་བྱེད་དུ་བཅུག། ཐུའུ་ཡོའུ་

ཡོའུ་ནི་དངོས་གནས་ཐོའུ་ཚང་གི་དཔེ་ཆ་བ་ཆུང་ཆུང་ཞིག་རེད། མོ་ནི་སློབ་སྦྱོང་ལ་བརྩོན་འགྲུས་ཆེ་བར་མ་ཟད་རྒྱུན་པར "ཁྲིམ་དོན་དང་། རྒྱལ་དོན། གནམ་འོག་གི་དོན། དོན་དག་ཡོད་ཚད" ལ་སློབ་སྦྱོང་བྱེད། དེ་ནི་ཨ་ཕ་དང་ཨ་མ། ཕུ་མོ་བཅས་ཀྱི་མཛུབ་སྟོན་དང་། ཨ་མྱེས་དང་ཨ་ཕྱིས་ཤུགས་རྐྱེན་ལ་འབྲེལ། ཐུའུ་ཡོའུ་ཡོའུ་ཡིས་རིམ་གྱིས་གནམ་འོག་གི་དར་རྒྱུད་དང་། བྱ་བ་ཚང་མར་རྒྱུ་རྐྱེན་ཡོད་པའི་གནས་ལུགས་ཤེས། ཤ་ཉེ་རྣམས་ཀྱི་ལུས་སྟེང་ནས་ཀྱང་མི་རིགས་ཀྱི་ལ་རྒྱ་དང་མེས་རྒྱལ་གྱི་དགའ་ཞེན་ཚོར།

སྤྱི་ལོ་གཅིག་དགུ་ཞི་དྲུག་ལོར། ཐུའུ་ཡོའུ་ཡོའུ་ལོ་ན་བཅུ་དྲུག་ཡིན། སྐབས་དེར་ཚ་གྲང་གི་ནད་ལས་དྲག་རུང་ཡིན། མ་གཞི་ཡིན་ན་མོས་ལུས་པོ་བདེ་ཐང་ལ་བབས་རྗེས་རང་གི་སློབ་འབྲིང་གི་སློབ་སྦྱོང་ལ་བརྩོན་པ་བྱས་ཏེ། ཕུ་བོ་བཞིན་དཔེ་ཆ་མང་པོ་བཀླགས་ན་འགྲིག་མོད། ཡིན་ནའང་ལོ་དེར་ཡང་བསྐྱར་གནོད་འཚེ་

གཞན་ཞིག་བུ་མོ་འདིའི་མགོ་ལ་བབས་བྱུང་། དེ་ནི་མོ་ལ་གློ་བའི་གཅོང་འབྲིལ་ནད་ཕོག་པའོ། །

གློ་བའི་གཅོང་འབྲིལ་ནད་ནི་སྔོན་གྱི་དུས་ན་མི་ལ་སྡུག་བསྔལ་སྐྱེར་བའི་ནད་ངན་ཞིག་ཡིན། ཐ་ན་བཅོས་ཐབས་མེད་པའི་བཤད་ཚུལ་ཡང་ཡོད། གློ་བའི་གཅོང་འབྲིལ་ནད་ནི་འགོས་ནད་ཅིག་ཀྱང་ཡིན་ཏེ། ནད་དེ་ཕོག་ཚེ་ངེས་པར་ཏུ་ཟུར་བཀར་བྱེད་དགོས།

དེ་ལྟར་ཐུའུ་ཡོའུ་ཡོའུ་ནི་རེ་ཞིག་ཡུང་ཙང་སྐྱེར་གཉེར་བུ་མོའི་སློབ་གྲྭ་ནས་སློབ་ཕྱོལ་བྱས་ཏེ། ཁྱིར་ཁྲིམ་ལ་ཡོང་ནས་སྨན་བཅོས་དང་སློབ་སྦྱོང་དུས་གཅིག་བྱས།

སློབ་ཕྱོལ་བྱས་པའི་དུས་སྐབས་འདིའི་ནང་མོས་ཉུབ་སྨན་མང་པོ་ཞིག་འཐུང་ལ། སྐབས་ལ་ལར་ཨ་མས་བསྐོལ་བའི་རྒྱ་སྨན་ཡང་འཐུང་བཞིན་ཡོད།

རྒྱ་སྨན་ནམ་རྩྭ་སྨན་གྱི་བྲོ་བ་ནི་སྤར་བཞིན་ཤིན་ཏུ་ཁ་མོད། ཐུའུ་ཡོའུ་ཡོའུ་ཡིས་རང་གི་སྣ་ཁུང་མཛུབ་གུས་བཙིར་ཞིང་མིག་བཙུམས་ཏེ་འཐུང་བཞིན་ཡོད།

ཐུའུ་ཡོའུ་ཡོའུ་ཡིས་ནད་ལྡི་མོ་ལ་སྨན་ཞིམ་པོ་མེད་པའི་གནས་ལུགས་ཤེས་ལ། རྩ་སྨན་འཐུང་བའི་བྱང་ཆ་དང་ཉམས་མྱོང་ཡང་ཕུན་སུམ་ཚོགས། ཐེངས་མང་པོར་ན་ཚ་བྱུང་བ་ཡིས་མོའི་ནར་སོན་གྱི་གོ་རིམ་ལ་བར་ཆད་བཟོས་ནའང་། སློབ་ལ་བརྩོན་ལ་དཀའ་ངལ་ལ་བཟོད་བསྲན་ཆེ་བའི་ཐུའུ་ཡོའུ་ཡོའུ་ནི་དེ་ལས་ལྡོག་སྟེ་རྩ་སྨན་ལ་སྦྲོ་བ་སྤར་ལས་རྒྱུས།

ཉིན་ཞིག་མོ་རང་མལ་ཁྲིའི་སྟེང་མནར་ཞིང་། ཕྱོགས་གཅིག་ནས་ཨ་མས་མེ་ཐབ་ཀྱི་འགྲམ་ནས་བསིལ་གཡབ་གཡུགས་ཏེ་སྨན་རྩ་དཀྲུ་བར་བརླས་ཏེ། སེམས་སུ་གཙོང་འདྲིལ་ནད་ནི་འདི་འདྲའི་ནད་ལྡི་བས། སྨན་པས་ཅིའི་ཕྱིར་ནད་ངན་འདིའི་རྩ་བ་བཅོས་ཐབས་ལ་ཞིབ་འཇུག་མི་བྱེད་པ་ཡིན་ནམ་སྙམ། རྒྱ་སྨན་གྱི་ཕྱོགས་སུ་འདི་ལ་སྨན་རྩ་མང་པོ་ཡོད་ཚེ། སྨན་རྩའི་ནང་དུ་འདི་བཅོས་ཐབས་ཀྱི་གསང་བ་ཞིག་ཡོད་པ་གོར་མ་ཆག་པས། དེ་མ་ཟད་ད་དུང་ནད་གཞི་གཞན་དག་གསོ་

ཐབས་ཀྱི་གསང་བའང་ཡོད་སྲིད་སྙམ།……

ནད་འདིའི་དབང་གིས། ཐུའུ་ཡོའུ་ཡོའུ་ཡིས་ཁྲིམ་ནས་ལོ་གཉིས་ལ་ངལ་གསོ་བྱས། སྤྱི་ལོ་གཅིག་དགུ་ཞེ་བརྒྱད་ལོའི་ལོ་འགོ་ལ་སླེབས་རྗེས་གཙོང་འདྲིལ་ནད་གཞི་ནས་བཅོས། དེ་ནས་མོ་རང་སློབ་འབྲིང་མཐར་ཕྱིན་སློབ་མའི་མིང་ཐོག་ནས་ཉིན་པོའོ་ཞའོ་ཧྲིའི་སློབ་འབྲིང་ཞུགས་ཏེ་མཐོ་འབྲིང་གི་ལོ་རིམ་དང་པོ་སློབ་སྦྱོང་བྱས།

ཁྲིམ་ནས་ངལ་གསོ་བྱས་པའི་དུས་སྐབས་དེ་མོའི་ཉིན་ཐོའི་ནང་བྲིས་ཡོད། ནད་གཞི་ཙུང་ཟད་དྲག་སྐྱེད་བྱུང་སྐབས་མོ་རང་ཨ་ཕའི་དཔེ་ཁང་ནང་ལ་སོང་སྟེ་རང་ཉིད་དགའ་བའི་དཔེ་ཆ་རྣམས་བླངས་ནས་བལྟ་ཀློག་བྱས།

མོ་རང་སྤྲོ་བ་ལྡན་པའི་དཔེ་ཆ་ཞིག་ཡིན་ཏེ། ཚན་རིག་དང་ལོ་རྒྱུས། རྩོམ་རིག གསོ་རིག རང་བྱུང་ཚན་རིག་སོགས་གང་གི་ཕྱོགས་ཡིན་ཙང་མར་བླངས་ནས་བལྟ་ཀློག་བྱེད།

ཨ་ཕའི་དཔེ་ཁང་ནང་ན་གསོ་རིག་སྨོར་གྱི་དཔེ་ཆའང་རེ་ཟུང་མཆིས། དཔེར་ན《རྩ་སྨན་གྱི་གསང་མདོ》དང《རྩ་སྨན་གསལ་མིག》ལྟ་བུའོ། །དེ་དག་ལ་ཡི་གེ་ཡི་འགྲེལ་བཤད་ཡོད་པར་མ་ཟད་རྩ་སྨན་རེ་རེ་རི་མོའང་ཡོད། ཐུའུ་ཡོའུ་ཡོའུ་ནི་དཔེ་ཆ་འདིའི་རིགས་ཀློག་པར་དགའ་ལ། འདི་དག་གི་ནང་ནས་རྩ་སྨན་གྱི་ཤེས་བྱ་མང་པོ་ཤེས་ཤིང་། ལྷག་པར་རི་མོ་ལ་བརྟེན་ནས་རྩ་སྨན་མང་པོ་ངོས་འཛིན་བྱེད་ཐུབ། ཐུའུ་ཡོའུ་ཡོའུ་ཡིས་དུས་རྒྱུན་དེ་དག་གི་མིང་གོ་བ་ཙམ་ལས། དངོས་སུ་ཇི་འདྲ་ཞིག་ཡིན་མིན་མི་ཤེས།

ཉིན་པོའི་ཞོའོ་ཧྲི་སློབ་འབྲིང་ནི་ཀྲུང་གོའི་དངོས་ལུགས་སྨྲ་པ་ཧེ་ཡོའུ་ཅེ་ཡིས་ཚན་རིག་སློབ་གཉེར་བྱེད་མཁན་གྱི་ཚོགས་པ་དང་ཚན་རིག་པ། གཞན་ཉིན་པོའི་ཡི་མཁས་པ་གྲགས་ཅན། ཚོང་གཉེར་བ་སོགས་ལ་མཉམ་ལས་ཀྱིས་བཙུགས་ཤིང་། སྤྱི་ལོ་གཅིག་དགུ་བཅུ་གཉིས་ལོར་དངོས་སུ་སློབ་གྲྭ་བཙུགས།

ནོའོ་ཧྥེ་སློབ་འབྲིང་ཞེས་པའི་མིང་དེ་ཐོག་མར་ཧེ་ཡོའུ་ཅེ་དང་ཁོང་གི་གྲོགས་པོ་རྣམས་ཀྱིས་མཉམ་དུ་བཏགས་པའི་སློབ་ཚོགས་ཤིག་གི་མིང་རེད། སློབ་ཚོགས་དེའི་ཚོགས་མི་ཚང་མ་རྒྱལ་གཅེས་ཀྱི་བསམ་བློ་དང་སྤྱི་ཚོགས་འགན་འཁྲི་ཡོད་པའི་མི་སྣ་རྐྱང་བ་ཡིན། ཁོ་ཚོས་སློབ་ཚོགས་འཛུགས་པའི་དམིགས་ཡུལ་ནི་སྒེར་གྱི་ནུས་པ་ནི་བདག་གཉེར་གྱི་རྩ་བ་དང་། སློབ་གསོའི་ལག་ལེན་ཡིན། དམངས་སེམས་འདུལ་བའི་ལམ་ཁ་ཞིག་ཀྱང་རེད། སློབ་གྲྭ་ཚུགས་མ་ཐག་པའི་དུས་སུ་ཧེན་པོའོ་ཡི་ནུབ་སྐོའི་ས་ནས་ས་ཞིག་གཡར་བ་ཡིན། ལོ་ལྔའི་རྗེས་སུ་ནོའོ་ཧྥེ་སློབ་འབྲིང་གི་སྐད་གྲགས་རྒྱས་ཤིང་སློབ་མ་ཕྱུལ་བྱུང་ཅན་མང་པོ་གསོ་སྐྱོང་བྱས་ལ། དེ་ནས་ཐད་ཀར་ཧྲང་ཧེ་ཙྪ་ཏན་སློབ་གྲྭ་ཆེན་མོ་དང་། ཧྲིན་ཡོའུ་ཏན་སློབ་གྲྭ་ཆེན་མོ། ཀོང་ཧྭ་སློབ་གྲྭ་ཆེན་མོ་གསུམ་དུ་རྒྱུགས་སྤྲོད་ཚོག འཛར་འགོག་དམག་འཁྲུག་གི་སྐབས་སུ་ནོའོ་ཧྥེ་སློབ་གྲྭས་ཧྲང་ཧེ་ནས་སློབ་ཁུལ་གསར་བ་

ཞིག་བཙུགས་སྒྲོང་།

ཐུའུ་ཡོའུ་ཡོའུ་ཡི་ཨ་ཕ་ཐོའུ་ལེན་ཀོའུ་ནི་སློབ་གྲྭ་དེ་ནས་མཐར་ཕྱིན་པ་དང་། དེ་བས་ཞོའོ་ཧྲི་སློབ་འབྲིང་ལ་ཕྱིན་རྗེས་རང་གི་ཨ་ཕ་དང་སློབ་རའི་གྲོགས་པོར་གྱུར་པ་རེད།

ཞོའོ་ཧྲི་སློབ་གྲྭ་ནི་ཟྭོལ་མེད་ཀྱི་གུས་སྲོལ་རྩ་བར་འཛིན་པ་ཞིག་ཡིན། ཨ་ཕས་རྒྱུན་པར་ཐུའུ་ཡོའུ་ཡོའུ་ལ “སློབ་གྲྭ་འདིའི་ནང་གི་ཡི་གེ་རེ་རེ་བཞིན་གོ་བ་ཟབ་མོ་ཡོད། སྐབས་བདེ་ཡིས་བཤད་ན། སློབ་མ་རྣམས་རྒྱལ་ཁབ་ལ་དགའ་ཞིང་། ཞུགས་འདུན་ཡོད་པ། དྲང་བདེན་ལ་དགའ་བ། བརྩོན་འགྲུས་ཆེ་བ། ཕ་མ་དང་རང་བྱུང་ཁམས། ཚེ་སྲོག་ཡོངས་ལ་བརྩི་བཀུར་དང་གཅེས་སྤྲས། གུས་བཀུར་ཆེ་བ་བཅས་མཚོན” ཞེས་བཤད།

སློབ་གསོའི་འཛིན་སྟངས་དང་ཞུགས་འདུན་དེ་འདྲ་ཡོད་པའི་སྐབས་ཀྱིས་སློབ་འབྲིང་འདི་ཐོག་མར་བཙུགས་པ་ནས་ཀྱང་ཏྭ་མི་དམངས་སྤྱི་མཐུན་རྒྱལ་

ཁབ་དབུ་བརྙེས་པའི་བར་གནས་ཤིང་། སྤ་རྗེས་སུ་རྫས་འགྱུར་སྨྲ་པ་ཅི་ཡོའུ་ཧྲིན་དང་སྐྱེ་དངོས་རིག་པ་སྨྲ་པ་ཐུང་ཏེ་ཀྲོའུ། ས་རྒྱུ་ཞིང་ལས་རྫས་འགྱུར་སྨྲ་པ་ལི་ཆིན་ཁོའུ་སོགས་ཕུལ་དུ་བྱུང་བའི་ཚན་རིག་པ་དང་ཀྲུང་གོའི་ཚན་རིག་གླིང་གི་ཡོན་ཏི་སོགས་བྱུང་།

སྤྱི་ལོ་གཅིག་དགུ་ལྔ་བཅུ་ང་དྲུག་ལོར། ཞོའོ་ཧྲི་སློབ་འབྲིང་གཞུང་བཙུགས་སློབ་གྲྭར་བསྒྱུར་པ་དང་། མིང་ལ་ཉིན་པོའོ་སློབ་འབྲིང་ལྔ་པ་ཟེར། དེ་ནས་སྤྱི་ལོ་གཅིག་དགུ་བརྒྱད་ཅུ་པར་ཡང་བསྒྱུར་ཞོའོ་ཧྲི་སློབ་འབྲིང་ཞེས་བཏགས།

ཐུའུ་ཡོའུ་ཡོའུ་ཡིས་ཞོའོ་ཧྲི་སློབ་འབྲིང་ནས་མཐོ་འབྲིང་ལོ་རིམ་དང་པོ་དང་གཉིས་པ་བཏོན།

ད་ལྟ་ཉར་ཚགས་བྱས་ཡོད་པའི་ཐུའུ་ཡོའུ་ཡོའུ་ཡི་སློབ་གཏོགས་ཡིག་ཚགས་ལ་བལྟས་ན། ཐུའུ་ཡོའུ་ཡོའུ་ཡི་ཞོའོ་ཧྲི་སློབ་འབྲིང་གི་སློབ་རྟགསA342ཡིན་ལ། སྐད་ཡིག་གི་རྒྱུགས་འབྲས71.25དང་། རྩིས་རིག་གི་

རྒྱུགས་འབྲས་སྐར་མ70དང་། དབྱིན་ཡིག་གི་རྒྱུགས་འབྲས་སྐར་མ71.5དང་། སྤྱི་དངོས་ཀྱི་རྒྱུགས་འབྲས་སྐར་མ80.5དང་། རྩིས་འགྱུར་གྱི་རྒྱུགས་འབྲས་སྐར་མ67.5ཡིན་པ་རེད།

རྒྱུགས་འབྲས་ལ་བལྟས་ན་མོའི་ཡོན་ཚད་ཤིན་ཏུ་རྩེ་མོའི་གྲས་མིན། ཡིན་ནའང་གནས་ཚུལ་ཞིག་ཡོད་པ་ལྟར་ན། སྐབས་དེར་ཐུའུ་ཡོའུ་ཡོའུ་ཡི་སྐབས་དེའི་སྤྱི་དངོས་ཀྱི་རྒྱུགས་འབྲས་ཤིན་ཏུ་འབུར་ཐོན་ཡིན།

རྗེས་སུ་ཐུའུ་ཡོའུ་ཡོའུ་ཡི་མཐོ་འབྲིང་སློབ་གྲོགས་དང་དགེ་རྒན་འགའ་ཡིས་ཕྱི་དྲན་བྱས་ཚེ། དེའི་སྐབས་ཚང་མས་ཐུའུ་ཡོའུ་ཡོའུ་ནི་སྤྱི་དངོས་སྦྱོང་བར་དགའ།

ཐུའུ་ཡོའུ་ཡོའུ་རང་ཉིད་ཀྱིས་ཀྱང་སྐབས་དེར་གཉིས་ཀ་ཙུང་ལྟོད་ཅིང་། རང་ཉིད་གཅིག་པུར་འདུག་རྒྱུ་དགའ་ཞིང་། སྤྱི་དངོས་ལ་ལྷག་ཏུ་སྤྲོ་བ་འདུག་པས་རྒྱུན་པར་དགེ་རྒན་གྱིས་བསྔགས་བརྗོད་བྱེད་ཅེས་ཐོས།

ཞོའོ་ཧྲི་སློབ་འབྲིང་གི་སྐབས་སུ་ཐུའུ་ཡོའུ་ཡོའུ་ཡི་

འཛིན་གྲྭ་གཅིག་པའི་སློབ་གྲོགས་ལི་ཐེན་ཀྲོ་ནི་མོ་ལས་ལོ་གཅིག་གིས་ཆུང་བ་དང་། ཁ་བཙ་བྱེ་རྒྱུ་མི་དགའ་བ་ཞིག་ཡིན། ཐུའུ་ཡོའུ་ཡོའུ་དང་ཁོ་གཉིས་རྒྱུན་པར་ཕལ་ཆེར་ཁ་བཙ་ཅི་ཡང་མེད། ཡིན་ནའང་སུས་ཀྱང་ཡིད་ལ་མ་ཤར་བ་ཞིག་ལ། ལོ་མང་པོ་ཞིག་གི་རྗེས་སུ་ཁོ་གཉིས་དགའ་རོགས་དང་བཟའ་ཟླར་གྱུར་པ་རེད།

སྤྱི་ལོ་གཅིག་དགུ་ཞེ་དགུ་ལོའི་ཟླ་གསུམ་པའི་ཚེས་དགུ་ཡིན། ཅང་ནན་ས་ཆའི་ལྷུང་སྦོང་མ་ལུས་སྨྱུ་གུ་འབྲུས་ཏེ་གསེར་མདོག་གི་ཀེ་ཚེ་མེ་ཏོག་བཞད་ནས་ས་གཞིའི་ཁ་དོག་བསྒྱུར་འདུག ཐུའུ་ཡོའུ་ཡོའུ་དང་མོའི་སློབ་གྲོགས་འགའ་ཞིག་ཉེན་པོའོ་གྲོང་ཁྱེར་གྱི་ཕྱི་ལ་ཡོང་ནས་ཆུ་རྐྱལ་རྩེས།

ན་ཚོད་དར་ལ་བབས་ཤིང་ལུས་ཀྱི་རྩལ་དྲག་ཛོགས་པའི་གཞོན་ནུ་འདི་དག་གིས་ཞིང་ཚིགས་བར་ནས་འཕུར་ལྡིང་གི་གར་ལ་རོལ་བཞིན་ཡོད།

དེའི་རྒྱུ་མཚན་ཁོ་ཚོས་ཚགས་པར་དང་བརྙན་

འཕྲིན་སོགས་མི་སེམས་ལ་སྤྲོ་སྣང་སྤྲིན་པའི་གནས་ཚུལ་ཞིག་གོ་ཐུབ། དེ་ནི་ཀྲུང་གོ་གུང་ཁྲན་ཏང་གིས་དབུ་ཁྲིད་བྱས་པའི་མི་དམངས་བཅིངས་འགྲོལ་དམག་མྱུར་མོར་ཅང་ནན་དམག་གཞི་ལ་སླེབས་བཞིན་ཡོད། ཉིན་པོའོ་ལ་མཚོན་ན་དཔྱིད་དཔལ་གསར་བ་ཞིག་གི་དབུ་ཚུགས་བྲིས་པ་རེད། གཞོན་ནུ་འདི་དག་གི་སེམས་པ་ནི་རེ་བས་ཁེངས་ཡོད། ……

སློབ་གྲོགས་རྣམས་ཀྱིས་དཔྱིད་འཁྱམ་བྱེད་པའི་སྐབས་སུ་མཉམ་པར་ཞིག་བསྒྲོན་འདུག

ཐུའུ་ཡོའུ་ཡོའུ་ཡིས་འདྲ་པར་དེའི་རྒྱབ་ལ་སྤྲོ་སྣང་དང་བཅས་སྙན་ཚིག་ཅིག་བྲིས་པའི་ནང་“ཀེ་ཚེ་མེ་ཧྲོག་བཞད་པའི་ཞིང་ཚིགས་ལ་ང་ཚོའི་རྗང་རྗེས་བཀོད”ཅེས་པའོ།།

ཟླ་གཉིས་ཀྱི་རྗེས་ཏེ། གཅིག་དགུ་ཞེ་དགུ་ལོའི་ཟླ་ལྔ་པའི་ཚེས་ཉེར་ལྔ་ཉིན། ཉིན་པོའོ་གྲོང་ཁྱེར་ལ་ཞི་བའི་བཅིངས་འགྲོལ་ཐོབ།

ཐུའུ་ཡོའུ་ཡོའུ་དང་མོའི་སློབ་གྲོགས་ཏ་ཅང་དགའ་སྟོའི་ངང་སྐར་ལྔའི་དར་དམར་འཕྱར་ནས་ཀྲུང་གོའི་མི་དམངས་བཅིངས་འགྲོལ་དམག་སླེབས་པར་དགའ་བསུ་བྱས།

སྤྱི་ལོ་གཅིག་དགུ་ལྔ་བཅུ་ལོའི་ཟླ་གསུམ་པ། ཁྱིམ་གྱི་འཕོས་ཀའི་དབང་གིས་ཐུའུ་ཡོའུ་ཡོའུ་ཡིས་སློབ་ཡོན་མཐོ་བའི་ཞོའོ་ཧྲི་སློབ་འབྲིང་ནས་སློབ་བྱོལ་མི་བྱེད་ཐབས་མེད་བྱུང་། དེ་ནས་མོ་རང་སློབ་ཡོན་ཅུང་ཟད་དམའ་བའི་ཉིན་པོའོ་སློབ་འབྲིང་ལ་ཞུགས། དེ་ནས་མོས་སུ་མཐུད་དུ་སློབ་འབྲིང་ལོ་རིམ་གསུམ་པར་སློབ་སྦྱོང་བྱས། འདི་ནི་མོས་ཕ་ཡུལ་ནས་སློབ་སྦྱོང་བྱས་པའི་ཆེས་མཐའ་མའི་ལོ་དེ་ཡིན།

ཐུའུ་ཡོའུ་ཡོའུ་ཡི་ཉིན་པོའོ་མཐོ་འབྲིང་ལོ་གསུམ་པའི་འཛིན་བདག་དགེ་རྒན་གྱི་མིང་ལ་ཞོའུ་ཅི་ཅི་ཟེར། དགེ་རྒན་ཞོའུ་ཡིས་དེ་སྔ་ཐུའུ་ཡོའུ་ཡོའུ་ལ་ཧྲེང་སྐུལ་གྱི་ཚུལ་དུ “རྒྱུན་པར་འཚོ་བའི་ལྷིང་འཛགས་པོ་ན་མ་

བསམས། རབ་ཡིན་ན་ཀུག་ཀྱོག་གི་ལམ་ཁ་བཙལ་བའི་སྙིང་སྟོབས་དགོས” ཞེས་བསླབ་བྱ་འདི་འདྲ་བྲིས་ནས་བྱིན་སོང་།

དགེ་རྒན་གྱིས་འདི་ལྟར་བྲིས་པའི་རྒྱུ་མཚན་ནི་སྐབས་འདིའི་ཐུའུ་ཡོའུ་ཡོའུ་ནི་སྙིང་འཛགས་ལ་དགའ་ཞིང་། ཐ་ན་གཅིག་པར་ཁེར་རྐྱང་གིས་སྡོད། མོས་རྒྱུན་པར་ཁ་བརྗ་མང་པོ་མི་བཤད་ལ། རྒྱུན་པར་ནན་ཏན་གྱིས་དཔེ་ཆ་ཀློག་པ་ལས་སྒྲོ་སྣང་གིས་ལས་རྩལ་ནང་མི་ཞུགས།

དགེ་རྒན་གྱིས་མ་འོངས་པའི་དུས་སུ་བུ་མོ་འདི་ལ་སྙིང་སྟོབས་ཀྱིས་མ་འདང་བར་ཡམ་ཁ་སྤྱོད་ངེས་བསམ་བཞིན་ཡོད།

ཐུའུ་ཡོའུ་ཡོའུ་ཡི་འཛིན་གྲྭ་གཅིག་པའི་སློབ་གྲོགས་ཁྲིན་ཞོའོ་ཀྲུང་ནི་རྗེས་སུ་ཆེན་ཏུ་སློབ་གྲྭ་ཆེན་མོའི་དགེ་རྒན་ཆེན་མོར་གྱུར་པ་རེད། ཁྲིན་ཞོའོ་ཀྲུང་ནི་སློབ་འབྲིང་གི་སྐབས་ལི་ཐེན་ཀྲོའོ་དང་སློབ་གྲོགས་རེད།

མཐོ་འབྲིང་གི་སྐབས་ཐུའུ་ཡོའུ་ཡོའུ་དང་སློབ་གྲོགས་རེད། དགེ་རྒན་ཁྲིན་ནི་སློབ་གྲོགས་བཟའ་བ་དེ་གཉིས་ལ་འགྲོགས་འདྲིས་ཤིན་ཏུ་ཟབ། ཁོས་ཕྱིར་དྲན་བྱས་ན། སྐབས་དེར་ཐུའུ་ཡོའུ་ཡོའུ་ནི་འཛིན་གྲྭའི་ནང་གྲགས་མེད་འགྲུལ་མེད་ངང་འདུག་པ་དང་། སློབ་གྲྭ་གྲོལ་མ་ཐག་ཁྱིམ་ལ་ལོག་འགྲོ། སློབ་གྲོགས་གཞན་ལྟར་ཁ་བརྡ་བྱེད་རྒྱུ་མི་དགའ་བར་མ་ཟད་གྲོགས་བསྒྲིག་རྒྱུའང་མི་དགའ། སྦྱངས་འབྲས་ནི་འཛིན་གྲྭ་ཡོངས་ལས་འབྲིང་རིམ་ཡིན་ལ། རྩེ་མོར་འགྲན་པའི་སེམས་ཤུགས་ཀྱང་མི་འདུག

ཐུའུ་ཡོའུ་ཡོའུ་ཡི་སློབ་གྲོགས་ཧུས་ཤུན་ཅན་ཞིག་གིས་ཕྱིར་དྲན་བྱས་ན། ཐུའུ་ཡོའུ་ཡོའུ་ཡིས་རྒྱུན་པར་གོན་པ་སྟབས་བདེ་ཞིག་གོན་ཡོད་པས་ཚང་མས་དོ་སྣང་ཆེར་མི་བྱེད། ཕར་བལྟས་ན་ཤིན་ཏུ་བབ་ཆགས་ཤིག་ཡིན། མོ་ནི་འཛིན་གྲྭའི་ནང་གི་སློབ་གྲོགས་བུ་མོ་གཞན་དག་ལྟར་རྩེད་མོར་དགའ་བ་ཞིག་མ་རེད།

སྐྱེ་ལོ་གཅིག་དགུ་ང་གཅིག་ལོའི་དཔྱིད་ཀར། ཐོ་ཡོའུ་ཡོའུ་ཡིས་མཐོ་འབྲིང་བརྟོན་ཚར།

ཉིན་པོའོ་ནས་བདག་ཉར་བྱས་པའི་གཅིག་དགུ་ལྔ་གཅིག་ལོའི་མཐར་ཕྱིན་སློབ་མའི་པར་ཚོགས་ནང་། ཐུའུ་ཡོའུ་ཡོའུ་དང་མཉམ་དུ་མཐར་ཕྱིན་པའི་སློབ་གྲོགས་དག་ནི་ཀྲུང་གོ་གསར་བའི་ཕུལ་བྱུང་མི་སྣ་དག་དག་རེད། དཔེར་ན་ཀྲུང་གོའི་ཚན་རིག་གླིང་གི་ཡོན་ཧྲི་དང་། རྩིས་རིག་མཁན་ཅན་ཧྲི་ཀྲུང་ཆེ། དེ་སྔོན་ཀྲུང་ཧྭ་དཔེ་སྐྲུན་ཙུའུ་ཡི་སྤྱི་ཁྱབ་རྩོམ་སྒྲིག་པ་དང་མཁས་པ་གྲགས་ཅན་པོའོ་ཞོན་ཙུང་སོགས་ལྟ་བུའོ། །

རྩ་སྨན་གྱི་བསླུ་ཁྲིད།

གཅིག་དགུ་ལྔ་གཅིག་ལོར། ཀྲུང་གོའི་མི་དམངས་ཀྱིས་ཡིད་ཆེས་བརྟན་པོའི་ངང་རང་ཉིད་རང་གི་བདག་པོ་བྱས་ཏེ་སྤྱི་ཚོགས་རིང་ལུགས་ཀྱི་དུས་རབས་གསར་པའི་ལམ་དུ་བསྐྱོད། རྒྱལ་ཡོངས་ནས་དགའ་སྤྲོའི་ངང་སྤྱི་ཚོགས་རིང་ལུགས་འཛུགས་སྐྲུན་བྱས་པ་དང་། རྒྱ་ཆེ་བའི་དུས་ཆེན་བཟོས།

འདི་ནི་ཐུའུ་ཡོའུ་ཡོའུ་ཡིས་ནམ་ཡང་བརྗེད་པར་དཀའ་བའི་ལོ་ཟླ་ཞིག་རེད། ལོ་འདིའི་དབྱར་ཁ་ཁོ་མོ་ལོ་ཉེར་གཅིག་ཡིན། སྐབས་དེའི་མཐོ་རྒྱུགས་ཀྱི་གཏན་ཁེལ་ལྟར་ཉིན་པོའོ་ནས་ཧྲང་ཀྲི་ག་ལ་ཡོང་སྟེ་ཧྲ་ཤར་ས་ཆའི་མཐོ་རྒྱུགས་ལ་ཞུགས།

མོས་རང་འདུན་གྱི་སློབ་གྲྭ་འདེམས་སྐབས་པེ་

ཅིན་སློབ་གྲྭ་ཆེན་མོའི་གསོ་རིག་སློབ་གླིང་ཡོད་པ་ཞེས་ཏེ་ཐེ་ཚོམ་ཅི་ཡང་མེད་པར་བདམས།

དོན་དངོས་སུ་སྐབས་དེའི་རྒྱལ་ཡོངས་ནང་ཁུལ་ནས་གསོ་རིག་སློབ་གླིང་བཙུགས་པའི་སློབ་གྲྭ་ཆེན་མོ་ཞིག་ཏུ་ཟུང་། གསོ་རིག་དང་སྨན་རིག་པའི་ཆ་ནས་ཐུའུ་ཡོའུ་ཡོའུ་ལ་ངེས་གཏན་གྱི་ཁ་ཕྱོགས་མེད། ལར་ཕོ་ཚང་གི་ཁྱིམ་རྒྱུད་ནས་སྨན་ཚོང་ཁང་ཕྱེ་སྒྲོང་ཡོད་ནའང་དེར་སྨན་ཚོང་བ་ཙམ་ལས། ཉིན་པོའོ་གྲོང་ཁྱེར་གྱི་སྲང་ལམ་ཆེ་ཆུང་ན་ཡོད་པའི་སྨན་ཚོང་ཁང་གཞན་དག་དང་དམིགས་བསལ་གྱི་ཁྱད་པར་ཅི་ཡང་མེད།

ཐུའུ་ཡོའུ་ཡོའུ་ཡིས་ཅི་ཡང་མ་བསམས་པར་པེ་ཅིན་སློབ་གྲྭ་ཆེན་མོའི་གསོ་རིག་སློབ་གླིང་འདེམས་དོན་ནི་ཕལ་ཆེར་ཡུན་རིང་ལ་ཐེངས་གཉིས་ན་བ་ཡིས་རྒྱུ་རྐྱེན་བྱས་པ་འདྲ། དེ་ནས་བཟུང་མོ་རང་རྒྱ་སྨན་དང་ཛྷ་སྨན་གྱི་ཕྱོགས་ལ་དོ་མཚར་དང་སྤྲོ་སྣང་ཡོད་པར་གྱུར། ཡང་གཅིག་བཤད་ན་ཛྷ་སྨན་ལ་བརྟེན་ནས་མི་མང་པོ་

ཞིག་སྐྱོབ་པའི་རེ་བ་བྱུང་། གཅིག་བྱས་ན་འདི་ནི་མོའི་སེམས་ནང་གི་མ་བཅོས་སྨོན་འདུན་ཉག་གཅིག་ཀྱང་ཡིད་སྲིད། དེ་ནི་རྒྱུན་པར་ཁ་ཅེ་ཡང་མི་གྲགས་པའི་བུ་མོ་ཆུང་ཆུང་འདིའི་སེམས་ནང་གི་བསམ་འདུན་ཡིན། ཀྲུང་གོའི་རྩྭ་སྨན་གྱི་བསྐུ་བྱིད་འདི་ནི་བུ་མོ་ཆུང་ཆུང་འདིའི་སེམས་ནང་གི་རེ་བའི་ས་བོན་ཉག་གཅིག་ཏུ་གྱུར་ཡོད་པ་འདྲ།

ཚ་བ་ཤིན་ཏུ་ཆེ་བའི་དབྱར་ཁའི་དུས་སུ། ལྗང་སྡོང་གི་འོག་ནས་བསིལ་གྲིབ་ལ་བརྟེན་ནས་སྡོང་རྩེ་ནས་འབུ་སྲིན་གི་སྒྲ་གྲགས་ཤིང་། རིམ་གྱིས་སིལ་འབྲས་རྣམས་སྨིན་ནས་མགོ་བོ་དུད།

རེ་ལྟོས་ཆེན་པོ་བྱེད་པའི་དུས་དེར་ཐུའུ་ཡོའུ་ཡོའུ་ཡིས་ཉིན་རྒྱུན《མི་དམངས་ཉིན་རེའི་ཚགས་པར》ལ་བལྟ་བཞིན་ཡོད། དེའི་རྒྱུ་མཚན་སྐབས་དེར་པེ་ཅིན་སློབ་གྲྭ་ཆེན་མོ་དང་ཆིན་ཧྭ་སློབ་གྲྭ་ཆེན་མོ་ལྟ་བུའི་སློབ་ཆེན་རྣམས་ཀྱི་སློབ་མ་གསར་བའི་བསྡུས་པའི་གནས་

ཚུལ《མི་དམངས་ཉིན་རེའི་ཚགས་པར》དང《ཀོང་མེན་ཉིན་རེའི་ཚགས་པར》གྱི་སྟེང་དུ་འགོད་བཞིན་ཡོད།

ཉིན་ཞིག ཐུའུ་ཡོའུ་ཡོའུ་ཡིས་དུས་རྒྱུན་ལྟར་གོམས་སྲོལ་ཀྱིས《མི་དམངས་ཉིན་རེའི་ཚགས་པར》ལ་བལྟས་པ་ན། སྟེང་དུ་རང་ཉིད་ཀྱི་མིང་འཁོད་པ་གསལ་པོར་མཐོང་། སྐད་ཅིག་མ་དེ་ཉིད་ལ་ཧ་མོ་དགའ་ནས་གནམ་ལྡིང་ས་ལྡིང་བྱས། མོས་རང་ཉིད་ཀྱིས་བལྟས་པ་ནོར་མེད་དམ་སྙམ་སྟེ་ཤུགས་གང་ཡོད་ཀྱིས་མིག་གཉིས་ཕྱིས་ནས་ཡང་དང་བསྐྱར་དུ་ནན་གྱིས་བལྟས་ཤིང་། མཐར་རང་ཉིད་ཀྱི་མིང་ཡིན་པ་གསལ་པོར་བཟོས།

མོ་དེ་མ་ཐག་ཁྲིམ་ལ་ལོག་ནས་ཨ་ཕ་དང་ཨ་མ། ཨ་ཕྱི་བཅས་ལ་གཏམ་བཟང་དེ་བཤད། ཉིན་འགའ་མ་འགོར་བར་པེ་ཅིན་སློབ་གྲྭ་ཆེན་མོ་ནས་དངོས་སུ་སློབ་བསྡུའི་བརྡ་ཡིག་འབྱོར་བྱུང་།

རྒྱུན་དུ་ཁེ་མེན་སྲུང་ལམ་ལ་འཕྲིན་ཡིག་སྐྱེལ་མཁན་གྱི་ཡིག་མཁན་དེས། ཐུའུ་ཡོའུ་ཡོའུ་ཡིས་པེ་ཅིན་སློབ་གྲྭ་ཆེན་མོར་རྒྱུགས་འཕྲོད་པ་ས་བསྒྲགས་གནམ་བསྒྲགས་བྱས།

"ཨ། དངོས་གནས་ངར་བ་རེད། ཁྱེད་ཐོའུ་ཚང་ཡིན་ནའང་འདྲ། ཡོའུ་ཚང་ཡིན་ནའང་འདྲ། དེ་ནི་མི་རབས་དུ་མའི་རང་གི་ཁྱིམ་རྒྱུད་ཅིག་གི་གཟི་བརྗིད་རེད་ཡ།"

"རེད་ཡ་རེད་ཡ། བུ་མོ་ཆུང་ཆུང་དེ་དངོས་གནས་ལ་རྒྱ་ཆེན་པོ་འདུག འདི་ནི་སྔོན་ཆད་ལྟར་བཤད་ན། ཁེ་མེན་སྲུང་ལམ་ནས་དཔའ་བོ་ཞིག་སྐྱེས་པ་རེད་ཡ།"

"དེ་ད་ལོས་ཡིན་ཡ། སྔོན་ཆད་ཀན་པ་རྣམས་ཀྱིས་གཞན་གྱིས་མཁས་པའི་གཏམ་རྒྱུད་ཐོས་པ་ཙམ་ལས་དངོས་སུ་མཐོང་མྱོང་མེད། ད་ནི་དངོས་གནས་རང་ཚང་ལ་དངོས་སུ་འབྱུངས་པ་རེད།"

ཁྲིམ་མཆོས་ཀྱི་མི་རྣམས་གཅིག་རྗེས་གཉིས་མཐུད་ཀྱིས་ཡོང་ནས་ཐུའུ་ཡོའུ་ཡོའུ་ཡི་ཨ་ཕ་དང་ཨ་མ་ལ་རྟེན་འབྲེལ་ཞུས་ཤིང་བསྟོད་བསྔགས་བྱས། གཞན་ཐུའུ་ཡོའུ་ཡོའུ་ཨ་ཕྱི་ལའང་བསྔགས་བསྟོད་བྱས། ཁོ་ཚང་གིས་ཉེན་པོའི་མི་ལ་གཟི་བརྗིད་བསྟུལ་སོང་ཟེར། ཁྲིམ་མཆོས་ལ་ལས་རང་གི་བྱིས་པ་ཁྲིད་འོང་ནས། ཨ་ཅེ་ཚུང་ཚུང་ཐུའུ་ཡོའུ་ཡོའུ་ལ་སློབ་སྦྱོང་བྱེད་དགོས་ཞེས་བཤད།

ཁྲིམ་མཆོས་རྣམས་ཀྱི་ཁ་བརྡ་དང་དགའ་སྤྲོ་ཡིས་ཐུའུ་ཡོའུ་ཡོའུ་ཅུང་ཟད་མི་བདེ་བར་གྱུར།

ཐུའུ་ཡོའུ་ཡོའུ་ཡིས་པེ་ཅིན་སློབ་གྲྭ་ཆེན་མོར་རྒྱུགས་སྤྲོད་པའི་ལོ་དེར། ཨ་རིའི་སྐྱེ་དངོས་ཕྲ་ཕུང་གི་ཞིབ་འཇུག་པ་ཆེན་པོ་མཱ་ཁུ་སི་ཐེ་ལེར་ལགས་ཀྱིས་ཚ་བའི་སེར་ནད་ཀྱི་རིམས་མྱུར་གསར་གཏོད་བྱས་ཏེ་མཛད་རྗེས་བཞག་པའི་མིང་ཐོག་ནས། གཅིག་དགུ་ང་གཅིག་ལོའི་ནོར་སྦེར་སྐྱེ་དངོས་རིག་པའི་བྱ་དགའ་ཐོབ། ལོ་གཅིག་གི་རྗེས་སུ་ཨ་རིའི་སྐྱེ་དངོས་ཕྲ་ཕུང་རིག་པའི་

མཁས་པ་ཆེན་པོ་སེར་མན་བཱ་ཁེ་སི་མན་ལགས་ཀྱིས་ལེན་ཏུའུ་སུའུ་གསར་རྟོགས་བྱུང་བའི་མཛད་རྗེས་ཀྱི་མིང་ཐོག་ནས་གཅིག་དགུ་ང་གཉིས་ལོའི་ནོར་ཧྤེར་སྐྱི་དངོས་རིག་པའི་བྱ་དགའ་ཐོབ།

འདི་དུས་ཀྲུང་གོའི་མ་འོངས་པའི་སྨན་པ་དང་། མ་འོངས་པའི་ནོར་ཧྤེར་སྐྱི་དངོས་རིག་པའི་བྱ་དགའ་ཐོབ་མཁན་ཐུའུ་ཡོའུ་ཡོའུ་པེ་ཅིན་སློབ་གྲྭ་ཆེན་མོར་བསྐྱོད་པའི་མི་འགོར་དུ་བཞུགས་ཡོད།……

ལམ་རིང་པོར་མི་འགོར་ལ་བསྡད་ཅིང་ལམ་གྱི་ངལ་དུབ་སེལ་ཆེད། མོས་རྒྱབ་ཁུག་ནང་ནས་འཛམ་གླིང་གི་སྨན་རིག་པ་ཞེས་པའི་དེབ་ཅིག་བླངས་ནས་བལྟ་བཞིན་ཡོད།

འདར་ནད་ཀྱི་འབྲེལ་ཡོད་ནང་དོན་ལ་བལྟ་སྐབས་མོས་སེམས་སུ་ཚོར་སྣང་སྣ་ཚོགས་བྱུང་ཞིང་འདང་རྒྱུག་ཞོར་སྐྱི་གཡའ་བ་ཞིག་བྱུང་།

འདར་ནད་ནི་ཚ་བའི་ས་ཁུལ་དང་ཚ་རིམ་

གཉིས་པར་གཙོགས་པའི་ས་ཁུལ་ནས་བྱུང་ཞིང་། ལྷག་པར་རྫི་གླིང་ནས་རྒྱ་ཁྱབ་ཏུ་བྱུང་བ་ཞིག་རེད། དེ་ནི་ཚོ་སྲོག་ལ་ཐད་ཀར་གནོད་པ་ཡོད་པའི་འགོས་ནད་ཅིག་རེད། དེ་བརྒྱུད་འགྲོ་བྱེད་སྟངས་ཤིན་ཏུ་མགྱོགས་ཤིང་ཨང་ང་ཙི་ནི་འགྲོ་མཁན་གཙོ་བོ་རེད། ཨང་ང་ཙིས་མི་ལ་སོ་བཏབ་ཚེ་སོ་ཤུལ་དམར་པོར་གྱུར་ནས་ནད་དུག་ཚ་གསེང་དུ་ཁྱབ་པ་དང་། དེ་ནས་འདར་ནད་དུ་འགྱུར།

གལ་ཏེ་ཨང་ང་ཙིས་ཁྱེར་འོང་བ་ཙུང་ཚབ་ཆེན་གྱི་ནད་རྒྱུ་ཡིན་ཚེ། ནད་ཕོག་པའི་མི་དེ་ཐོག་མར་གྲང་འཁྱག་ཟ་བ་དང་། དེ་ནས་ཚ་བ་རྒྱས། དེ་ལྟར་ཚ་འཁྱག་ཁོལ་མར་ཐེངས་མང་བྱུང་རྗེས་ཁྲག་ཤིས་དམའ་བ་དང་མཆེར་བ་སྐྲང་བ་བཅས་བྱུང་། གལ་ཏེ་ཚ་འཁྱག་གི་ནད་མགོ་ལ་ཕོག་ཚེ་ཀླད་ནད་བྱུང་ཞིང་ཚབ་ཆེ་ཚེ་ཤི་བ་ཡིན།

འདར་ནད་ཀྱིས་མིའི་རིགས་ལ་གནོད་པ་ཆེན་པོ་བཟོ་སྐྱོང་། ལོ་ངོ་སྟོང་ཕྲག་ཅིག་གི་རིང་འདས་ཤིང་། ངག་

རྒྱུན་ལ་ཀྲུང་གོ་ནས་རྙེད་པའི་གནའ་བོའི་སོག་པའི་སྙིང་གི་རིས་ཡིག་ལས་ནད་འདིའི་སྐོར་བྲིས་ཡོད་ཟེར། གནའ་བོའི་མི་ལ་མཚོན་ན་ཚ་འཁྲུག་གི་ནད་ནི་བཅོས་ཐབས་མེད་པའི་ནད་ཅིག་ཡིན། ནུབ་གླིང་གི་མིས་བདེན་སྦྱོད་བྱས་པ་ལྟར་ན། གནའ་བོའི་ཨེ་ཅི་ཡི་སྐད་གྲགས་ཆེ་བའི་ཆོས་དཔོན་ཁྲ་མིན་ཞེས་པ་ལ་ནད་དེ་ཕོག་ནས་ཤི་ཡོད། ཀྲུང་གོའི་ཆིན་རྒྱལ་རབས་ཀྱི་སྐབས་སུ་གོང་མ་ཁང་ཞི་ལ་ཕོག་སྟེ་ཙུང་མིན་ན་གཤེགས་སྐད།

བཤད་ཚུལ་གཞན་ཞིག་ལ། གོང་མ་ཁང་ཞི་ལ་འདར་ནད་བྱུང་རྗེས་ནུབ་གླིང་གི་ཆོས་སྤེལ་པ་ཞིག་གིས་སྨན་རྫས་ཤིག་ཕྱིན་ནས་དྲག་བསྐྱེད་བྱུང་སྐད། དེ་བས་གོང་མ་ཁང་ཞི་ཡིས་ཆོས་སྤེལ་པ་དེར་དམིགས་བསལ་གྱི་རྒྱུ་དངོས་དང་ཁང་པ་བཅས་བསྐུལ་ནས་ཀྲུང་གོ་ནས་ཆོས་སྤེལ་ཆོག་པར་བཟོས་སྐད།

དོན་དངོས་སུ་བཤད་ཚུལ་དེ་བདེན་པ་ཞིག་མ་རེད། ཁང་ཞི་ནི་སྤྱི་ལོ་གཅིག་བདུན་ཉེར་གཉིས་ལོར་སྐུ་

གཞིགས་པ་རེད། ཁོང་ལ་ཕྱིན་པའི་སྨན་དེ་སྤྱི་ལོ་གཅིག་དགུ་བརྒྱད་ཙུ་ལོར་ཧྥ་རིན་སའི་རྫས་འགྱུར་རིག་པའི་མཁས་པ་ཕེར་ཧི་ཨེ་དང་། ཁྲ་ཧྥང་ཅུའུ་ལགས་ཀྱིས་ཅིན་ཙུའུ་ཞིང་ཞེས་པའི་ཞིང་ཤུན་ལས་བླངས་ཏེ་བཟོས་པ་རེད། སྤྱི་ལོ་གཅིག་བརྒྱད་ལྔ་བཅུ་ལོ་ཡས་མས་ནས་བཟུང་དངོས་སུ་སྤྱོད་འགོ་བཙམས་ཡོད། ལྷག་པར་དུ་འཛམ་གླིང་འཁྲུག་ཆེན་གཉིས་པའི་སྐབས་སུ་སྨན་དེ་ཤིན་ཏུ་མཁོ་མཁན་མང་བས་ནུས་པ་ཆེན་པོ་ཐོན་ཡོད། དེ་ནི་ཚ་བ་ཆེ་བའི་ནགས་གསེང་ནས་རིམས་འགོག་བྱེད་པར་ཕན་པའི་སྨན་ཞིག་རེད།

གཅིག་བརྒྱད་ཉི་ཤུ་ལོར་ད་གཟོད་ཅིན་ཅི་ནཱ་རྩོང་ཞེས་པའི་སྨན་དེ་དངོས་སུ་བཟོས་ཡོད། དེ་དུས་གོང་མ་ཁང་ཞི་གཤེགས་ནས་ལོ་བརྒྱ་ལ་ཉེ། དེ་བས་ཁང་ཞིའི་ནད་སྨན་ཞིག་གིས་དྲག་ཏུ་བཅུག་ཅེས་པ་ནི་ཅིན་ཅི་ནཱ་རྩོང་མ་རེད། ཕལ་ཆེར་དེ་ནི་ནུབ་གླིང་ནས་འཕྲེར་འོང་བའི་སྨན་ཞིག་ཀྱང་མིན་པར་རྒྱ་སྨན་ཞིག་རེད།

ང་ཚོས་གོང་ནས་བཤད་པ་ལྟར། ཚ་འཁྲུག་གི་ནད་བཅོས་པ་ལ། དབྱིན་ཇིའི་སྨན་ཁ་ལོ་སི་ཡིས་རང་གི་སྲོག་ཉེན་ལ་མ་འཛེམ་པར་ན་ཚ་ཆེ་བའི་ས་ཁུལ་དུ་སོང་སྟེ་རྟོག་ཞིབ་བྱས་ཤིང་། དེ་ནི་འབུ་སྲིན་གྱིས་བརྒྱུད་འགོ་བྱེད་པ་ཤེས་རྟོགས་བྱུང་བ་རེད། ཆབས་ཅིག་ཨང་ང་ཅི་འགོག་གསོད་བྱེད་པའི་ཐབས་ལམ་བཏོན་ཡོད།

ལོ་སི་ནི་འདིའི་ཕྱོགས་ནས་ཐབས་ཤེས་ལག་ལེན་བྱེད་མཁན་དང་པོ་ཡིན་ལ། ཁོང་གིས་འདར་ནད་ཀྱི་ཁྱབ་ཚུལ་སྔོག་འགོག་ཐུབ་ཡོད། ལོ་སི་ཡིས་མཛད་རྗེས་འདི་ལ་བརྟེན་ནས་སྤྱི་ལོ་གཅིག་དགུ་ཐིག་གཉིས་པར་ནོར་ཧྲེར་སྐྱེ་དངོས་རིག་པའི་བྱ་དགའ་བཞེས་པ་རེད།

ཡིན་ནའང་ཅིན་ཅི་ན་ཧྲོང་གིས་འདར་ནད་རྩ་བ་ནས་བཅོས་ཐབས་མེད། ཐུའུ་ཡོའུ་ཡོའུ་སློབ་གྲྭ་ཆེན་མོར་འགྲིམས་དུས་ནི་དུས་རབས་ཉི་ཤུའི་ལོ་རབས་ལྔ་བཅུ་པ་རེད། དེ་དུས་མི་རྣམས་ཀྱིས་ཁེ་ཉེན་ཟས་འགྱུར་རིག་པའི་བྱེད་ཐབས་ལ་ཟུང་འབྲེལ་གྱིས་སྨན་བཅོས་བྱ་

བཞིན་ཡོད། གཞན་ཐབས་ཤེས་འདི་ལ་བརྟེན་ནས་ཁོར་ཡུག་གི་གཙང་སྦྲ་དང་ཨང་ང་ཅི་འགོག་བཅོས་བྱེད་བཞིན་ཡོད། དེ་འདྲ་ཡིན་ནའང་སྔར་བཞིན་འདར་ནད་ཀྱིས་མི་རྣམས་ཀྱི་བདེ་ཐང་ལ་གནོད་པ་ཚབས་ཆེན་བཟོ་བཞིན་ཡོད།

དེ་ན་སྔོན་ཆད་གོང་མ་ཁང་ཞིའི་ནད་དྲག་སྐྱེད་བྱུང་བའི་སྨན་དེ་དོན་དངོས་གང་ཞིག་ཡིན་ནམ། དེ་ནི་དོན་དངོས་སྨན་ཅི་འདྲ་ཞིག་ཡིན་ནམ།

མི་འཁོར་ནང་ལ་སྤྲོད་པའི་ཐུའུ་ཡོའུ་ཡོའུ་ཡིས་སྐེའུ་ཁྲུང་ཕྱི་རོལ་གྱི་ནགས་ཚལ་དང་ཞིང་ཚིགས། གཙང་འགྲམ། གྲོང་སྡེ་སོགས་ལ་བལྟ་བཞིན་བསམ་བློ་བཏང་།

འདི་ལྟར་བལྟས་ན། མ་འོངས་པའི་ལམ་དང་ནར་སོན་གྱི་རིམ་པ་ཤིན་ཏུ་རིང་། མོས་ཁ་རོག་གེར་སེམས་སུ། གཅིག་བྱུས་ན་ཉིན་ཞིག་མི་རྣམས་ཀྱིས་གསལ་པོར་ཤེས་སྲིད།……

མ་འོངས་པའི་ལམ།

ཉིན་མོ་ཡོད་ཚད། ཉིན་མོ་ཡོད་ཚད་ཕེབས་རོགས།

བདག་གིས་ཁྱོད་ཚོ་མཉམ་ཏུ་བསླེ་འདོད། ལང་ཚོའི་གསེར་སྐུད་ཀྱིས་བསླེ་འདོད།

བདེ་སྐྱིད་དང་མཉམ་དུ། ཁྱོད་ཚོ་བསླེ་འདོད།

གྲུ་གཟིངས་ཆུང་ཆུང་དེའི་སྟེང་གི་གླུ་སྐད། ཟླ་འོད་འོག་གི་སློབ་རའི་གླུ་སྒྲ།

ཆར་ཟམ་ཟིམ་ཁྲོད་ཀྱི་གོམ་སྒྲ། ཁ་བ་འབབ་ཐོག་མ་ཡི་ཞོགས་པའི་དམག་བཞུད།

ད་དུང་མཛའ་དྲག་གི་རྩོད་པ། འགྲུལ་བསྐྱོད། མཉེན་བྱམས་ཀྱི་སེམས་པ……

མིག་ལྤགས་དབང་ཙམ་གྱིས་འདས་པའི་ཉིན་མོ། རྟོག་འཆར་གྱིས་ཁེངས་པའི་ཉིན་མོ།

སེམས་ཀྱི་རི་འདྲེན་རི་སེ། དཔྱིད་ཀའི་སྨྲང་ཆར་ཇི་བཞིན།

ང་ཚོ་ལ་དུས་ཚོད་ཡོད། སྟོབས་ཤུགས་ཡོད། ཡིད་ཆེས་ཀྱིས་ཁེངས་ཡོད།

ང་ཚོས་འཚོ་བ་ལ་རེ་བས་འཆའ་ཞིང་། ཨ་སྔོན་ལ་འཕུར་བར་རེ་སྨོས་བྱས་ཡོད།

དེ་ནི་ཐོལ་མེད་ཀྱི་ཉིན་མོ་ཞིག་རེད། འགྱུར་བག་སྒོད་པའི་ཉིན་མོ་ཞིག་ཀྱང་རེད།

སུ་མཐའ་ཡས་པའི་འཇིག་རྟེན། ནམ་ཡིན་རུང་བདག་ལ་མཚར་སྣང་སྐྱེས་བྱུང་།

ནམ་ཡིན་རུང་དགའ་སྤྲོ་བརྟས་ཤིང་། ནམ་ཡིན་རུང་དཀྲུས་མའི་ངང་གནས་མེད།

མིག་རྒྱ། དགོད་སྒྲ། བསམ་གཞིག ཡོད་ཚད་ཐེངས་དང་པོ་བཞིན།

ཉིན་མོ་ཡོད་ཚད་ཐེབས་རོགས། ཐེབས་རོགས།
འཚོ་བའི་ཁྲོད་ཀྱི་དཀའ་སྡུག་ལ་ཕྱོགས་ཤིག
ཕྲག་ཏུ་ཁྱི་བའི་འོས་འགན། བདག་གིས་ཡམ་འཁུར་མི་སྲིད།
གཞན་ནན་དམག་འཁྲུག བདག་གིས་ངོ་ཚ་འཁུར་མི་སྲིད།
ཉིན་ཞིག བདག་གིས་མེ་མདའ་ཕྱིད་ནས། ཧྲུལ་ཆུ་ཕྱིད་རྗེས།
ཁྱོད་ཚོ་དྲན་སྲིད། ཁྱོད་ཚོ་འབོད་རེསཞ
ཆབས་ཅིག་ང་རྒྱལ་ལ་སྙོམ་རེས། ཁྱོད་ཚོར་གཞན་ཉན་བྱེད་རེས།

འདི་ནི་རྩོམ་པ་པོ་ཝང་མུན་ལགས་ཀྱི་བརྩམས་སྒྲུང་རིང་བ《ལང་ཚོ་ཁྲི་ལོར་ཤོག》ཅེས་པའི་འགོ་བརྗོད་རེད། འདིའི་ནང་དུ་ཀྲུང་གོ་གསར་བ་དབུ་བརྙེས་པའི་སྐབས་ཀྱི་སློབ་གྲྭ་ཆེན་མོ་པ་དང་འབྲིང་རིམ་སློབ་མ་རྣམས་ཀྱི་བསམ་བློའི་སྟོབས་ཤུགས་དང་མ་འོངས་པའི་རྨི་ལམ་མཚོན་ཡོད།

གཅིག་དགུ་ང་གཅིག་ལོའི་ཟླ་བཅུ་གཉིས་པར་ཐུའུ་ཡོའུ་ཡོའུ་ཡིས་འདི་ལྟ་བུའི་སེམས་ཤུགས་དང་རྨི་

ལམ་ཁྲིར་ནས། རང་གི་མཐོ་འབྲིང་སྐབས་ཀྱི་རྩི་ལམ་ཧུམ་ནས་པེ་ཅིན་ལ་སླེབས། དེ་ནས་བཟུང་ལོ་མོ་པེ་ཅིན་སློབ་གྲྭ་ཆེན་མོའི་སློབ་མ་ཞིག་ཏུ་གྱུར།

པེ་ཅིན་སློབ་གྲྭ་ཆེན་མོའི་གསོ་རིག་གླིང་ནི་གཅིག་དགུ་བརྒྱ་གཉིས་ལོར་བཙུགས་པའི་གཞུང་བཙུགས་པེ་ཅིན་གསོ་རིག་སློབ་གྲྭ་ཞིག་རེད། འདི་ནི་སྐབས་དེའི་ཀྲུང་གོ་ནས་གཞུང་གིས་བཙུགས་པའི་གསོ་རིག་སློབ་གྲྭ་ཐོག་མ་ཡིན་ལ། རྒྱལ་ཡོངས་ནས་སྐབས་དེའི་གཞུང་བཙུགས་སློབ་གྲྭ་གྲགས་ཆེན་དགུའི་གྲས་གཅིག་རེད། སློབ་གྲྭ་འདི་གཅིག་དགུ་ཞེ་དགུ་ལོའི་སྟོན་ལ་ཐེངས་མང་པོ་མིང་བརྗེ་བ་དང་སློབ་གླིང་གཞན་བསྲེ་སྒྱུར་བྱས་སྟོང་། ཐུའུ་ཡོའུ་ཡོའུ་ཡིས་རྒྱུགས་འཛུགས་པའི་གསོ་རིག་གླིང་ནི་གཅིག་དགུ་ཞེ་གཅིག་ལོར་པེ་ཅིན་གསོ་རིག་སློབ་གྲྭ་དང་པེ་ཅིན་སློབ་གྲྭ་ཆེན་མོའི་གསོ་རིག་སློབ་གླིང་གཉིས་བསྲེས་པའི་རྗེས་ཀྱི་སློབ་གླིང་ཞིག་ཡིན།

ཚང་དུས་ནས་ཅང་ནན་ནས་ནར་སོན་པའི་ཐུའུ་

ཡོའུ་ཡོའུ་ལ་མཚོན་ན། ཐེངས་དང་པོར་ཀྲུང་གོ་གསར་བའི་རྒྱལ་ས་པེ་ཅིན་དུ་འབྱོར་བ་ཡིན་པས། དེའི་སྲང་ལམ་དང་འཛུགས་སྐྲུན། སྐྱིད་ཚལ། འགྲིམ་འགྲུལ་ཡོ་བྱད། མཁའ་དབུགས། སྐད་བརྗ་སོགས་གང་ཡིན་ཟང་ཟིང་ཉིན་པོའོ་དང་མི་འདྲ་བའི་སྣང་བ་ཞིག་སྐྱིན་འོང་།

སྐབས་དེའི་པེ་ཅིན་སློབ་གྲྭ་ཆེན་མོ་ནི་མཁར་ནུབ་ས་ཁུལ་གྱི་ཞི་ཧྲིན་ཕོའུ་གནམ་བདག་ཆོས་ཁང་གི་ཉེ་འགྲམ་སུ་བཙུགས་ཡོད། ཞི་ཧྲིན་ཕོའུ་གནམ་བདག་ཆོས་ཁང་ལ་མི་རྣམས་ཀྱིས་བྱང་གི་ཆོས་ཁང་ཟེར། དེ་ནི་པེ་ཅིན་གྱི་ཆེས་ཆེ་ཞིང་བཏབ་སྔ་མའི་ཆོས་ཁང་ཞིག་རེད།

ཐུའུ་ཡོའུ་ཡོའུ་ལ་མཚོན་ན་དེའི་འཛུགས་སྐྲུན་ནི་ཤིན་ཏུ་ཆ་རྒྱས་མེད་པ་ཞིག་མ་རེད། རྒྱུ་མཚན་ཉིན་པོའོ་ནའང་འདི་ལྟ་བུའི་ཆོས་ཁང་ཡོད། ཡིན་ནའང་གསོ་རིག་གླིང་དང་། སྲང་ལམ་སོགས་ནས་ལངས་ཏེ་བལྟས་ན་གནམ་བདག་ཆོས་ཁང་གི་ཁང་རྩེ་ཤིན་ཏུ་མཐོ་ཡང་། དེའི་མཐའ་འཁོར་ནས་ཀྲུང་གོའི་ཁྱད་ཆོས་ལྡན་པའི་བཟོ་

སྐྱུན་གྱིས་ཁིངས་འདུག སྣང་ཚུལ་འདི་ཡིས་མོ་ལ་བཟོད་མི་ཐེས་པའི་ཚོར་སྣང་ཞིག་བསྐྲུན་བྱུང་། མོའི་བསམ་པ་ལ་འདི་ནི་ཤར་ཕྱོགས་ཡིན་ནམ་ནུབ་ཕྱོགས་ཀྱི་སྤྲང་ཞིག་རེད་སྙམ་པ་འཆར།

ཐུའུ་ཡོའུ་ཡོའུ་དང་མཉམ་དུ་ཡོང་བའི་ལོ་རིམ་དེའི་སློབ་མ་ཕལ་ཆེར་སློབ་གྲྭར་འཛུལ་བའི་ཉིན་མོ་ལྟར་གྲལ་བསྒྲིགས་ཏེ། གསོ་རིག་འཛིན་གྲྭ་བརྒྱད་པ་ཡིན། ཐོམ་པའི་སློབ་མ་བདུན་ཅུ་ལྷག་ཡོད།

སྐབས་དེར་གསོ་རིག་སྡེ་ཁག་ཏུ་སྨན་རྫས་རིག་པ་དང་། སྨན་བཟོ་ཆེད་ལས་གཉིས་མཆིས། སྨན་རྫས་རིག་པ་སློབ་མཁན་གྱི་སློབ་མ་ནི་རྒྱལ་ཁབ་ཀྱིས་གསོ་སྐྱོང་བྱས་ཤིང་སྨན་རིག་པ་དང་། དོ་དམ་རིག་པ། དཔལ་འབྱོར་རིག་པ་སོགས་ཀྱི་ཤེས་བྱ་དང་ནུས་རྩལ་སྦྱོང་མཁན་རེད། འདིའི་ནང་མཐར་ཕྱིན་ཚེ་ཕལ་ཆེར་རྒྱལ་ནང་གི་སྨན་བཟོའི་བཟོ་གྲྭ་སོགས་ནས་བྱ་བ་བསྒྲུབ་དགོས། དེ་ནི་མི་ཚང་མས་འདེམས་འདོད་པའི་ཆེད་

ལས་ཤིག་རེད། བསྡོམས་བཅས་ཀྱིས་བཤད་ན། སྨན་བཟོའི་ཆེད་ལས་ནི་དེ་འདྲའི་སྒྲོ་སྣང་ལྡན་པ་ཞིག་མིན། དེ་ནི་རང་བྱུང་དང་ལས་སྣོན་མ་བྱས་པའི་རྩི་ཤིང་། སྲོག་ཆགས། གཏེར་རྫས་བཅས་ལ་སྨན་རྫས་ལ་ཞིབ་འཇུག་བྱེད་མཁན་རེད། ཆེད་ལས་འདི་སྦྱངས་ཏེ་མཐར་ཕྱིན་ཚེ་ཚོད་ལྟ་ཁང་དང་ཞིབ་འཇུག་ལས་ཁུངས་བཅས་སུ་འགྲོ་དགོས།

ཆེད་ལས་འདེམས་པའི་སྐབས་སུ་མི་ཕལ་ཆེར་ཀྱིས་སྨན་རྫས་རིག་པའི་ཆེད་ལས་འདེམས། མི་བཅུ་གཉིས་ལྷག་ཅིག་གིས་སྨན་བཟོའི་ཆེད་ལས་འདེམས། ཐུའུ་ཡོའུ་ཡོའུ་ནི་མི་བཅུ་པོ་དེའི་གྲས་ཡིན།

ཐུའུ་ཡོའུ་ཡོའུ་ཡིས་ཐེ་ཚོམ་སྤུ་ཙམ་མེད་པར་ཆེད་ལས་འདི་འདྲ་འདེམས་དོན་ཅི་ཡིན་ནམ། ཡང་ན་མ་འོངས་པར་སློབ་མཐར་ཕྱིན་རྗེས་ཕྱོགས་གང་ཞིག་བཟང་མིན་བཅས་ལ་འདང་མ་བརྒྱབ་པ་ཡིན་ནམ་ཞེ་ན།

རྗེས་སུ་ཐུའུ་ཡོའུ་ཡོའུ་རང་ཉིད་ཀྱིས་བཤད་པ་

དང་། མོའི་སློབ་གྲོགས་ཁ་ཤས་ཤིག་གི་ཕྱིར་དྲན་བྱས་པ་སོགས་ལྟར་ན། ང་ཚོས་སྐབས་དེའི་རྒྱུ་རྐྱེན་ཅི་ཞིག་ཡིན་མིན་གསལ་པོར་ཤེས་ཐུབ། དེ་ལ་རྒྱུ་མཚན་གཉིས་ཡོད།

དང་པོ་ནི་ཀྲུང་གོ་གསར་བ་དབུ་བརྙེས་མ་ཐག་སྐབས་དེར་ཕྱོགས་གང་ཐད་ནས་ཤེས་ལྡན་མི་སྣའི་དགོས་མཁོ་ཡོད་སྐབས། སྨན་བཟོ་དང་ཞིབ་འཇུག་གསར་གཏོད་ཀྱི་ཕྱོགས་ནས་མི་དཀོན་པ་དང་། ལྷག་པར་དུ་སྤྱི་མཐུན་རྒྱལ་ཁབ་ནི་སྨན་པ་དང་སྨན་རྫས་གསར་བཟོ་བ་དཀོན་པའི་ལོ་ཟླ་ཞིག་ཡིན།

གཉིས་ནི་རྩ་སྨན་ལ་རང་གི་ངོ་མཚར་བའི་བྱེད་ནུས་ལྡན་ཞིང་། དེའི་བསླུ་བྲིད་ནི་ཐུའུ་ཡོའུ་ཡོའུ་ཡི་སེམས་ནང་བཟློག་ཐབས་མེད་སྐབས་རེད། མོའི་སེམས་ཁོངས་སུ་གལ་ཏེ་ཚོད་ལྟ་ཁང་ཞིག་ཏུ་རྩི་ཤིང་སྣ་ཚོགས་གཅལ་མར་བཀྲམ་ཡོད་ཚེ། མོ་རང་ཆུང་དུས་ཀྱི་ཨ་མྱེས་སྨན་པ་བཞིན་དངོས་སུ་སོང་སྟེ་སྨན་སྣ་སྣ་ཚོགས་ཀྱི་བྲོ་བ་མྱངས་ཏེ་གང་གང་ཡིན་མིན་ངོས་འཛིན་བྱེད། དེ་ལ་

བརྟེན་ནས་ནད་པ་མང་པོ་ཞིག་གི་སྲུང་གཞི་དྲག་སྐྱེད་ཐུབ་པས། དེ་ནི་དོན་སྙིང་གིས་ཕྱུག་པའི་བྱ་བ་ཞིག་རེད་དོ།།

དེ་ལྟར་ཆིག་རྒྱུད་གི་འདང་རྒྱུག་ཕྱོགས་ཀྱི་དབང་གིས་ཐུའུ་ཡོའུ་ཡོའུ་ཡིས་ཐེ་ཚོམ་སྤུ་ཙམ་མེད་པར་ཆེད་ལས་འདི་བདམས་པ་རེད།

འདི་ལྟར་འདེམས་པ་ཡིས་མོའི་མི་ཚེ་གང་པོར་དོན་སྙིང་གིས་ལྡན་པར་གྱུར།

དེ་ནི་སྙན་ངག་པ་ཧྥྲོ་ལོ་སི་ཐེ་ཡིས 《མ་འོངས་པའི་ལམ》ཞེས་པའི་ནང་དུ “གསེར་མདོག་གི་ནགས་ཚལ་ནང་དུ་ལམ་གཉིས་ཡོད། ཡིན་ནའང་ང་རང་ལམ་གཉིས་ཀར་ཞུགས་ཐུབ་མེད།……བདག་གིས་མི་ཉུང་བའི་ལམ་ཕྲན་དེ་འདེམས་པ་ནུས་བཟུང་། བདག་གིས་མི་ཚེའི་མདུན་ལམ་ཐག་གཅོད་བྱས” ཞེས་པ་ལྟར་རོ།།

དགེ་རྒན་ཡོའུ་ཀྲི་ནི་ཙང་སུའུ་ཞིང་ཆེན་ཨན་ཅི་རྫོང་གི་མི་ཡིན། སྐད་གྲགས་ཅན་གྱི་སྨན་རིག་པའི་ཆེད་

མཁས་པ་ཡིན་ལ། ཀྲུང་གོའི་དེང་རབས་སྨན་རིག་པའི་སྦྲོལ་འཁྲིད་པ་གཅིག་ཡིན། གཅིག་དགུ་ཞེ་བཞི་ལོར་ཐུའུ་ཡོའུ་ཡོའུ་དམའ་འབྲིང་ལོ་རིམ་གཉིས་པ་འདོན་སྐབས། དགེ་རྒན་ལོའུ་ཀྲི་ལ་དབྱིན་ཨ་རོགས་དངུལ་ཐོབ་སྟེ་དབྱིན་ཇིར་ཞིབ་འཇུག་སློབ་མ་འདོན་དུ་སོང་ཞིང་ལོན་ཧྲུང་སློབ་གྲྭ་ཆེན་མོ་ནས་སློབ་གཉེར་བྱས། གཅིག་དགུ་ཞེ་བདུན་ལོའི་ཟླ་བདུན་པར་སྨན་རིག་པའི་སློབ་རྟགས་བཞེས་ཏེ་སློབ་གྲྭ་དེ་ནས་སྨན་རིག་པའི་བྱ་བ་གཉེར། གཅིག་དགུ་ལྔ་བཅུ་ལོར་ལོན་ཧྲུང་སློབ་གྲྭ་ཆེན་མོ་ནས་འབུམ་རམས་པའི་མཚན་རྟགས་གནང་། གཅིག་དགུ་ལྔ་བཅུ་ང་གཅིག་ལོའི་ཟླ་དང་པོར་ཕྱིར་མིས་རྒྱལ་གྱི་པང་དུ་ལོག པེ་ཅིན་སློབ་གྲྭ་ཆེན་མོའི་གསོ་རིག་སློབ་གླིང་གིས་གདན་ཞུས་ལྟར་སློབ་གླིང་དེ་ནས་སྨན་རིག་པའི་དགེ་རྒན་དང་སྨན་རིག་པ་ཞིབ་འཇུག་གླིང་གི་ཞིབ་འཇུག་པ་བྱས།

སྐབས་དེར་སྨན་རིག་པ་ནི་སྐྱེ་དངོས་རྫས་འགྱུར་

རིག་པའི་རིག་ཚན་ཞིག་ལ་བསྐྱེས་ཡོད། ཨ་རི་ནས་ཕྱིར་ཡོང་བའི་དགེ་རྒན་ལེན་ཙེ་ཧྲི་ལགས་ཀྱིས་སྔེ་ཁྲིད་བྱས་ཏེ། གཙོ་བོར་སློབ་མ་རྣམས་ཀྱིས་སྐྱེ་དངོས་ཀྱི་གྲས་ནས་ཉུས་པ་ཅན་བགར་སྟངས་དང་། དེའི་རྫས་འགྱུར་ངོ་བོར་བརྟག་དཔྱད་གཏོང་བ་བཅས་ཡིན།

ལོའི་ཀྲི་དང་ལེན་ཙེ་ཧྲི་སྐྱུ་དངོས་ཀྱི་སེམས་ཞིབ་མོའི་མཇུབ་སྟོན་ལ་བརྟེན་ནས་ཐུའུ་ཡོའུ་ཡོའུ་སྨན་རིག་པའི་ཆེད་ལས་ཀྱི་ལམ་བུར་ཞུགས།

ལམ་ཕྲན་འདི་ནི་སྙན་ངག་པས་བྲིས་པ་ལྟར “སྔོ་སྨས་ཁེངས་ཤིང་། ཤིན་ཏུ་ལྗིང་འཇགས་ཤིག་ཡིན་ནའང་། མི་རྣམས་ཀྱི་དང་བ་འཕྲོགས་ཤིང་། མཛེས་སྡུག་ལྡན……བདག་གིས་ཤེས་ཏེ། ལམ་བུ་འདི་ཤིན་ཏུ་ཀྱག་ཀྱོག་ལྡན་ཞིང་། མུ་མཐའ་བྲལ། ང་རང་ལམ་དུ་ཞུགས་རྗེས་ཕྱིར་ལོག་ཐབས་བྲལ། ལོ་དུ་མ་ཞིག་གི་རྗེས་སུ། ས་ཆ་ཞིག་ནས། བདག་གིས་དགུགས་རིང་ཐེངས་ཤིག་རྟབས་ཏེ། ཕྱིར་དྲན་བྱེད་སྲིད” ཅེས་པ་ལྟར་རོ།།

པན་པེན་ལེན་གྱི་རྣམ་པ།

དཔྱིད་ཟླ་ཐ་མ་དང་དབྱར་ཟླ་ཐོག་མའི་སྐབས་སུ། ཁྱོད་ཀྱིས་ཞིང་ཚིགས་ཀྱི་བར་དང་མཚོའུ་ཡི་འགྲམ་གྱི་རྩི་གསེང་ངམ། ཡང་ན་བརླན་ཆེ་བའི་ཆུ་ཕྲན་རྣམས་ཀྱི་འགྲམ་ལ་ཞིབ་ཏུ་ལྟོས་དང་། གཅིག་བྱས་ན་སྔོ་ལྗང་ལྗང་གི་ལྗང་བུ་མང་པོ་མཐོང་ཐུབ། སྔོ་རྩ་དེ་དག་གི་ཡུ་བ་མཉེན་ལ། ཚིགས་བར་རྩ་འདབ་མང་པོ་གྱིས་ཡོད། མེ་ཏོག་གི་ཡུ་བའི་སྟེང་ནས་ཕྱེ་རྡུལ་དཀར་པོ་དང་དམར་སྐྱ། སློ་དམར་ཅན་གྱི་མེ་ཏོག་ཆུང་ཆུང་ཡོད། དེའི་ཁྲོད་ནས་གཉིད་ལ་ཅུང་ཡུར་བའི་མེ་ཏོག་སྣ་ཚོགས་ཡོད། ཡང་ན་ལན་རྡ་དང་ཕྱེ་ལེབ་མེ་ཏོག་ལྟ་བུ་མཐོང་།……

གཅིག་བྱས་ན་ཁྱོད་ཀྱིས་ཤེས་མི་སྲིད། རི་སྐྱེས་མེ་ཏོག་འདི་དག་ནི་ལོ་མང་པོར་སྐྱེས་པའི་རྩི་ཤིང་ཡིན་པ་

རེད། དེ་དག་གི་མང་ལ་པན་པེན་ལེན་ཟེར།

པན་པེན་ལེན་ནི་བརྟན་ཆེ་བའི་ཕོར་ཡུག་ནས་སྐྱེས་པར་དགའ། དེ་ནི་རང་རྒྱལ་གྱི་ཤར་ལྷོ་དང་། ནུབ་ལྷོ། ཤར་བྱང་ས་ཆ་བཅས་སུ་སྐྱེས། རྒྱ་གར་གྱི་ཤར་སྣེའི་ཨེ་གླིང་གི་རྒྱལ་ཁབ་ཁག་ནས་ཀྱང་རི་སྐྱེས་མེ་ཏོག་ཚུང་ཚུང་འདིའི་གཟུགས་དབྱིབས་མཐོང་ཐུབ། ཁྱོད་ཀྱིས་རི་སྐྱེས་མེ་ཏོག་ཚུང་ཚུང་འདི་ལ་སྣང་ཚུང་གཏན་ནས་བྱེད་མི་རུང་། པན་པེན་ལེན་ནི་དོན་དངོས་སུ་སྨན་རྫས་ཞིག་རེད། དེ་ཡི་མེ་ཏོག་དང་ལོ་མ། རྩ་བ། སྡོང་ཕྲན་བཅས་ཀྱིས་དུག་སེལ་དང་སྐྲང་ཞི་བ་བཅས་ལ་ནུས་པ་ཐོན་ཐུབ། དེ་ཡིས་སྦྲུལ་གྱིས་སོ་བཏབ་ཤུལ་དང་ཕོ་བའི་ནང་ཆུ་བསོགས་པ། རྨ་བུད་པ་བཅས་གསོ་ཐུབ།

དེ་ན་པན་པེན་ལེན་དང་ཐུའུ་ཡོའུ་ཡོའུ་ཡི་བར་དུ་གཏམ་རྒྱུད་ཅི་འདྲ་ཞིག་བྱུང་ངམ་ཞེ་ན།

ལོ་ངོ་བཞི་ཡི་སློབ་གྲྭ་ཆེན་མོའི་སྦྱོང་ཚན་གཉེར་རྗེས་ཏེ། སྤྱི་ལོ་གཅིག་དགུ་ང་ལྔ་ལོར་ཐུའུ་ཡོའུ་ཡོའུ་པེ་

ཅིན་སློབ་གྲྭ་ཆེན་མོའི་གསོ་རིག་གླིང་ནས་སློབ་མཐར་ཕྱིན། དེ་ནས་ཀྲུང་ལུགས་གསོ་རིག་ཞིབ་འཇུག་གླིང་དུ་བྱ་བ་བགོས་ཏེ་སྨན་རིག་པར་ཞིབ་འཇུག་བྱས།

སྨན་རིག་པའི་ཞིབ་འཇུག་གི་ཁོར་ཡུག་ནི་རྒྱུན་པར་ལྷིང་འཇགས་ཡིན། ཉིན་གང་པོར་ཚོད་ལྟ་ཁང་ནས་སྡོད་དགོས། བསམ་བློ་ཞིག་བཏང་ན་བུ་མོ་ཆུང་ཆུང་ཞིག་གིས་ཉིན་གང་པོར་སྨན་ལྭ་དཀར་པོ་གོན་ཏེ་ཚོད་ལྟ་ཁང་གིས་དམ་བུ་སྣ་ཚོགས་ནང་བཙུག་པའི་སྨན་རྫས་སྣ་ཚོགས་ལ་བརྟག་དཔྱད་བྱེད་པ་དང་། དཔེ་ཆ་མང་པོ་བསླུགས་པ། དེ་ནས་ཡང་བསྐྱར་ཚོད་ལྟ་སྣ་ཚོགས་བྱེད་པ། གྲུབ་རྫས་སྣ་ཚོགས་འདོར་ལེན་བྱེད་པ་སོགས་ཀྱི་བྱ་བ་ལ་ཅི་འདྲའི་སེམས་ཤུགས་ཤིག་མི་དགོས་སམ།

སྐབས་དེར་ཀྲུང་ལུག་གསོ་རིག་གླིང་བཙུགས་མ་ཐག་ཡིན་པས། སྨན་དཔྱད་ཡོ་བྱད་ཚང་མ་སྟབས་བདེ་དང་ཐབས་ཆག་ཡིན། ཚོད་ལྟ་ཁང་དུ་མཁའ་དབུགས་

ཡག་པོར་རྒྱུ་མི་ཐུབ་པས། ལོ་ཧྲིལ་པོར་དེ་ཏུ་རྫས་འགྱུར་གྱི་གྲུབ་རྫས་ལ་བརྟག་དཔྱད་བཏང་ཆེ་ཤིན་ཏུ་ལས་འགྲོལ་དཀའ་བ་ཞིག་ཡིན། ཐུའུ་ཡོའུ་ཡོའུ་ལ་རྒྱུན་པར་མགོ་ཡོམ་འཁོར་བ་དང་། རྩྭ་བ་བརྒྱུག་པ་སོགས་བྱུང་།

ཉིན་ཞིག་མོའི་རྩྭ་བ་ཇེ་ཆེར་སོང་སྟེ་སྨན་ཁང་ནང་ནས་བརྟག་དཔྱད་གཏོང་སྐབས། དེ་ནི་སྨན་རྫས་རང་བཞིན་གྱི་མཆིན་གཉན་རེད་ཅེས་ཐག་གཅོད་བྱས། མི་གཞན་རྣམས་ཀྱིས་མོ་ལ་ལས་ཀ་གཞན་དུ་སྤར་ན་རེད་ཅེས་ཡང་ཡང་བཤད་མོད། མོ་རང་དགོད་ཞོར "མི་བཛེ། ང་རང་ང་ལ་གནོད་འཚེ་གཏོང་བའི་ལས་ཀ་འདི་ལ་སྤྲོ་བ་འདུག" ཅེས་བཤད་སོང་།

ཐུའུ་ཡོའུ་ཡོའུ་ནི་ཆུང་དུས་ནས་ལུས་པོ་མི་བཟང་བས། བྱ་བར་ཞུགས་རྗེས་རྒྱུན་པར་ཚོད་ལྟ་ཁང་དང་རྫས་འགྱུར་གྲུབ་རྫས་ཁང་གི་དཔུང་མི་ཡིན། ལུས་པོ་ལ་སྤར་ལས་གནོད་པ་ཐེབས།

སྨན་བཅོས་ཞིབ་འཇུག་གི་ལས་གནས་ལ་སོང་

རྗེས་ཐུའུ་ཡོའུ་ཡོའུ་ཡིས་ཐེངས་དང་པོར་ཆེད་ལས་ལ་ཚོད་ལྟ་བྱས་ཤིང་། མིང་ལ་ཁྲག་རྫབས་སྲིན་ནད་ཅེས་པའི་ནད་ལ་བརྟག་དཔྱད་བྱས། སྐབས་དེར་ཀྲུང་གོའི་ཞིང་གྲོང་དང་ལྷག་པར་འབྲི་ཆུའི་འབབ་རྒྱུད། ལྷོ་ཕྱོགས་ཀྱི་ཞིང་སྡེ་སོགས་ན་ནད་དེ་དར་ཁྱབ་ཆེ།

ཁྲག་རྫབས་སྲིན་ནད་ནི་ལ་རྒྱུ་ཆེན་ནད་ཀྱང་ཟེར། དེ་ནི་གཙང་འགྲམ་དང་ཞིང་ཚིགས། གྲམ་པ་བཅས་སུ་དྭང་འབུའི་ལུས་སྟེང་ལ་བརྟེན་པའི་སྲིན་འབུ་ཞིག་ཡིན། མི་ལུས་ལ་ཞུགས་རྗེས་མཆིན་ནད་དུ་གྱུར་ཏེ་ཕོ་གཤེར་ནང་བབས་ཏེ་ཕོ་བ་སྐྲང་། དེ་བས་ཁྲག་རྫབས་སྲིན་ནད་ཞུགས་ཏེ་ཕོ་བ་སྐྲང་བ་ཡིན།

འདི་ནི་ཚེ་སྲོག་ལ་གནོད་པའི་ནད་ཅིག་ཡིན། གཙང་རྒྱུད་དང་ལྷོ་ཕྱོགས་ཀྱི་ཞིང་སྡེའི་གཙང་པོ་དང་མཚེའུ། མཚོ་ཁུག ཡུར་ཆུ་སོགས་སུ་དྭང་འབུ་མང་པོ་ཡོད་པས་སྐབས་དེར་ཞིང་པའི་ལུས་པོ་ལ་གནོད་པ་ཆེན་པོ་ཐེབས་བཞིན་ཡོད། གཞི་གྲངས་སྟོམ་རྩིས་ལྟར་

ན། རྫོང་ཡོངས་ནས་མི་ཁྲི་བརྒྱད་ལྷག་ཁྲག་རྫབས་སྲིན་ནད་ཀྱིས་ཤི་བཞིན་ཡོད། ཐན་སྡེ་མི་ཡུག་སའི་ལུང་པའང་ཟེར། དེར་ངལ་རྩོལ་གྱི་ནུས་པ་དམན་པས་ཞིང་སྡེ་ཡོངས་ནར་མར་གནས་ཤིང་མྱུ་ངམ་གྱིས་ཁེངས་ཡོད།

གཅིག་དགུ་ལྔ་དྲུག་ལོར་རྒྱལ་ཡོངས་ཀྱི་ས་ཆ་སོ་སོར་ཁྲག་རྫབས་སྲིན་ནད་སྔོན་འགོག་དང་འགོག་བཅོས་ཀྱི་ཚ་རླབས་འཕྱུར།

དེའི་དུས་སུ་ཐུའུ་ཡོའུ་ཡོའུ་ཡིས་རང་གི་དགེ་རྒན་ལོ་ཀྲི་ཡི་སྣེ་ཁྲིད་འོག སྨན་བཟོ་བའི་མཐོང་སྣེ་ནས་ཁྲག་རྫབས་སྲིན་ནད་འགོག་བཅོས་ལ་ཞིབ་འཇུག་བྱས།

དམངས་ཁྲོད་ན་པན་པེན་ལེན་ཞེས་པའི་སྨན་རྩ་ལ་བརྟེན་ནས་ཕོ་སྐྲང་གི་ནད་འགོག་བཅོས་བྱེད་པའི་དཔེ་གཞི་ཡོད། ཐུའུ་ཡོའུ་ཡོའུ་དང་མོའི་དགེ་རྒན་གྱིས་དངོས་སུ་པན་པེན་ལེན་ལ་ཞིབ་འཇུག་བྱས།

མིང་རྒྱལ་རབས་ཀྱི་དུས་སྨན་བཟོ་པ་གྲགས་ཅན་ལི་ཧྲི་ཀྲིན་གྱིས《སྨན་རྩའི་རྩ་གནད》ཅེས་པའི་ནང་

དུ "པན་པེན་ལེན་ནི་སྔོ་རྩྭ་ཆུང་དུ་ཞིག་སྟེ། སྲིབ་ལ་འཁོར་བའི་ས་བརྙན་ཆེ་བར་སྐྱེས། ཡུ་བ་ཕྲ་ཞིང་མང་པོ་བསྒྲིངས་ཏེ་སྐྱེས། ཚིགས་རེ་རེ་ནས་ལོ་མ་སྐྱེས། སྔོན་ཁར་མེ་ཏོག་ཆུང་ཆུང་སྐྱེས། ཁ་དོག་དམར་སྐྱ་ཡིན་ལ་འདབ་ཕྱེད་ཅན་དང་། པདྨའི་དབྱིབས་ཅན་ཡིན" ཞེས་བྲིས་ཡོད།

ལོ་གཅིག་ལྷག་ལ་ཞིབ་འཇུག་བྱས་རྗེས་དགེ་རྒན་ལོ་ཀྲི་དང་ཐུའུ་ཡོའུ་ཡོའུ་ཡིས་རྩྭ་སྨན་དེའི་གསང་བ་ཡོངས་སུ་བརྗོལ། པན་པེན་ལེན་ནི་ཁྲག་རྫབས་སྲིན་ནད་གསོ་བ་ལ་བེད་སྤྱོད་ཆོག་པའི་སྨན་མཆོག་ཅིག་རེད།

ཞིབ་འཇུག་གི་གྲུབ་འབྲས་འདི་མགྱོགས་མྱུར་དང་ཁྲག་རྫབས་སྲིན་ནད་ཁྱབ་པའི་ས་ཆ་ནས་རྒྱ་ཆེར་བེད་སྤྱོད་བྱས་ཤིང་། ཕྱིས་སུ《རྒྱ་སྨན་རབ་གསལ་མེ་ལོང》ཞེས་པའི་དེབ་ནང་འདེམས་ཡོད།

པན་པེན་ལེན་གྱི་ཕན་ནུས་སྐོར་གྱི་ཞིབ་འཇུག་དང་ར་སྤྲོད་བྱས་པ་དང་མཉམ་དུ། ཐུའུ་ཡོའུ་ཡོའུ་ཡིས་

ཡུན་ཁྲི་ཧྲོའུ་ཞེས་པའི་རྩ་སྨན་གཞན་ཞིག་ལ་དུས་ཡུན་རིང་པོར་རིགས་སྣ་ཚོགས་འདྲེས་ཡོད་པ་རྙོགས། ཞིབ་འཇུག་གི་འབྲས་བུ་འདི《རྒྱ་སྨན་གྱི་ལོ་རྒྱུས》ཞེས་པའི་ནང་བྲིས་ཡོད།

བྱ་བར་ཞུགས་པའི་ཐོག་མའི་དུས་སྐབས་ལ། ཐུའུ་ཡོའུ་ཡོའུ་རང་ཉིད་ལ་དངོས་སུ་སྤྲོ་སྣང་བྱུང་བའི་དོན་དག་ཅིག་ནི་རང་ཉིད་"སྤྱི་ཚོགས་རིང་ལུགས་འཛུགས་སྐྲུན་གྱི་ཕུལ་བྱུང་མི་སྣ"ཞེས་པའི་མཚན་སྙན་ཐོབ་པ་དེ་རེད། སྐབས་དེར་དེ་ནི"ངལ་རྩོལ་གྱི་མིག་དཔེ"ཞེས་པ་དང་མཉམ་པོ་ཡིན། བརྩོན་འགྲུས་ཆེ་ཞིང་སེམས་ཤུགས་ལྡན་པའི་ངལ་རྩོལ་པ་དང་། ལྷག་པར་གཞོན་ནུ་ཚང་མས་ཡིད་སྨོན་བྱེད་ཡུལ་དུ་གྱུར་ཅིང་། ཚང་མས"སྤྱི་ཚོགས་རིང་ལུགས་འཛུགས་སྐྲུན་གྱི་ཕུལ་བྱུང་མི་སྣ"ཞེས་པའི་མཚན་སྙན་ལ་བརྩོན་ལེན་བྱེད་བཞིན་ཡོད།

སྤྱིར་བཏང་ལྷ་བུའི་པན་པེན་ལེན་ནི་ཁྲུ་སེམ་

མེར་བཞད་ཅིང་། ལས་ལ་བརྩོན་ཞིང་བྱ་བ་ནན་ཏན་ཆེ་བའི་གཞོན་ནུ་མ་འདི་ཡིས་བྱ་བའི་ཁྲོད་རང་ཉིད་ཀྱི་གྲུབ་འབྲས་རྙེད་བྱུང་། ……

ཧྥོད་སྐྱིད་ལྡན་པའི་ཁྱིམ་ཚང་།

ང་ཚོས་གོང་དུ་བཤད་པ་ལྟར། ཐུའུ་ཡོའུ་ཡོའུ་ཡིས་ཞོའོ་ཧྲི་དམའ་འབྲིང་སློབ་གྲྭ་འགྲིམ་སྐབས། འཛིན་གྲྭའི་ནང་གི་བུ་ཆུང་ཆུང་ཞིག་ཡོད་པའི་མིང་ལ་ལི་ཐེན་ཀྲོའོ་ཟེར། ལི་ཐེན་ཀྲོའོ་ནི་སྐབས་དེར་གཞོན་ནུ་སྨྲ་བ་ཅུང་བ་ཞིག་ཡིན། ནམ་ཞིག་ནས་པོ་རང་ཐུའུ་ཡོའུ་ཡོའུ་ལ་དགའ་བའམ་ནམ་ཞིག་ནས་བརྩེ་དུང་གི་གཏམ་བརྗོད་བྱས་པ་མི་ཤེས་མོད། གང་ལྟར་པོ་གཉིས་ནི་སྐབས་དེར་ཁ་བཛ་ཅུང་བའི་མི་གཉིས་ཡིན་པས། བརྩེ་གཏམ་བཤད་རྒྱུ་ཅུང་དཀའ་ཚོད་ཡིན།

དམའ་འབྲིང་སློབ་གྲྭ་ནས་མཐར་ཕྱིན་རྗེས། ཐུའུ་ཡོའུ་ཡོའུ་པེ་ཅིན་སློབ་གྲྭ་ཆེན་མོའི་གསོ་རིག་སློབ་གླིང་ལ་ཞུགས་ནས་སྨན་རིག་པ་སྦྱངས། ལི་ཐེན་ཀྲོའོ་ནི་པེ་

ཅིན་ཕྱི་སྐད་སློབ་གྲྭའི་ཕྱི་ཡིག་སློབ་གླིང་ན་ཡོད།

ཨ་འགོག་ཁྲའོ་སྐྱོབ་ཀྱི་དམག་འཁྲུག་བྱུང་བའི་རྗེས་སུ། ལི་ཐེན་ཀྲོའོ་དང་འཛིན་གྲྭའི་ནང་གི་སློབ་གྲོགས་འགའ་ཞིག་གིས་མཉམ་དུ་ཁྲའོ་ཞན་དམག་ཁུལ་ལ་མིང་ཐོ་བཀོད་ཅིང་། ཀྲུང་གོའི་མི་དམངས་ཀྱི་དང་ལེན་དམག་མིའི་སྐད་སྒྱུར་པ་བྱས། སྐབས་དེར་རྒྱལ་ཁབ་ལ་གཞོན་ནུ་ཤེས་ཡོན་ཅན་ཉུང་བས་ལི་ཐེན་ཀྲོའོ་ཁྲའོ་ཞན་ལ་སྐད་སྒྱུར་བྱེད་པར་འགྲོ་བར་ཆོག་མཆན་ཐོབ་མེད་ཅིང་། སུའུ་ལེན་ལ་སློབ་སྦྱོང་བྱེད་དུ་མངགས་ཡོད། སུའུ་ལེན་ནས་ཕྱིར་རང་རྒྱལ་ལ་ལོག་རྗེས་ལི་ཐེན་ཀྲོའོ་ཡིས་སྔ་རྗེས་སུ་ཆི་ཆི་ཧར་གྱི་པེ་མན་ངར་ལྕགས་བཟོ་གྲྭ་དང་། ལྷ་ཨན་རི་བོའི་ངར་ལྕགས་བཟོ་གྲྭ་བཅས་སུ་བྱ་བ་བསྒྲུབས།

ལི་ཐེན་ཀྲོའོ་ཡི་ཨ་ཆེ་ཡིས་པེ་ཅིན་ནས་བྱ་བ་བསྒྲུབས། ཁོ་ཚོ་ཚང་མ་ཉིན་པོའོ་ཡི་མི་ཡིན་པས་རྟག་པར་ཐུའུ་ཡོའུ་ཡོའུ་དང་འབྲེལ་འདྲིས་བྱེད་བཞིན་ཡོད།

ཉིན་ཞིག ལི་ཐེན་ཀྲོའོ་ཕྱིར་པེ་ཅིན་ལ་ཨ་ཚེར་བལྟ་རུ་ཡོང་། བསམ་ཡུལ་ལས་འདས་པ་ཞིག་ལ་དམའ་འབྲིང་སྐབས་ཀྱི་སློབ་གྲོགས་ཐུའུ་ཡོའུ་ཡོའུ་ལ་འཕྲད།

གཞོན་ནུའི་སྐབས་ཀྱི་སློབ་གྲོགས་ཚོ་སོ་སོར་བྲལ་ནས་ཡུན་རིང་འགོར་ཏེ་སླར་འཕྲད་ཚེ་པན་ཚུན་ལ་བརྩེ་བ་ཟབ་མོ་ཡོད། སྐབས་དེར་ལི་ཐེན་ཀྲོའོ་ཡིས་ཐུའུ་ཡོའུ་ཡོའུ་སྔར་བཞིན་སློབ་སྦྱོང་ལ་འགོར་འཕོར་ཞིང་། རང་ཉིད་བྱ་བར་བྲེལ་བཞིན་པ་ཤེས་པས། བརྩེ་གཏམ་ཞིག་བརྗོད་ལུང་མེད། ཡིན་ནའང་ལི་ཐེན་ཀྲོའོ་ཡི་ཨ་ཚེ་ཡིས་ནུ་བོ་དང་ཐུའུ་ཡོའུ་ཡོའུ་ཡི་བར་ལ་དར་དཀར་གྱི་བརྩེ་མདུད་བརྒྱབ། གཅིག་དགུ་རེ་གསུམ་ལོར་གཞོན་ནུ་སློབ་གྲོགས་འདི་གཉིས་བདེ་སྐྱིད་ཀྱི་སྨོན་ཚིག་ཁྲིད་ནས་གཉེན་སྒྲིག་བྱས།

དེ་ནི་དཔྱིད་འགོའི་མེ་ཏོག་དང་དབྱར་གྱི་སྤྲང་ཆར་ཅི་བཞིན་མི་རྣམས་ཀྱི་རེ་སྨོན་ལྟར་ཏེ། ཐུའུ་ཡོའུ་ཡོའུ་དང་ལི་ཐེན་ཀྲོའོ་གཉིས་ཀྱིས་པན་ཚུན་དགའ་ཞིང་

མཐུན་པའི་དང་རང་ཉིད་ཀྱི་སྤྲོ་སྐྱིད་ལྡན་པའི་ཁྱིམ་ཚང་ཆུང་ཆུང་ཞིག་བཙུགས་སོ།།

གཏམ་བཟང་འདི་ཁྱབ་མ་ཐག་པོ་ཚོའི་ན་གཞོན་སྐབས་ཀྱི་སློབ་གྲོགས་ཚང་མས་ཉེ་རིང་མེད་པར་སྨོན་ཚིག་བསྐུར་ཡོང་།

སློབ་གྲོགས་རྣམས་ཀྱིས་ཀུ་རེ་ཡི་ཚུལ་གྱིས "ཐུའུ་ཡོའུ་ཡོའུ་དང་ལི་ཐེན་ཀྲོའོ་ཡི་མཉམ་འདུས་ནི་རང་བྱུང་གི་བཀོད་སྒྲིག་ཅིག་ཡིན་པར་མ་ཟད། སྤྲོ་རྒྱུན་དང་དེང་རབས་བར་གྱི་མཉམ་འབྲེལ་ཤིག་ཀྱང་རེད" ཅེས་སྨྲས།

སློབ་གྲོགས་ཀྱིས་བཤད་པའི་སྤྲོ་རྒྱུན་ནི་ཐུའུ་ཡོའུ་ཡོའུ་ཡིས་སྦྱོང་བཞིན་པའི་རྒྱ་སྨན་ཞིབ་འཇུག་ལ་ཡིན་ལ། དེང་རབས་ནི་ལི་ཐེན་ཀྲོའོ་ཡིས་སྦྱོང་བཞིན་པའི་ངར་ལྕགས་ཀྱི་བྱ་བ་ཡིན།

གཉེན་སྒྲིག་མ་ཐག་པའི་ཐུའུ་ཡོའུ་ཡོའུ་ཡིས་སྔར་བཞིན་སྨན་རིག་པའི་ཚོད་ལྟའི་ནང་མགོ་འཁོར་ཞིང་།

ཁྱིམ་གྱི་བྱ་བ་ཆེ་ཆུང་རྣམས་ལ་དོ་སྣང་བྱེད་བཞིན་མེད།

ཕ་ཡུལ་ནས་སློབ་གྲྭ་འདོན་སྐབས། མོ་ནི་ཨ་ཕ་དང་ཨ་མ་གཉིས་ཀྱི་སྙིང་གི་ནོར་བུ་གཅིག་པུ་རེད། དེ་ནི་ཨ་ཕྱི་དང་ཨ་མྱེས་གཉིས་ཀྱི་སྙིང་གི་མུ་ཏིག་རྫོག་གཅིག་ཀྱང་ཡིན། དེའི་ཁར་ཐེངས་དུ་མར་ན་ཚ་བྱུང་སྟེ་ལུས་པོ་ཉམས་ཞན་དུ་གྱུར་པས། ཁྱིམ་མི་ཚང་མས་མོ་ལ་ལས་ཀ་བསླབ་ཏུ་མི་འཇུག་ཟེར།

པེ་ཅིན་སློབ་གྲྭ་ཆེན་མོ་ནས་སློབ་སྦྱོང་བྱེད་སྐབས། སློབ་མའི་ཉལ་ཁང་ནང་བསྡད་ཅིང་སློབ་གྲྭའི་ཟ་མ་ཟོས་པས། གོན་པ་བཀྲུ་བ་དང་ཉལ་ཁང་ལ་གཙང་སྦྲ་བྱེད་རྒྱུ་ཙམ་ལས་ཁྱིམ་ལས་གཞན་ཅི་ཡང་མེད་པས། མོ་ལ་མཚོན་ན་ཁྱིམ་གྱི་ཁེག་འཁུར་དང་ཁྱིམ་ལས་ཀྱི་སྐོར་ནི་ཕལ་ཆེར་ཆ་རྒྱུས་མེད་པ་ཞིག་རེད།

ཐུའུ་ཡོའུ་ཡོའུ་ཡི་སློབ་གྲྭ་ཆེན་མོའི་སྐབས་ཀྱི་སློབ་གྲོགས་ལྷང་མོའུ་ཙོའུ་ཞེས་པ་ནི་གྲོགས་པོ་བཟང་པོ་ཞིག་ཡིན། མོས་ཕྱིར་དྲན་བྱས་ཚེ་ཐུའུ་ཡོའུ་ཡོའུ་ཡིས་གཉེན་

སྒྲིག་བྱས་རྗེས་ཀྱང་། ཁྱིམ་གྱི་ལས་ཀ་ཆེ་ཆུང་ཚང་མར་དོ་སྣང་བྱེད་བཞིན་མེད་ལ། ཁྱིམ་ལས་ཅག་ཅིག་ཡོངས་མོའི་སྐུ་ཟླ་ལགས་ཀྱིས་འགན་ཁུར་ཡོད་པས། མོས་སེམས་ཤུགས་ཡོད་ཚད་བྱ་བའི་སྟེང་བཀོལ་ཡོད་སྐད།

གཅིག་དགུ་རེ་ལྔ་ལོར། ཁོང་བཟའ་ཟླ་གཉིས་ཀྱིས་རང་གི་གཅེས་ཕྲུག་མ་ཐོག་མ་བུ་མོ་ལི་མེ་བཙས།

འདིའི་དུས་སུའང་། ཐུའུ་ཡོའུ་ཡོའུ་རྒྱུན་པར་ཕྱི་ལོག་ལ་བྱ་བ་བསྒྲུབ་ཏུ་འགྲོ་བཞིན་ཡོད། སྐབས་ལ་ལར་ཡུལ་དངོས་རྟོག་ཞིབ་ལ་སོང་སྟེ་ཟླ་ཕྱེད་ལྷག་འགོར་འགྲོ།

“དེའི་དུས་སུ། ང་ཚོའི་བསམ་པར་ཇི་ལྟར་བྱ་བ་བསྒྲུབ་པ་བཟང་ཆེ། དེ་ལྟར་རྒྱལ་ཁབ་ཀྱིས་ང་ཚོར་བཅོལ་བའི་ལས་འགན་འགྲུབ་པ་ལྟར་སྣང་། དེ་བས་འོས་འགན་གསར་བ་ཞིག་བསྐོས་མ་ཐག་བྱེས་པ་གཡུག་ནས་དེ་མུར་རྒྱུག་པ་ཡིན།”

ཐུའུ་ཡོའུ་ཡོའུ་ཡིས་དང་ཐོག་ཨ་མ་བྱེད་སྐབས་ཀྱི་སྐྱོང་ཚོར་ལ་ཕྱིར་དྲན་བྱེད་སྐབས་སེམས་ནང་དུ་བྱེས་

པ་དང་ཁྲིམ་མི་ལ་ངོ་གནོང་དགོས་པ་ཞིག་རེད་ཟེར།

ཡུན་རིང་མ་འགོར་བར། ཕོ་ཚོའི་བུ་མོ་ལི་ཅིན་ཡང་བཙས་པ་རེད། དེ་ནས་བཟུང་ཕོ་ཚང་གི་ནང་མི་བྲེལ་འཚུབ་ཀྱིས་ཁེངས་ཤིང་དཀའ་ཁག་ཀྱང་ཅུང་ལྷན་པར་གྱུར།

བུ་མོ་ཆེ་བ་ལོ་བཞི་ལས་བུད་མེད་ཀྱང་། ཐུའུ་ཡོའུ་ཡོའུ་རྒྱུང་རིང་གི་ནན་ཏེ་ཧྲོའོ་ལ་བགོད་སྒྲིག་བྱས་ཏེ་ཚ་བའི་ས་ཁུལ་གྱི་ནགས་ནང་ལ་རྫོག་ཞིབ་བྱེད་དུ་བཅུག མོའི་སྐུ་ཟླའང་ཡུལ་ཕྱི་ལོག་ལ་ལས་ཀར་མངགས། བྱིས་པར་བལྟ་མཁན་མི་འདུག་པས་ཅི་ཞིག་བྱས་ན་བཟང་ངམ།

བྱ་བ་ལ་ཤུགས་རྐྱེན་མི་ཐེབས་པའི་ཕྱིར། ཨ་མས་སེམས་ཤུགས་བཏོན་ནས་ལོ་ན་བཞི་ལས་བུད་མེད་པའི་བུ་མོ་བྱིས་གཉེར་ཁང་ལ་བསྐྱལ། དེ་ལས་ཆུང་བ་ཉིན་པོའོ་ལ་བསྐྱལ་ནས་མོའི་ཨ་ཕྱི་ཀན་ཀོན་གཉིས་ཀར་བལྟ་རུ་བཅུག

ཆུང་དུས་ཕྲུ་གུ་དང་ཕ་མ་གཉིས་ཁ་བྲལ་ཡུན་རིང་ཆེ། ཕྲུ་གུས་ཕ་མའི་རྣམ་པ་བརྗེད་སྲིད་པས། ཐུའུ་ཡོའུ་ཡོའུ་ཧེ་ནན་ནས་ཕྱིར་ཐོན་མ་ཐག་ཁྱིམ་གནོར་ཁང་ལ་རྒྱུག་ནས་བུ་མོ་བླངས། ཡིན་ནའང་ཐེ་ལྷར་ཁ་ཏ་བསླབ་རྟིང་བུ་མོས་ཨ་མ་ཞེས་མི་འབོད།

བུ་མོ་ཆུང་ཆུང་ཅོན་ཅོན་ལོ་གསུམ་ལ་སོན་སྐབས། ཐུའུ་ཡོའུ་ཡོའུ་ཡིས་ཁོམ་སྐབས་དང་བསྟུན་ནས་ཕ་ཡུལ་ལ་བལྟ་རུ་སོང་།

མོ་རང་ཨ་ཕྱི་རྒན་རྒོན་གཉིས་ཡོད་པའི་སྲུང་ཤུར་ལ་ཐོན་མ་ཐག བུ་མོ་ཅོན་ཅོན་གཅིག་པུ་དེ་རྟ་རྒྱེད་མོར་གཡེང་ཡོད་པ་མཐོང་།

ཐུའུ་ཡོའུ་ཡོའུ་ཡིས་བྱམས་བརྩེ་ལྡན་པའི་ངང་"ཅོན་ཅོན། ཅོན་ཅོན། ང་ཨ་མ་ཡིན། ཨ་མ་ཞེས་འབོད་རོགས" ཞེས་བཤད།

ཡིན་ནའང་ཅོན་ཅོན་གྱིས་སྒོ་བུར་མི་ཚ་མེད་ཅིག་ལ་འཕྲད་པ་ནང་བཞིན་རང་འགུལ་གྱིས་ཕྱི་ནུར་འགའ་

བྱས། བལྟས་མ་ཐག་ཤེས་ཏེ། བྱིས་པའི་སེམས་ནང་དུ་སྦྱ་མོ་ཞིག་ནས་ཨ་མ་ཞེས་པ་བརྗེད་ཟིན་འདུག

ཨ་མར་གྱུར་པའི་ཐུའུ་ཡོའུ་ཡོའུ་ལ་མཚོན་ན། བྱིས་པ་གཉིས་ཚུང་ཚུང་ཡིན་པའི་སྐབས་ནས་རྒྱུན་པར་ཕན་ཚུན་བྲལ་ཏེ་སྡོད་དགོས་ཤིང་། མཉམ་འཛོམས་ཀྱི་བསྐལ་བ་ཤིན་ཏུ་ཐུང་། རྗེས་སུ་བུ་མོ་ལི་ཅོན་གྱིས་ཡུན་རིང་ལ་ཨ་མར་ལེ་བདའ་བྱེད། བྱ་བ་ཇི་འདྲའི་ཆེན་པོ་ཞིག་ཡོད་ནའང་། རང་གི་ཤ་ལས་ཆད་པའི་བུ་ཕྲུག་བཞག་སྟེ་ཕྱི་ལོག་ནས་འདུར་རྒྱུག་ལ་བྲེལ་དོན་ག་རེ་ཡིན་ནམ།

ལོ་དུ་མ་ཞིག་གི་རྗེས་སུ། ཐུའུ་ཡོའུ་ཡོའུ་རང་ཉིད་ཀྱིས་ཕྱིར་དྲན་བྱས་པ་ལྟར། སྐབས་དེར་སེམས་སུ་ཐོག་མར་དྲན་པ་ནི་རྒྱལ་ཁབ་དང་རྒྱལ་ཁབ་ཀྱི་འོས་འགན་ཡིན་པ་ལས། རང་གི་ཁྱིམ་ཚང་མ་རེད། བྱིས་པ་ནར་སོན་རྗེས་ད་གཟོད་ཕྱིར་པེ་ཅིན་ལ་འགྲོ་འདོད་མེད་པར་ཕ་མ་དང་མཉམ་དུ་འདུག་འདོད་ཟེར། བྱིས་པའི་

ལེ་བདའ་དང་ཐེ་ཚོམ་ལ་ཕོ་བཟའ་ཟླ་གཉིས་ཀྱིས་རྒྱུས་ཡོན་བྱེད་ཐུབ་མེད་ཐབས་ཤེས་མི་འདུག་ཟེར།

འདི་ནི་ཕལ་ཆེར་ཐུའུ་ཡོའུ་ཡོའུ་ཡིས་གཙོས་ཏེ་སྐབས་དེའི་ཤེས་ལྡན་པ་རྣམས་ཀྱིས་མེས་རྒྱལ་གྱི་ལས་དོན་བསམས་ཏེ་རང་དོན་བཞག་པའི་འཐབ་འཛིང་གི་ཟིན་ཐོ་དངོས་མ་ཡིན།

རང་གི་བྱ་བའི་ནང་མགོ་འཁོར་ཏེ་ཚོད་ལྟ་ཁང་ནང་ཁྱིན་མ་ཐག ཐུའུ་ཡོའུ་ཡོའུ་ཡིས་སེམས་ཤུགས་ཡོད་དགུ་བཏོན་ནས་བྱ་བ་བསྒྲུབས་པ་དང་། ཕྱི་རོལ་གྱི་དོན་ཅི་ཞིག་ཡིན་ཁུང་དྲན་མི་ཐུབ།

ཡིན་ནའང་འཚོ་བའི་ཁྲིད་མོ་ནི་སློབ་གྲོགས་དང་ལས་གྲོགས་རྣམས་ཀྱིས་བཤད་པ་ལྟར། ཏ་ཅང་ཁྱིམ་ཚང་ལ་བྲེལ་ཞིང་དོ་སྣང་ཡོད་པ་ཞིག་མ་རེད།

ཐུའུ་ཡོའུ་ཡོའུ་ཡི་ལས་གྲོགས་ཤིག་གིས་ཕྱིར་དྲན་བྱས་ཚེ། ཐེངས་གཅིག་ཐུའུ་ཡོའུ་ཡོའུ་ལ་རོགས་རམ་བྱས་ཏེ་ཕྱི་ལོག་ལ་འགྲོ་བར་ལམ་ཡིག་བསྒྲུབ་ཏུ་སོང་། མོས་

ཅ་ལག་བཅུག་པའི་སྣམ་གྱི་ཁ་ཕྱེས་པ་ན། ནང་དུ་དངོས་པོ་བསྡུ་བསོགས་བྱས་པ་ཡ་མ་བརླ་ཞིག་སྟེ། བུད་མེད་ཅིག་གི་བཟོ་ལྟ་གཏན་ནས་མི་འདུག་ཟེར།

འདིའི་སྐོར་ཐུའུ་ཡོའུ་ཡོའུ་རང་ཉིད་ཀྱིས་ཀྱང་ཁས་ལེན་ཏེ "ངེད་ཚང་གི་དོན་དག་ཚང་མར་ངས་དོ་སྣང་བྱས་པ་ཡིན། གཉེན་སྒྲིག་བྱས་རྗེས། ཚལ་བཀྲུ་བ་དང་ཟ་མ་ལས་པ། དངོས་པོ་ཉོ་བ་སོགས་ཚང་མ་སྐྱུ་ཟླ་ཡིས་སྒྲུབ་བཞིན་ཡོད" ཅེས་སྨྲས།

ད་དུང་ཐེངས་གཅིག་ཐུའུ་ཡོའུ་ཡོའུ་དང་ལས་གྲོགས་ཚོ་མཉམ་དུ་ཉིན་པོའོ་ལ་སོང་། ཡིན་ནའང་དོན་དག་གལ་ཆེན་ཞིག་གི་དབང་གིས། ཐུའུ་ཡོའུ་ཡོའུ་དགོང་མ་གཅིག་ལ་ཉིན་པོའོ་ནས་བསྡད་དེ། ཕྱི་ཉིན་པེ་ཅིན་ལ་ལོག་པ་རེད།

དེ་དུས་ལམ་བར་ནས་ལས་གྲོགས་ཀྱིས་དྲན་བསྐུལ་མ་བྱས་པས། ཐུའུ་ཡོའུ་ཡོའུ་བར་ལམ་ཞིག་ནས་མར་བབས་ཏེ་ངལ་གསོ་ཙམ་བྱས་པ་ན། མེ་འཁོར་སོང་

ཞིང་མོ་རང་ཤུལ་དུ་ལུས་པ་རེད།……

འཚོ་བའི་ཁྲོད་དུ་ཐུའུ་ཡོའུ་ཡོའུ་ནི་ནམ་རྒྱུན་རྣམ་རིག་ལྡོད་ཅིང་མགོ་འཁོར་བ་ཞིག་རེད། ཡིན་ནའང་། མོའི་ལས་གྲོགས་སུས་ཀྱང་བྱ་བའི་ཁྲོད་ཐུའུ་ཡོའུ་ཡོའུ་དང་དོད་དང་ལྡོད་གཡེང་འཐུས་ཤོར་བྱུང་བའི་སྐོར་བཤད་ཀྱི་མེད་དོ།།

ཚབ་རྟགས523པ།

དུས་རབས་ཉི་ཤུའི་ལོ་རབས་དྲུག་ཅུ་ནས་བདུན་ཅུ་ཡི་བར་ལ། འདར་ནད་སྟར་བཞིན་འཛམ་གླིང་ཡོངས་ལ་ཁྱབ་བཞིན། མིའི་རིགས་ཀྱི་བདེ་ཐང་ལ་གནོད་པ་བཟོ་བཞིན་ཡོད།

སྤྱི་ལོ་གཅིག་དགུ་རེ་བདུན་ལོའི་ཟླ་ལྔ་པའི་ཚེས་ཉེར་གསུམ་ཉིན། རྒྱལ་ཁབ་ཚན་རིག་ཞུ་ཡོན་ཚོགས་དང་ཀྲུང་གོའི་མི་དམངས་བཅིངས་འགྲོལ་དམག་གི་ལས་བྱེད་ཚོགས་པས་པེ་ཅིན་ནས་ "འདར་ནད་ཀྱི་འགོག་སྨན་ཞིབ་འཇུག་ཅེས་པའི་གྲོགས་བསྟུར་ཚོགས་འདུ" འཚོགས་ཤིང་། ཚོགས་ཐོག་ཏུ་གལ་ཆེ་བའི་བྱ་བ་གཅིག་གཏན་འབེབས་བྱས། དེ་ནི་སྨན་རྫས་གསར་བ་འཚོལ་ཞིབ་ཀྱིས་མི་ལུས་བདེ་ཐང་ལ་གནོད་པ་ཡོད་

པའི་ཚ་འཁྲུག་སྔོན་འགོག་བྱ་དགོས་པར་བསྟན། རྒྱལ་སྤྱིའི་རང་བཞིན་གྱི་འདར་ནད་ཀྱི་འགོག་སྨན་ཞིབ་འཇུག་ལས་གྲྭའི་ཚོགས་འདུ་ནི་ཟླ་ལྔ་པའི་ཚེས་ཉེར་གསུམ་ཉིན་སྡེ་ཚོགས་འདུའི་ཚབ་རྟགས་ལ523པ་ཟེར།

འདར་ནད་ཀྱི་འགོག་སྨན་ཞིབ་འཇུག་ནི་འདི་ལྟར་མགོ་བརྩམས་ཤིང་། ཀྲུང་ལུགས་གསོ་རིག་གླིང་གིས་ཚབ་རྟགས523གྱི་ལས་གཞི་ལྟར་ཞིབ་འཇུག་བྱས། སྤྱི་ལོ་གཅིག་དགུ་རེ་དགུ་ལོར་ཐུའུ་ཡོའུ་ཡོའུ་ཡིས523གྱི་ལས་གཞི་ཚོགས་པའི་ཚོགས་གཙོའི་འགན་ཁུར།

རྩ་འཛུགས་ཀྱིས་ཐུའུ་ཡོའུ་ཡོའུ་ལ523གྱི་ལས་གཞི་སྤྲད་པའི་དམིགས་ཡུལ་ཤིན་ཏུ་མངོན་གསལ་ཡིན། དེ་ནི་དམག་སྡེ་དང་ས་གནས་ཟུང་འབྲེལ་གྱིས་མཉམ་ལས་བྱས་ཏེ། འདར་ནད་ཀྱི་འགོག་སྨན་ལ་ཞིབ་འཇུག་དང་སྨན་རྫས་གསར་གཏོད་བྱེད་རྒྱུ་དེ་ཡིན། རྒྱལ་ཁབ་ཀྱིས་སྨན་རྫས་འདིའི་ཐད་བཏོན་པའི་རེ་བ་ནི། ཤིན་ཏུ་མགྱོགས་ཤིང་ནུས་པ་མཐོ་བ། རྒྱུན་རིང་ལ་སྤྱང་ནུས་

ཐོན་ཐུབ་པ་བཅས་སོ། །

གཅིག་བྱས་ན་གསང་བ་བྱེད་རྒྱུར་འབྲེལ་བ་ཡོད་ཀྱང་སྲིད་དེ། ཀྲུང་ལུགས་ཞིབ་འཇུག་གླིང་གིས་ཐུའུ་ཡོའུ་ཡོའུ་ལ་མཁོ་དགོས་ཀྱི་སྒྲིག་ཆས་དང་མི་སྣ་མ་ཐུབ་སྟོན་ནས། ལས་གཞིའི་བརྗོད་དོན་རྩ་འཛུགས་ཚོགས་པ་འགོ་ཚུགས་ཡོད། ཚོགས་གཙོ་དང་ཚོགས་མི་ཚང་མ་ཐུའུ་ཡོའུ་ཡོའུ་གཅིག་པུ་རེད།

བྱ་བ་འདི་ལག་བསྟར་བྱེད་པར་ས་གནས་རྟོག་ཞིབ་དང་ཞིབ་ཏུ་སྨན་རྩའི་ཡིག་ཆ་ལ་ལྟ་ཀློག་བྱེད་པ་བཅས་ཀྱི་ལས་ཀ་བསྒྲུབ་དགོས་པས། ཐུའུ་ཡོའུ་ཡོའུ་ཡིས་རང་གི་བུ་ཕྲུག་རྣམས་བཀོད་སྒྲིག་ལེགས་པོ་ཞིག་བཟོས་རྗེས་གཞི་ནས523ལས་གཞི་ལ་སེམས་ཤུགས་བཏོན་ནས་ཞིབ་འཇུག་བྱས།

མོས་ཐོག་མར་བསྒྲུབས་པའི་ལས་ཀ་ནི་ཕྱོགས་བཞིར་འཚོལ་ཞིབ་དང་ཀྲུང་གོའི་ལོ་རབས་རིམ་བྱུང་གི་གསོ་རིག་བསྟན་བཅོས་ཁག་ལྟ་ཀློག་བྱེད་པ། ས་ཆ་སོ་

སོའི་སྨན་པ་རྒྱན་པར་བཅར་འབྲི། ཟིན་འགོད། དམངས་ཁྲིད་ཀྱི་བཅོས་ཐབས་ཕྱོགས་བསྡུས་བྱེད་པ་བཅས་སོ། །

ཁོ་མོ་ཕལ་ཆེར་ཟླ་གསུམ་ལྷག་སྔེ་ཉིན་བརྒྱ་ཡི་རིང་ས་ཆ་མང་པོར་སོང་སྟེ། འདར་ནད་བཅོས་ཐབས་དང་སྨན་རྫས་སྐོར་གྱི་རྒྱུ་ཆ་ཉིས་སྟོང་ལྷག་རྙེད་པ་དང་། དེའི་ནང་དུ་འཐུང་རྒྱུ་དང་སྦྱོར་རྒྱུ། སྨན་རྫས། རྩི་ཤིང་གི་རིགས། སྲོག་ཆགས་ཀྱི་རིགས། གཏེར་རྫས་སོགས་ཚུད།

དམངས་ཁྲོད་ཀྱི་སྨན་རྫས་མང་པོ་ནི་ཆེད་དུ་འདར་ནད་ཀྱི་འགོག་སྨན་མིན་པས། ལ་ལ་ཞིག་ལ་ནུས་པ་མེད་ནའང་། དེ་དག་གི་སྔོན་གྱི་བཤད་ཚུལ་འདྲ་མིན་ཡོད། དེ་བས་ཐུའུ་ཡོའུ་ཡོའུ་ཡིས་སྤར་ཡོད་ཀྱི་ཞིབ་འཇུག་རྒྱང་གཞིའི་སྙིང་སྨན་སྣ་དྲུག་བརྒྱ་བཅུ་ཙམ་བསྡུས་ཤིང་ཙུང་ཧྲོ་གཏད་ཡོད་པའི་སྐོར་ཡིན། མཐར་ཁོང་གིས《འདར་ནད་ཀྱི་ལག་ལེན་སྨན་བཅོས་ཕྱོགས་བསྡུས》ཞེས་པ་གཙོ་སྒྲིག་བྱས།

འདིའི་ཕྱོགས་ནས་སྨན་སྣ་གཙོ་བོ་ལ་ཅིན་ཀོའི་

ཡོད་པ་དང་། དེའི་སྨན་རྫས་ནི་ཧྲུ་ཙན་དང་ཀོའུ་ཀྲིག ཡུང་ནན། ཀོང་ཞི། ཧོའུ་ནན། ཙང་ཞི་སོགས་ཡིན།

དོན་དངོས་སུ་སྐབས་འདིར་ཕོ་མོས་ད་དུང་ཀྲུང་ལུགས་ཀྱི་ངོས་ནས་ཆེན་ཧོའོ་ཡིས་ཚ་འབྲུག་འགོག་བཅོས་ཐུབ་མིན་དང་ཇི་ལྟར་ནུས་པ་ཐོན་ཚུལ་སྐོར་ལ་ཞིབ་འཇུག་བྱས་མེད། ཐེངས་དང་པོར་སྨན་སྣ་འདེམས་སྒྲིག་དང་ཚོད་ལྟ་བྱེད་སྐབས། ཐུའུ་ཡོའུ་ཡོའུ་ཡིས་ཆེན་ཧོའོ་ཞེས་པའི་རྩི་ཤིང་ཆུང་ཆུང་འདི་ལ་ཞིབ་འཇུག་བྱས་མེད།

གཅིག་དགུ་རེ་དགུ་ལོའི་དབྱར་ཁ་ནི་ཧེ་ནན་ཧོའོ་ལ་འདར་ནད་ཁྱབ་སྐབས་ཡིན། ཐུའུ་ཡོའུ་ཡོའུ་ཡིས་མོ་ལ་མཐུན་རྐྱེན་དུ་བསྐྱལ་པའི་ལས་གཞིའི་སྒྲིག་ཆས་དང་དཔུང་སྡེའི་མི་སྣ་ཁྲིད་དེ་འདར་ནད་ཁྱབ་བརྡལ་ཆེ་བའི་ས་ཁུལ་ཏེ། ཀྲུང་གོའི་ལྷོ་ཕྱོགས་ཀྱི་ཚ་བའི་ས་ཁུལ་ལ་བསྐྱོད།……

ནགས་ཚལ་གྱི་གསེབ་ན་སྡེ་བ་ཞིག་མཆིས། ཕོ་མོ་

སྔེ་བ་དེར་བསྐྱོད་ནས་ལོ་ཚད་མི་འདྲ་བའི་ནད་པར་བཅར་འདྲི་དང་རྟོག་ཞིབ་བྱས། སྐྱི་གཡའ་བར་བྱེད་པའི་ནད་ཡམས་ཀྱིས་ཡུལ་འདིའི་ཕོ་མོ་རྒན་གཞོན་དང་བྱིས་པ་ལ་གཙེ་བཞིན་ཡོད། ……

ཐུའུ་ཡོའུ་ཡོའུ་ཡིས་ཏེ་ནན་གྱི་རྟོག་ཞིབ་བྱེད་ཡུལ་གཙོ་བོ་ནི་ཧོའུ་ཙོ་དང་ལ་ཙོའི་སྙིང་གི་རྫས་ཀྱིས་ནད་ཐོག་སྨན་བཅོས་ལ་ཐོན་པའི་ནུས་པའི་སྐོར་ཡིན།

དུས་ཡུན་རིང་ཙམ་ཞིག་ལ་ནད་ཐོག་སྨན་བཅོས་དང་རྟོག་ཞིབ་བྱས་རྗེས། ཐུའུ་ཡོའུ་ཡོའུ་དང་ལས་གྲོགས་རྣམས་ཀྱིས་ཧོའུ་ཙོ་དང་ལ་ཙོའི་ཡི་ཁར་མེན་ཁོན་བཞག་པའི་རྫས་ཀྱིས་ཅི་གུ་དཀར་པོའི་ལུས་སྙིང་ནི་ཚ་བའི་ནད་འབྱུག་སེལ་བ་ཤེས་མོད། དེ་ནི་བརྒྱ་ཆ་བརྒྱད་ཅུའི་ཡན་ལས་ལེགས་འགྲུབ་ཐུབ་མེད། འདར་ནད་ཕོག་པའི་མི་ལ་མཚོན་ན་ནད་ཡམས་ལེགས་བཅོས་བྱུང་བ་ཙམ་ལས་རྩ་བའི་ཆ་ནས་སྲིན་ནད་བཅོས་པ་མིན་ནོ།།

གཅིག་དགུ་བདུན་ཅུ་ལོར། ཐུའུ་ཡོའུ་ཡོའུ་ཡི་སྨན་བཅོས་ཚོགས་པས་སྔ་རྗེས་སུ523གསུམ་གྱི་ལས་གཞིའི་འགོ་ཁྲིད་ཚན་ཆུང་བརྒྱུད་ནས་ཧོའུ་ཅོ་ཡི་འབྲེལ་ཡོད་ཀྱི་ཚོད་ལྟའི་འབྲས་བུའི་སྙན་ཞུ་ཕུལ། ཡིན་ནའང་ཆེས་མཐའ་མའི་བརྟག་དཔྱད་བརྒྱུད་རྗེས་ཧོའུ་ཅོ་ཡི་སྨན་རྫས་རང་བཞིན་ནི་དེ་འདྲ་ཤུགས་འདུན་ལྟར་ལེགས་འགྲུབ་བྱུང་མེད།

དེ་ན་ཇི་འདྲ་བྱེད་དགོས་སམ་ཞེ་ན། སྔ་མཐུད་དུ་བྱེད་ཐབས་གསར་པ་འཚོལ་དགོས་ལ། སྔ་མཐུད་དུ་ཚོད་ལྟ་གསར་པ་བྱེད་དགོས།

ཐུའུ་ཡོའུ་ཡོའུ་དང་མོའི་སྨན་བཅོས་ཚོགས་པས་ཡང་བསྐྱར་དུས་ཡུན་ལོ་གཅིག་གི་རིང་ལ་སྨན་སྣ་བརྒྱ་ཕྲག་ཅིག་གི་ཁྲོད་ནས་ཚོད་ལྟའི་དཔྱད་རྫས་ཉིས་བརྒྱ་ལྔག་བླངས་ཏེ་བལྟ་བཤེར་བྱས། ཁོ་ཚོས་རང་ཉིད་ཀྱི་ཞིབ་འཇུག་གྲུབ་འབྲས་ལ་རེ་ལྟོས་ཆེན་པོ་བྱས་ཡོད།

ཡིན་ནའང་དཔྱད་རྫས་ཀྱི་དཔེ་གཞི་ཡར་སྤྲོད་

རྗེས་གྲུབ་འབྲས་ནི་མགོ་ཐོག་ལ་ཆུ་འཁྱག་བླུག་པ་ལྟ་བུ་ཞིག་རེད། དཔྱད་རྫས་དཔེ་གཞི་ཉིས་བརྒྱ་ལྷག་ལས་འདར་ནད་ལ་ཕན་ངེས་པའི་དཔེ་གཞི་ཡིས་ཟིན་ཚད་བརྒྱ་ཆ་བཞི་བཅུ་ཡས་མས་ལས་མི་འདུག

"དེའི་རྩ་བའི་གནད་དོན་གང་ཞིག་ལ་འབྲེལ་ལམ། ཡང་ན་གསོ་རིག་གི་བསྟན་བཅོས་ཁག་ཏུ་འཁོད་པ་ཚང་མར་ཡིད་རྟོན་མེད་དམ། ཡང་ན་ང་ཚོའི་ཚོད་ལྟའི་བྱེད་ཐབས་དང་། ལག་རྩལ་ལ་གནད་དོན་མཆིས་སམ།"

ཐུའུ་ཡོའུ་ཡོའུ་ཡིས་ཡང་དང་བསྐྱར་བསམ་བློ་བཏང་ཞིང་། ཐེངས་མང་པོའི་ཕམ་ཁ་ལ་བཟོད་བསྲན་བྱས། གནའ་མིའི་ཁ་དཔེར "ཆུ་ཕྲན་སྟོང་ཕྲག་ཡོད་ཀྱང་། སྐྱོད་རིན་ལྡན་པ་ཐོམ་བུ་གང" ཞེས་པ་ལྟར། མུ་མཐའ་མེད་པའི་འཛིག་རྟེན་གྱི་ཁམས་ནས་མཛེས་སྡུག་ལྡན་པའི་དངོས་པོ་ཇི་འདྲ་མང་པོ་ཞིག་ལ་འཕྲད་ཀྱང་། སེམས་ཤུགས་ནན་ཏན་གྱིས་གཏད་ནས་མྱངས་ན་ཡིད་

ཚོམས་པ་གཅིག་ཀྱང་མི་འདུག ཡིན་ནའང་ཐོམ་བུ་གང་དེ་གང་དུ་བཙལ་དུ་འགྲོ་དགོས་སམ།

གཅིག་བྱས་ན་ལོ་ངོ་སྟོང་ཕྲག་རིང་གི་ཀྲུང་ཧྭའི་གསོ་རིག་ནང་དུ་ད་དུང་གསང་བ་གཞན་ཞིག་ཡོད་ཅིང་། ང་ཚོས་དེ་ཉིད་མ་གཏོགས་པའམ་དེ་ལ་འཛོལ་བ་ཡིན།

ཡང་བསྐྱར་མཚན་མོ་རིང་པོ་ཞིག་གི་གཉིད་བཅགས་རྗེས། བྲའུ་ཡོའུ་ཡོའུ་ཧྲུར་ཏུ་འགྲེ་ལོག་བྱས་ནས་ཀློད་པའི་ནང་བསམ་གཞིག་མང་པོའི་འགོ་བརྩམས།

རྒྱུ་མཚན་ཅི་ཡིན་བཤད་དཀའ་མོད། བསམ་གཞིག་དེ་ཡིས་བྲའུ་ཡོའུ་ཡོའུ་མིག་ཧྲང་གློ་བུར་གསལ་ལེར་བྱས་སོང་། ཁོ་མོ་དེ་མུར་སྒྲོ་སྣང་གིས་ཁེངས། གང་ལྟར་གཉིད་མི་འོངས་པས་ཡར་ལངས་ཏེ་གོན་པ་གོན་ཞིང་། ཕྱི་རོལ་ལ་བལྟ་རུ་སོང་།

མཚན་གུང་གི་ནམ་མཁའི་དབྱིངས་ན་སྐར་ཚོགས་ཁྲ་ལམ་མེར་གསལ། མོ་རང་ཕྱི་ལོག་ནས་བཅོག

སྟེ་མཚན་ལྗོངས་ལ་བལྟས། ས་ལ་འགྲོ་ནས་མགོ་བོས་ནམ་མཁར་བལྟས། རྒྱང་རིང་ན་ཁྲུ་སིམ་མེར་མངོན་པའི་སྐར་ཚོགས་ནི་ལ་ལ་རྒྱང་རིང་ན་ཡོད་ལ། ལ་ལ་ཐག་ཉེ་ན་ཡོད་པར་སྣང་། དེ་དག་གི་མུ་ཏིག་གི་ཕྲ་ཚོམ་བཞིན་མངོན།

ཨ། མཛེས་སྡུག་ལྡན་པའི་དགུང་སྔོན་པོ། ངོ་མཚར་བའི་སྐར་མའི་འཛིག་རྟེན། དེ་ནི་གནའ་བོའི་གསུང་རབ་ཅིག་དང་འདྲ་བར་སུ་ཞིག་གིས་བཀླགས་ནས་ཤེས་སམ།

འོ་རེད། རླབས་ཆེ་བའི་མཁའ་དབྱིངས་འདི་ཡི་འོག་ནས། ཁྱོད་ཀྱིས་སྐབས་ལ་ལར་མི་རྣམས་ཀྱི་སྤྱིར་བཏང་དང་ཉམས་ཚུང་ཚོར་ལ། ཁེར་རྐྱང་དང་མནར་སྡུག་ལས་བརྒལ་ཏེ་རྐང་ལམ་ལ་འོད་སྣང་སྦྱིན་པ་ཚོར། སྐབས་ལ་ལར་ཁྱེད་ཀྱི་ཁ་ཁྲུ་སིམ་པའི་གནས་སྟངས་ཀྱིས་མི་རྣམས་ལ་ནམ་མཁའི་དབྱིངས་ལྟ་བུའི་རྒྱང་རིང་གི་ལམ་བུ་ཞིག་བསྟན་ཡོད།

ཐུའུ་ཡོའུ་ཡོའུ་ཡིས་འདི་ལྟར་གཉིད་མི་ཁུགས་པའི་མཚན་མོ་ལ། སྐར་མའི་འོད་ཁྱིམ་གྱི་དབུས་ནས་བཙོག་སྐྱེ་འདད་མང་པོ་བརྒྱབ། མོའི་སེམས་སུ་གལ་ཏེ་ས་གོ་ལ་ལ་ལོ་ངོ་དུང་ཕྱུར་བཞི་བཅུའི་ཚེ་སྲོག་ཡོད་ཚེ། དེ་ནི་མུ་མཐའ་ཡས་པའི་འཇིག་རྟེན་ཁམས་ཀྱི་ནང་ནས་ཤིན་ཏུ་སྐད་ཅིག་ཅིག་རེད། ཡིན་ནའང་མི་ཚེ་དེ་ལས་སེ་གོལ་རྡབ་པའི་ཡུན་ཙམ་རེད་སྙམ།

དེ་ན་མི་ཡི་རིན་ཐང་ནི་གང་རེད། མིའི་ཚེ་སྲོག་གི་རིན་ཐང་གང་དུ་མཆིས་སམ། རྒྱུ་སྐར་ཞིག་མོའི་མིག་མདུན་ནས་གློ་བུར་ཡལ་སོང་། འཇིག་རྟེན་འདིའི་སྟེང་ནི་མི་རྣམས་ཀྱི་སྐད་ཅིག་གི་རྒྱུ་སྐར་ཞིག་རེད་དམ། དེ་ན་འཇིག་རྟེན་འདིའི་སྟེང་དུ་ཅི་ཞིག་འཇོག་དགོས་སམ།

དེ་ནི་ཐེ་ཚོམ་སྤུ་ཙམ་མེད་པར་གཞན་ཕན་གྱི་བྱ་གཞག་ཅིག་ཡིན་ངེས།

ཛོ་མཚར་བའི་སྒོ་རྒྱ།

ཆིན་ཧྲོའི་ཡི་ཛོ་མཚར་གསང་བ་བརྗོལ་བ་ལ་ཐོག་མར་ཧྲོའི་ཞེས་པའི་རྩི་ཤིང་གི་རིགས་སོ་སོར་ཕྱེས་ཏེ་ཁྱད་པར་འབྱེད་དགོས།

ཆིན་ཧྲོའི་ཞེས་པའི་མིང་འདི་རྒྱ་ཡིག་གི་ཡིག་ཆའི་སྙིང་བྱུང་སྐྱ། ཡིན་ནའང་དེ་འདྲ་མང་པོ་ཡོད་ཅིང་། གནའ་དཔེ་དག་ནི་ཆིན་ཧྲོའི་ཞེས་བཏགས་ཏེ་སྨན་རྫས་སུ་སྤྱོད་པ་དེ་ནི་དོན་དངོས་སུ་ཧྲོའི་སེར་ཡིན།

ཐུའུ་ཡོའུ་ཡོའུ་སྐྱེས་སྐབས་མོའི་ཨ་ཕས《སྔོན་གཞུང་ལས་ཞོའི་ཡཱ》ཞེས་པའི་ཚན་པའི་ནང་གི《ཤི་སྐད》ལས་མིང་ཚིག་དེ་མཐོང་སྤྱོང་། དཔེར་ན "ཤི་བས་ཡོའུ་ཡོའུ་ཞེས་འབོད་ཅིང་། རི་སྐྱེས་ཧྲོའི་ཟ" ཞེས་པ་ལྟར་རོ། །དེ་ནས་བུ་མོའི་མིང་ལ་ཐུའུ་ཡོའུ་ཡོའུ་ཞེས་བཏགས།

འདིར་བསྟན་པའི་རྩའོ་ནི་སྲུང་རྒྱལ་རབས་སྐབས་ཀྱི་མཁས་པ་ཀྲུའུ་ཞེ་ཡིས་ཚིན་རྩའོ་ཞེས་མཚན་བཏབ་ཡོད། ཀྲུང་གོའི་གནའ་རབས་ཀྱི་གཞུང་ལུགས་མང་པོར་ཚིན་རྩའོ་ཡི་སྐོར་གསལ། ཧྲིན་ཧྥའོ་ཡིས《རྨི་ལམ་ལས་སྐྱུག་གྲུ་གླིང་བ》ཞེས་པར “ཚིན་རྩའོ་ཡི་རིགས་ལ། གཉིས་ཏེ་སེར་པོ་དང་སྔོན་པོའོ།《རྩྭ་གཞུང》ལས་ཚིན་རྩའོ་ཡི་རིགས་གཞན་ཡང་འཁོད” ཅེས་གསལ།

གཞན་ད་དུང་ཨེ་རྩའོ་ཞེས་པ་ཞིག་ཡོད་ལ། དེ་རྒྱུན་པར་མཐོང་ཐུབ། ཨེ་རྩའོ་ལ་རྩྭ་ཨེ་རྩའོ་དང་སྲུའུ་མོའོ། ཞང་ཨེ་སོགས་ཡོད། སྦོང་ཁང་ཅན་ལ་དྲི་བསུང་འཐུལ། ལོ་རེའི་དུར་མཆོད་དུས་ཆེན་གྱི་སྐབས་སུ་མི་རྣམས་ཀྱིས་དེ་སྨོ་རྩྭ་ལ་བཀལ་ནས་འབུ་སྲ་དང་གནོད་འཚེ་བཟློག་བྱེད་དུ་ངོས་འཛིན། ཨེ་རྩའོ་ཡི་ལོ་མ་བསྐམས་རྗེས་ཚུའི་ནང་བཙོས་ནས་དབྱར་དུས་དེ་ཡིས་ཁྲུ་བས་ལུས་པོ་བཀྲུས་ཆོག དེ་ཡི་འབུ་སྲ་དང་གྲིབ། ཟ་འཕྲུག་སོགས་སེལ་ནུས། ཨེ་རྩའོ་ཡི་ལོ་མ་བཙོས་ནས་རྐང་པ་བཀྲུས་ཚེ་བདེ་

ཐང་ལ་ཕན། 《མིན་ཙི》ལས "ལོ་བདུན་ལ་ན་ཞིང་། ལོ་གསུམ་ལ་ཨེ་བཙལ" ཞེས་འཁོད། འདི་ལས་ཀྱང་ཨེ་ཧོའི་ཡིས་ནད་བཅོས་ཐུབ་པ་གསལ།

མིན་རྒྱལ་རབས་སྐབས་ཀྱི་ལི་ཧྲི་ཀྲིན་ནི་ཧོ་པེ་ས་ཆའི་མི་ཡིན། 《རྩ་གཞུང་གསལ་བཤད》ལས་ཧོའི་དཀར་དང་ཨེ་དཀར་སྨན་རྫས་སུ་སྤྱོད་ཐུབ་པར་བསྟན་པ་མ་ཟད། ད་དུང་ཕེ་ཨེ་ཞེས་པ་ཞིག་ཀྱང་བསྟན། དེ་ནི་ཁོང་གི་ཕ་ཡུལ་གྱི་སྨན་རྩ་ཞིག་རེད། དེའི་སྨན་གྱི་ནུས་པ་མཐོ་བར་མ་ཟད་སྤྱིར་བཏང་གི་ཨེ་ལས་ཀྱང་བཟང་། དེ་བས་ད་ལྟ་མི་རྣམས་ཀྱིས་ཨེ་རྩ་དང་ཨེ་ཞང་། ཨེ་ཐོའི་སོགས་ཉོ་བར་དགའ།

ཨེ་ཧོའི་ཡིས་དབུགས་རྫུབས་ཚད་མཐོ་བས་ཐུན་མིན་གྱི་དྲི་བསུང་འཐུལ། མི་རྣམས་ཀྱིས་ཨེ་ཡི་ལོ་མ་ཡིས་སྔས་འབོལ་བཟོ་ཞིང་། གཉིད་ཁུག་པར་ཕན། ད་ལྟར་ཨེ་ཧོའི་ནི་ལུས་ཟུང་གསོ་བ་ལ་མཆོག་ཏུ་ཕན་པའི་སྨན་ཞིག་ཏུ་འདོད། ཨེ་ཐུག་ནི་ཨེ་རྩ་ཡིས་བཟོས་པའི་དྲི་

ཞིམ་ཅན་གྱི་རྫས་ཤིག་ཡིན། དེ་ཡིས་ལུས་སྙིང་གི་རྩ་ཁུང་སོགས་བཅོས་ཐུབ།

ཡོའུ་རྟོའོ་ནི་ཅང་ནན་ས་ཆ་ནས་སྐྱེས་པའི་འདམ་རྟོའོ་ཡིན། དེ་ནི་ཟས་ཚོག་པའི་རྟོའོ་རྩ་ཡི་རིགས་ཤིག་ཡིན། ལྷག་པར་དཔྱིད་ཀའི་སྐབས་སུ་མཚོའུ་ཡི་འགྲམ་དང་གཙང་འགྲམ་སོགས་ན་མང་པོ་སྐྱེས་ཡོད། དེ་ནི་དཔྱིད་དུས་སྐྱེས་ཤིང་ལྡོང་ནེམ་ནེམ་བྱེད་པ་དང་། ཕག་ཤ་དང་མཉམ་དུ་བརྔོས་ན་བྲོ་བ་ཞིམ། ད་ལྟ་མི་རྣམས་ཀྱིས་ས་རྒྱ་ཆེན་པོ་ལ་ཡོའུ་རྟོའོ་འདེབས་པ་དང་། དེ་ནི་སྒོ་ཚལ་གྱི་རིགས་ཤིག་ལ་བསྒྱུར་ནས་བཙོང་བཞིན་མཆིས།

ད་ནི་བྲའུ་ཡོའུ་ཡོའུ་ཡིས་ཆིན་རྟོའོ་ལ་ཞིབ་འཇུག་བྱས་པའི་སྐོར་བཤད་པར་བྱ།

ཆིན་རྟོའོ་ནི་སྨན་རྩ་ཞིག་ཡིན་པས། ཀྲུང་གོ་ནས་བེད་སྤྱོད་བྱས་ཏེ་ལོ་ཉིས་སྟོང་ལྷག་འགོར་ཡོད། ཆེ་སྔ་མའི་སྐབས་ཧོའུ་ནན་ཁྲང་ཧྲ་ཡི་ཧྣ་རྒྱལ་པོའི་བང་སོ་ལས་བྱུང་བའི་ཧྣ་རྒྱལ་པོ་ཧྲེའེ་ཅིན་ཡི《ནད་རིགས་

ལྷ་གཉིས》ཞེས་པའི་དཔེ་ཆའི་ནང་ཆེན་ཧོའོ་བཀོལ་བའི་རྗེས་ཤུལ་གསལ། ད་ལྟ་ཡོད་པའི་ཀྲུང་གོའི་རྩྭ་སྨན་གྱི་དཔེ་ཆ་སྔ་གྲས《རྩྭ་སྨན་དྭངས་པ་གསལ་བཤད》ལས་ཀྱང་ཆེན་ཧོའོ་ཡི་སྐོར་འཁོད། དེ་ཏུ་ཆེན་ཧོའོ་ཡི་ཐད “ཧོའོ་རྩྭ……ཆེན་ཧོའོ་ཡི་རིགས། ཤིན་ཏུ་གྲགས་ཆེ” ཞེས་འཁོད། ཀྲུང་གོའི་གནའ་རབས་ཀྱི་སྨན་གཞུང་ཆེན་པོ་བཞི་ལས་ཆེན་ཧོའོ་ཡི་སྐོར་འཁོད་པ་གཅིག་པུ་ཡིན། དེའི་ནང་དུ་བསྡོམས་པའི་སྨན་སྣ་སུམ་བརྒྱ་དྲུག་ཅུ་རེ་ལྔ་འཁོད་པས། ཀྲུང་གོའི་སྲོལ་རྒྱུན་གྱི་སྨན་མིང་གསལ་བའི་དཔེ་མཛོད་ཅིག་ཡིན།

དེ་ན་ཆེན་ཧོའོ་ཡི་གནས་ཚུལ་བཀོད་པའི་དེབ་ཆེས་ཐོག་མ་གང་ཡིན་ནམ་ཞེ་ན།

ཐུའུ་ཡོའུ་ཡོའུ་ཡིས་ཁོ་རང་གི་ཚོགས་མི་རྣམས་ཁྲིད་ནས་དུས་ཡུན་རིང་པོ་ཞིག་ལ་སྙིང་འོག་ཕྲོགས་བཞི་ལ་བཙལ་མཐར་ཀྲུང་གོའི་གནའ་རབས་ཀྱི་སྨན་གཞུང་ཕལ་ཆེར་བསླགས་ནས་ཚར།

སྨན་གཞུང་དེ་དག་གི་ནང་དུ་ཆེན་ཧོའོ་ཡི་སྐོར་ཞུང་དུ་རེ་མ་གཏོགས་ཞིབ་ཏུ་མེད། དེ་དག་ཐིག་ཤུར་རེ་ཡི་གསེབ་དང་འོག་ཏུ་མཆིས་པས། རེ་རེ་བཞིན་བཙལ་དགོས་ཚེ་དུས་ཚོད་ཤིན་ཏུ་རིང་པོ་ཞིག་དགོས།

ཉིན་ཞིག ལས་གྲོགས་ཤིག་གིས་ཀུ་རེ་ཡི་ཚུལ་གྱིས་ཐུའུ་ཡོའུ་ཡོའུ་ལ "ཐུའུ་ཡོའུ་ཡོའུ། ཁྱོད་ཀྱིས་གལ་ཏེ་ང་ཚོས་མིག་ཟུང་འདི་འདྲ་ཆེན་པོ་ཞིག་བགྲད་ནས་ཉིན་རྒྱུན་དཔེ་ཆ་ཡོན་ཆེན་རྣམས་ཕར་སློག་ཚུར་སློག་བྱས་ཚེ། ང་ཚོས་མིག་ཟུང་ཞར་རྒྱུ་རེད་འདོད་དམ" ཞེས་བཤད།

"མིག་ཟུང་ཞར་མི་སྲིད་ཀྱང་། མིག་མཐར་དཀར་ཐིག་ལྷུང་སྲིད་ཀྱི་རེད།" ཐུའུ་ཡོའུ་ཡོའུ་མགོ་བོ་བཏེགས་ནས་ལན་བཏབ།

དངོས་གནས་བརྩོན་འགྲུས་ཀྱིས་མི་ཡི་རེ་བ་སྟོང་ཟད་དུ་མི་གཏོང་། ཉིན་ཞིག ཐུའུ་ཡོའུ་ཡོའུ་ཡིས་ཏུང་ཅིན་སྐབས་ཀྱི་སྨན་པ་གྲགས་ཅན་ཀོ་ཧུང་གིས་བརྩམས་

པའི་《དཔྱད་འདོགས་སྨན་གཞུང་རིག་ཟིན》ཞེས་པ་གློག་སྐབས་འོད་ཀྱི་ཟེར་མ་ཞིག་མིག་ལམ་དུ་རྒྱུ་བ་བཞིན་སྟོན་མཛོད་བྱུང་། མོས་དེ་མ་ཐག《གྲང་འགོག་ཚ་སྐྱོབ་ཀྱི་མན་ངག》ཅེས་པའི་ནང་གི་ཡི་གེ་རེ་རེ་བཞིན་གློག་སྐབས "ཆིན་ཧོའོ་བཙུར་ཏེ་ཁུ་བ་ཡིས་སེལ་ནུས" ཞེས་འཁོད་པ་མཐོང་།

ཀི་ཏུང་ནི་ཏུང་ཅིན་དུས་རབས་ཀྱི་ཏོའོ་ལུགས་ཀྱི་མཁས་པ་ཞིག་ཡིན་ལ། ཀྲུང་གོའི་གནའ་བོའི་སྐད་གྲགས་ཅན་གྱི་སྨན་པ་ཞིག་རེད། ཁོ་རང་ཧྲང་ཞེས་པའི་ཁྱིམ་རྒྱུད་ནས་འབྱུངས་པ་དང་། རྒྱལ་རབས་གསུམ་གྱི་སྐབས་སུ་སྐད་གྲགས་ཅན་གྱི་མི་སྣ་ཧྲང་ཧྲི་ཀི་ཡི་རྗེས་རབས་པ་རེད། མི་རྣམས་ཀྱིས་ལྷ་རྗེ་ཞེས་འབོད། ཁོང་ལ་དེ་སྔོན་གོང་མའི་ཕོ་བྲང་ནས་གཟིགས་གཟོས་ཐོབ་སྟེ་ཕོ་བྲང་ནས་བཞུགས་སྒྲོང་། ཡིན་ནའང་རང་གི་དགའ་ཕྱོགས་དང་ཕུགས་འདུན་ནི་སྨན་གྱི་སྐོར་ཡིན་སྟབས། རྗེས་སུ་ཕོ་བྲང་ནང་ནས་ལས་གྲོལ་བྱས་ཏེ་རི་གསེང་ལ་

ཐེབས་པའི་པདྨའི་ཕྲུག་རྒྱ་སྦྲངས་པས་ཕལ་ཆེར་གྱིས་མི་ཤེས། ཁོས་ཤུལ་བཞག་སྨན་གཞུང་ནི《དཔྱད་འདོགས་སྨན་གཞུང་རིག་ཟིན》ཞེས་པའི་གསོ་བ་རིག་པའི་བསྟན་བཅོས་དེ་ཡིན།

《དཔྱད་འདོགས་སྨན་གཞུང་རིག་ཟིན》ཡི་པར་གཞི་གཞན་གྱི་མིང་ལ《གྲང་འགོག་སྨན་གཞུང་མན་དག》ཡང་ཟེར། དཔྱད་འདོགས་ནི་དཔྱད་བར་བཏགས་ནས་འཁྱེར་ཆོག་པའི་དོན་ཡིན། སྨན་གཞུང་རིག་ཟིན་ནི་རྒྱུན་མཐོང་གི་གློ་བུར་བའི་ནད་གསོ་ཐབས་ཀྱི་མན་དག་ཅེས་པའི་དོན་ཡིན། དཔེ་ཆ་འདིའི་ནང་དུ་རྒྱུན་མཐོང་གི་ཐོལ་བྱུང་ནད་རིགས་གསོ་ཐབས་ཀྱི་སྨན་སྣ་མང་པོའི་མིང་འཁོད་ཡོད་པས། ཤིན་ཏུ་གྲགས་ཆེ་ཞིང་སྤྱོད་ནུས་ཆེ་བ་ཞིག་ཡིན། དེ་བས་དཔེ་ཆ་འདི་ལ་གསོ་རིག་གི་བསྟན་བཅོས་དང་རིན་པོ་ཆེའི་མཛོད་སོགས་ཀྱི་མཚན་སྙན་ཡོད། ལོ་ངོ་ཆིག་སྟོང་དྲུག་བརྒྱ་ལྷག་གི་རིང་ལ་འདིའི་ནང་གི་མང་དག་ལ་བརྟེན་ནས་

ཚེ་སྒྲོག་མང་པོ་བསྐྱབས་སྐྱོང་།

ཐུའུ་ཡོའུ་ཡོའུ་ཡིས་དཔེ་ཆ་འདིའི་ནང་གི་ཆིན་ཧའོ་ཡི་སྐོར་འཕོད་པ་འགའ་ཞིག་མཐོང་། སྔོན་དུ་གྲུང་འགོག་ཚ་སྐྱིབ་ཀྱི་མན་ངག་ཅེས་འཕོད་པར་མ་ཟད་དྲང་རྩ་ཁ་གསོ་ཐབས་དང་། “ཆིན་ཧའོ་དང་སྣ་ཡི་ལོ་མ། རྗོ་ཐལ་དཀར་པོ་སོགས་སྡེབས་ནས་བསྐམས་རྗེས་བྱུགས་དགོས” ཞེས་བྲིས་པ་དང་། གལ་ཏེ་སྦྲང་མས་སྦྲང་བཙགས་བྱུས་ཚེའང་ཆིན་ཧའོ་བྱུགས་དགོས་ཞེས་བསྟན།

དེ་ན་གི་རྒྱུང་གི་དཔེ་ཆའི་བསྟན་པ་ལྟར་ཧོན་སྔོན་བཙོས་ནས་ཁུ་བ་བླངས་ཚེ་འདར་ནད་འགོག་སྲུང་ཐུབ་བམ།

ཐུའུ་ཡོའུ་ཡོའུ་ཡིས་ཕྱོགས་གཅིག་ནས་ལག་ལེན་གཏོང་ཞོར་དགའ་བ་དང་ཕྱོགས་གཅིག་ནས་དོགས་པ་ཟ་བཞིན་ཡོད། མོས་འདང་མང་པོ་ཞིག་བརྒྱུག་མ་ཐོད། མོས་མྱུར་མོར་བསྒྲུབ་འདོད་པ་ནི་སྤྱོབས་པ་ཆེན་པོས་ཚོད་ལྟ་བྱེད་རྒྱུ་དེ་རེད།

གང་ལྟར་ཡང་ཆིན་ཧོའོ་ནི་སྨན་གལ་ཆེན་ཞིག་རེད། དེ་ནི་ཐུའུ་ཡོའུ་ཡོའུ་དང་མོའི་ལས་གྲོགས་རྣམས་ལ་མཚོན་ན་གནའ་བོའི་བཅོས་ཐབས་སྣ་ཚོགས་ལས་བླངས་པའི་མན་ངག་ཅིག་རེད། དེ་ནི་སྨན་སྣ་བརྒྱ་ཕྲག་ལས་བདམས་པའི་གནའ་བོའི་སྨན་རྫས་ཤིག་ཀྱང་རེད།

དེའི་རྗེས་སུ་མོ་དང་མོའི་ལས་གྲོགས་རྣམས་ཀྱིས་སྔོ་སྨན་ལྗང་གུ་ཡིས་བཅོས་ནས་ཁུ་བ་བླངས། དེ་ནི་མོའི་སེམས་ནང་དུ་གལ་ཏེ་བདེ་ལེགས་དང་ལེགས་འགྲུབ་བྱུང་ཚེ། འདི་ནི་ལྷ་སྨྱུང་ནང་གི་མཐུ་རྩལ་ནང་བཞིན་མི་མང་པོ་ཞིག་གི་ཚེ་སྲོག་སྐྱོབ་བྱེད་དུ་འགྱུར་ངེས་རེད།

ཉིན་ཞིག ཐུའུ་ཡོའུ་ཡོའུ་ཡིས་ཉི་འོད་འཕྲོ་ས་ཞིག་ནས་ཆིན་ཧོའོ་ཆུང་ཆུང་ཞིག་བླངས་ཏེ། དེའི་སྙིང་གི་དྲི་བསུང་ལ་སྣུམ་བཞིན་བསྣད……

“ཨ་ཙི། ཐུའུ་ཡོའུ་ཡོའུ་ལགས། ང་ཚོས་ཆིན་ཧོའོ་ཡི་ནང་ནས་སྨན་རྫས་ལེན་ཐུབ་བམ།”

“དེ་མི་ཤེས་གི ཡིན་ནའང་ངའི་རེ་བ་ལྟར་ན།

འདི་ལ་ཁ་མདོག་ཡག་པོ་ཞིག་ཡོད་པས། ལྷམ་ཅི་ལི་ཡིས་ཐེངས་གྲངས་མེད་ལ་ཚོད་ལྟ་བྱས་པ་ལྟར་ལག་ལེན་བྱས་ཚོ། ངོ་མཚར་བའི་གསང་བ་སྟེ་བརྗོལ་ཐུབ་ཀྱང་སྲིད།”

“ཨ་ཅི། ང་ཚོས་ཀྱང་ལྷམ་ཅི་ལི་དང་ཁོང་གི་སྐྱེས་པ་ནང་བཞིན་ཐེངས་མང་པོར་ཕམ་ཁ་མྱོང་དགོས་པ་ཡིན་ནམ།”

“གཅིག་བྱས་ན། ཁོ་ཚོ་ལས་ཀྱང་ཕམ་ཁ་མང་པོ་མྱོང་སྲིད།”

དངོས་གནས་ཐེངས་དུ་མར་ཕམ་པ་མྱོས།……

“ཆེན་ཧོའོ་བཙུར་ཏེ་ཁྲུ་བ་ཡིས་སེལ་ནུས”

ཨ་ཅི “ཆེན་ཧོའོ་བཙུར་ཏེ་ཁྲུ་བ་ཡིས་སེལ་ནུས” ……

སྨན་གཞུང་ནང་ཆེན་ཧོའོ་ཡི་སྐོར་བཀོད་པ་ཤིན་ཏུ་བསྡུས་དྲགས་པས། ཐུའུ་ཡོའུ་ཡོའུ་སོགས་ཀྱིས་དེ་ལ་བསམ་བློ་མཐའ་མེད་པ་བཏང་།

མཉེན་འཇམ་གྱི་ཀ་ར་ཡོ།

ཚོད་ལྟ་རེ་རེ་བཞིན་ཕམ་པར་གྱུར། འདི་ཡིས་ཐུའུ་ཡོའུ་ཡོའུ་ཡི་སེམས་སུ་སྤར་མེད་པའི་ཀྱུག་ཀྱོག་གི་ཚོར་བ་བྱུང་། ཉིན་འདི་དག་ལ་ཚོད་ལྟ་ལ་བསམ་བློ་བསྐྱིམས་དྲགས་པས། ལས་གྲོགས་རྣམས་ཀྱིས་ཀྱང་ཐུའུ་ཡོའུ་ཡོའུ་ཡི་བསམ་བློ་ནི་ཡ་ཡོ་མེད་པ་དང་། ལུས་ཟུང་ཡང་ཤིན་ཏུ་ཞན་པར་གྱུར།

སྐབས་དེར་ཐུའུ་ཡོའུ་ཡོའུ་མོ་རང་གནས་སྐབས་སུ་ཞིབ་འཇུག་ཁང་དུ་ཡོང་ནས་བསྡད་པ་དང་། འདི་ལྟར་བྱས་ན་རང་ཉིད་ཀྱི་དུས་ཚོད་མང་པོ་དམ་འཛིན་བྱེད་ཐུབ་ལ། ཚོད་ལྟ་ཁང་ནས་ཁྱིམ་དང་། ཁྱིམ་ནས་ཚོད་ལྟ་ཁང་ལ་ཕར་འགྲོ་ཚུར་འགྲོ་བྱེད་མི་དགོས།

ཉིན་རྒྱུན་དགོང་ཟས་རོལ་རྗེས་མོ་རང་རྟག་པར་

ཚོད་ལྷ་ཁང་ལ་སླེབས་ལ། ཚོད་ལྷའི་བྱ་བ་དམ་འཛིན་བྱས། སྐབས་ལ་ལར་ནམ་གྱང་ཡང་གཡོལ་བཞིན་ཡོད།

"ཐུའུ་ཡོའུ་ཡོའུ། འདི་འདྲ་བྱེད་མི་རུང་། ཁྱོད་ཀྱི་ལུས་པོར་གཏན་ནས་གནོད་པ་ཐེབས་མི་རུང་།" ཚོགས་མི་རྣམས་ཀྱིས་མོ་ལ་ཁ་ཏའི་ཚུལ་དུ "ཡང་མིན་ན་ཁྱོད་ཀྱིས་ཁོམ་སྐབས་ཤིག་འཚོལ་དང་མཉམ་དུ་གྲོང་མཐར་སོང་ནས་སེམས་གཡེང་བྱེད། མཁའ་དབུགས་གསར་བ་ཞིག་རྔུབས་ནའང་སྐྱིད་པོ་རེད……" ཅེས་བཤད།

ཉིན་དེར་ཐུའུ་ཡོའུ་ཡོའུ་རང་ཉིད་གཅིག་པུ་གྲོང་མཐར་སོང་། ཞིང་འགྲམ་ཞིག་ལ་སོང་།

ཡིན་ནའང་མོས་ཅི་ཞིག་བཙལ་བཞིན་པ་སུས་ཤེས། ཡང་ན་མོས་ཆེན་ཧོའོ་བཙལ་བཞིན་ཡོད་སྲིད། ཕལ་བལྟས་ཚོད་ཀྱིས་དེའང་མ་རེད། མོས་ཚོད་ལྷ་ཁང་གི་ནང་གི་ཆེན་ཧོའོ་སྣ་ཚོགས་ཀྱིས་ཁེངས་འདུག

གལ་ཏེ……གལ་ཏེ……ཐེངས་རྗེས་མར་སྟར་བཞིན་ཕམ་པར་ངེས། དེ་ན་བདག་གིས་གཡུག་བཏང་

ན་འགྲིག་གམ།

སྐབས་དེར་ཐུའུ་ཡོའུ་ཡོའུ་ཡི་སེམས་སུ་དཀའ་སྡུག་ཅིག་ཤར།

ཡིན་ནའང་། ད་སྐབས་བསམ་བློ་འདི་དག་ཙུང་ཙམ་ཡལ་ཚེ། འབར་ཞུན་རྐང་གཅིག་ལ་མེ་བསྒྲོན་པ་ནང་བཞིན། སྐད་ཅིག་གིས་ཕམ་པའི་མེ་ལྕེ་འབར་སྲིད།

མོས་ཤེས་ཏེ། ཕྲག་པའི་སྟེང་རྒྱལ་ཁབ་ཀྱི་ལས་གཞི་ལྕི་མོ་ཞིག་བབས་ཡོད། འོས་འགན་ལྕི་མོ་འདི་ནི་མེས་རྒྱལ་གྱི་སྤུན་ཟླ་ཁྲི་ཕྲག་མང་པོའི་ཚེ་སྲོག་ལ་འབྲེལ་ཡོད། ཐ་ན་ཀྲུང་གོའི་སྲོལ་རྒྱུན་རྩྭ་སྨན་གྱིས་ནུས་པ་རྒྱུན་འཛིན་ཐུབ་མིན་ལའང་འབྲེལ་བ་ཡོད།

མོས་འདི་ལྟར་འདང་བརྒྱབ་ནས་འགྲོ་སྐབས། བློ་བུར་ལུས་ཟུང་ཉམས་པའི་ཁྲི་གུ་ཞིག་མཐོང་། ཁྲི་གུ་དེས་ཞིང་ཚོགས་ཀྱི་སྔོ་རྩྭ་བཅལ་ནས་ཟ་བཞིན་མཆིས།

"ཨ་ཁུ་ལགས། ཁྲི་གུ་འདིས་ར་མ་བཞིན་རྩྭ་ཟ་དོན་ཅི་ཡིན་ནམ།" མོ་རང་ཡ་མཚར་བའི་ངང་ཞིང་

ཚོགས་ནང་གི་ཨ་ཁུ་དེར་དྲིས།

ཨ་ཁུ་ཞིང་པས "ཨོ། ཁྱི་གུ་འདི་ན་བྱུང་བས། ཁོས་ཕལ་ཆེར་རང་ཉིད་ལ་ཕན་པའི་སྨན་སྣ་ཞིག་བཙལ་བཞིན་ཡོད་སྲིད། གཅིག་བྱས་ན་སྔོ་རྩྭའི་ནང་ན་ཁོ་རང་གི་ལུས་པོར་ཕན་པའི་སྔོ་རྩྭ་ཞིག་བཙལ་བཞིན་ཡོད་སྲིད།"

ཐུའུ་ཡོའུ་ཡོའུ་ཡིས་དེ་ལ་ཉན་རྗེས་མིག་ཟུང་ཁྲ་ལམ་མེར་ཧ་གསལ་དུ་སོང་བ་ལྟར། མུན་ནག་གི་ཁྲོད་ནས་འོད་སྣང་རྒྱས་པ་ཆོར།

མོས་མགོ་མར་བསྒུར་ཏེ། ཁྱི་གུ་དེས་ཇི་ལྟར་སྔོ་རྩྭའི་བྲོ་བ་མྱོང་བཞིན་ཡོད་མེད་བལྟས།

"བདག་གིས་བྱ་བ་འདི་གཡུག་ག་ལ་ཉུང་། ད་དུང་ཐེངས་སྟོང་ཕྲག་ཅིག་ལ་ཕམ་ཁ་མྱངས་ཉུང་གཡུག་མི་ཉུང་།" ཐུའུ་ཡོའུ་ཡོའུ་ཡིས་མགོ་བོ་ཡར་དགྱེས་ཏེ་སྐད་དམའ་མོས "བཀའ་དྲིན་ཆེ། ཁྱི་གུ་ལགས། ཁྱོད་རང་བདེ་ཐང་ལྡན་པར་སྨོན" ཞེས་བཤད།

མོས་སྔར་ལས་ཀྱང་ཡིད་ཆེས་བརྟན་པོ་བཟུང་། ཉིན་འདི་དག་ལ་མོས་རང་ཉིད་སློབ་གྲྭ་ཆེན་མོའི་སྐབས་སུ་ཀློག་པར་དགའ་བའི《ལྷུམ་ཅི་ལི་ཡི་རང་རྣམ》བལྟགས།

དཔེ་ཆའི་ནང་དུ་གནས་ཚུལ་བྱེ་བྲག་པ་ཤིན་ཏུ་མང་། དེ་དག་ལ་སྔ་མོ་ནས་མོས་རྒྱུས་ལོན་བྱུང་ཡོད། ད་ལྟ་བསྐྱར་ཀློག་བྱེད་སྐབས་རང་དབང་མེད་པར་རང་གིས་རང་ལ་ངར་སྐུལ་བྱས་ཏེ། རླབས་ཆེ་བའི་ལྷུམ་ཅི་ལི་བཞིན་ཡིད་ཆེས་དང་སྤོབས་ཤུགས་དགོས་པར་སྙམ།

ལྷུམ་ཅི་ལི་བཟའ་ཟླ་གཉིས་ནི་ནམ་ཡིན་ཡང་གཙོན་ཤུགས་ཤིག་འཚོ་བའི་ཁྲིད་གནས་ཤིང་། ཁོ་ཚོའི་འཚོ་བའི་ཆ་རྐྱེན་ནི་རང་གི་འཐོས་ཀ་འདང་ཙམ་ཡིན་པས། གང་དུ་སོང་ན་ཞིབ་འཇུག་གི་མ་དངུལ་མེད། སྐབས་དེར་ལོ་ན་གཞོན་པའི་ཚན་རིག་པ་བཟའ་ཟླ་དེ་གཉིས་ལ་རང་ཉིད་ཀྱི་ཚོད་ལྟ་ཁང་ཡང་མེད་པས། གད་སྙིགས་འཕང་པའི་ཁང་རལ་ཞིག་ནས་ཚོད་ལྟ་བྱས། ཁོ་

གཉིས་ཀྱི་བྱ་བའི་ཁྲིད་ཀྱི་ཚོད་ལྟ་ཐལ་ཆེར་ནི་སྐྱིགས་ཁང་ནང་ནས་བྱས་པ་ཡིན། ཧུང་བརྒྱུད་ཅན་གྱི་ལི་ཆེན་གཞའ་ཚན་ཡང་དེ་ཟངས་པ་རེ་རེ་བཞིན་སྦྱངས་ནས་གྲུབ། དེ་ལས་ཅུང་ཟད་ཙམ་ཡང་འཕྲོ་བརྟག་བྱེད་མི་ཉུང་བར་དམ་བུ་རེ་རེ་བཞིན་བཙོ་སྦྱང་བྱས་ནས་གྲུབ། འདི་ནི་མི་རྣམས་ཀྱི་བསམ་པར་ཞོད་དཀའ་བའི་དོན་དག་རྙོག་འཛིང་ལྡན་པ་ཞིག་རེད། རོགས་བྱེད་མཁན་གྱི་རོགས་རམ་བྱེད་འདོད་ཉུང་བྱེད་མི་ནུས་ལ་གནམ་གཤིས་ཀྱི་དྲོ་འཁྱག་ཇི་འདྲ་ཡིན་ཉུང་། ལྷམ་ལི་ཙི་བཟའ་ཟླ་གཉིས་ཀྱིས་ཐལ་རྡུལ་གྱིས་གང་བའི་ལས་ལྭ་གོན་ཏེ་ཞིབ་འཇུག་དང་ལག་རྩལ་པ་བྱས། ལྷམ་ཙི་ལིས་ཉིན་རྒྱུན་རིང་ཐུང་མི་རང་ཉིད་ལྟ་བུ་ཡོད་པས་ལྷགས་དབྱུག་ཅིག་བཟུང་སྟེ་ཚ་ཁོལ་འཁྱུག་བཞིན་པའི་གཞའ་ཚན་དཀྲུག་བཞིན་ཡོད། མེ་དུག་དང་དུད་དུག་གིས་མོ་མདངས་བསྐྱིགས་ཤིང་མིད་ཐག་འགག་པར་བྱས། ལུས་པོའི་ཤེད་ཤུགས་ཡོངས་སུ་ཟད་པར་གྱུར་ཏེ་མཚན་མོའི་

སྐབས་རྐྱང་ལག་ན་ནས་བཟོད་པར་དཀའ། ཐ་ན་ཟ་མའང་ཟ་དཀའ་བར་འགྱུར།

ཡིན་ནའང་ལྕམ་ཅི་ལི་ནི་རང་ཉིད་ཀྱི་འཚོ་བའི་དཀའ་ཁག་ལ་མི་སྣང་ཅིང་། མོས་རང་གི་བརྩོན་སེམས་དང་ནན་ཏན་ལ་བརྟེན་ནས་སེམས་ཁམས་སྤྲོ་སྣང་གིས་ཁེངས་ཏེ། ཉི་མ་རེ་རེ་བཞིན་དམ་འཛིན་བྱས། མོས "ང་ཚོའི་འཚོ་བར་དཀའ་ཁག་ཤིན་ཏུ་ཆེ་མོད། ང་ཚོས་རང་ཉིད་ཀྱི་ལྷན་སྐྱེས་ཀྱི་ཤེས་རབ་ལ་བརྟེན་ནས་དོན་དག་ཅིག་འགྲུབ་ཐུབ་པར་ཡིད་ཆེས་བརྟན་པོ་བྱས་ཡོད། དེ་ལ་རྟུར་བརྩོན་ཇི་འདྲ་བྱེད་དགོས་ཀྱང་མི་སྣང་" ཅེས་བཤད་མྱོང་།

ཉིན་ཞིག ངལ་དུབ་ཀྱིས་གཙོས་པའི་ལྕམ་ཅི་ལི་ཡི་སྐེད་པ་ན་ནས་མ་བཟོད་པར་ཅོག་ཙེ་མཉེད་འཕུར་བྱེད་ཞོར། ཅོག་ཙེ་སྟེང་གི་ཚོད་ལྟའི་སྨྱུག་གུ་དང་ཤེལ་དཀར་སོགས་ལ་བརྒྱེད་ནས། བཟའ་ཟླ་པེ་ཨེར་ལ "ཁྱོད་ཀྱིས་བལྟས་ན། རང་ཚན་ནི་ཅི་འདྲ་ཞིག་ཡིན་

ནམ་སླམ” ཞེས་དྲིས། ཕེ་ཨེར་གྱིས་ལན་དུ “བདག་གི་འཆར་ཡན་བྱེད་མི་ནུས། བདག་གི་རེ་བར་དེ་ནི་མཛེས་སྡུག་ཁ་དོག་ཅན་ཞིག་ཡིན་པར་སྨོན” ཟེར།

གཅིག་དགུ་ཐིག་གཉིས་ལོར་པོ་བཞིའི་དཀའ་སྡུག་བརྒྱུད་དེ་གྲུབ་འབྲས་མངོན་གསལ་གྱིས་ཐླངས། ལྕམ་ཅི་ལི་ཡིས་ཐ་མར་ཧུང་བརྒྱུད་ཀྱི་ལྕགས་ཚན་གཏེར་རྫས་ལས་ཁེ0.1ཅན་གྱི་ཆུ་ཤེལ་གྱི་གཟུགས་ཅན་ཐླངས། བལྟས་ན་ཤིན་ཏུ་ཆུང་བའི་ཆུ་ཤེལ་གྱི་ཤེལ་གཟུགས་འདི་ནི་པོ་ཆོས་ཡོད་ཚད་བལྟས་བཏང་སྟེ་དཀའ་བ་བརྒྱ་ཕྲག་བརྟེན་ནས་གྲུབ་པའི་འབྲས་བུ་ཡིན།

སྐབས་དེར་པོ་ཆོས་དཀའ་སྡུག་བརྒྱ་ཕྲག་མྱངས་ཏེ་གྲུབ་པའི་རང་ཚད་ཁེ0.1ཅན་གྱི་ཁ་དོག་ཤིན་ཏུ་མཛེས་ཤིང་། འདི་ནི་ཚན་རིག་པ་བཟའ་ཟླ་དེ་གཉིས་ཙམ་མ་ཡིན་པར། འཛིག་རྟེན་སྟེང་གི་ཆེས་ཐླ་ན་མེད་པའི་རིན་པོ་ཆེ་ལས་ཀྱང་རིན་ཐང་ཆེ།

ཐུའུ་ཡོའུ་ཡོའུ་ཡིས་ཁྲུ་སིམ་མེར《ལྕམ་ཅི་ལིའི་

རང་རྣམ》གློག་ཞོར "ཤར་ཕྱོགས་ནས་སྐྱ་རེངས་བཏེགས་པ" མ་ཚོར། ཡང་བསྐྱར་ཉིན་མོ་གསར་བ་ཞིག་གི་འགོ་བཙུགས་སོང་།……

གསར་ལ་མཛེས་སྡུག་ལྡན་པའི་སྐྱ་རེངས་ཀྱི་བཀྲག་མདངས་མོའི་མལ་ཁང་དང་ཚོད་ལྟ་ཁང་གི་སྣེའུ་ཡོལ་ངོགས་ནས་ཚོས་བྱུང་།

མོས་རང་གི་སེམས་ཤུགས་བསྒྲིལ་ཏེ《དཔྱད་འདོགས་སྨན་གཞུང་གི་རིག་ཟིན》ནང་གི "ཚིན་ཧོའོ་བཙུར་ཏེ་ཁུ་བ་ཡིས་སེལ་ནུས" ཞེས་པ་ལྟར་བསྐོར།

མོའི་སེམས་སུ། དུས་རྒྱུན་གྱི་འདང་རྒྱག་ཕྱོགས་ལྟར་ན། སྔོ་སྨན་ཚང་མ་ཆུ་ཁོལ་ནང་བསྐོལ་ནས་ཁུ་བ་ལེན་དགོས། ཀི་ཧུང་གིས་འདི་རུ་བསྐོལ་དགོས་ཚུལ་བསྟན་མེད་པར་ཁུ་བ་ལེན་དགོས་ཚུལ་བསྟན་པ་ནི་ཧུང་བཙག་ཡིན་ནམ་བསམས།

གཞན་མི་རྣམས་ཀྱིས་སྔོ་སྨན་ཞིབ་འཇུག་བྱས་རུང་། དེའི་ཁྲོད་ཀྱི་མ་རྒྱུ་ལ་དབྱེ་ཞིབ་གཏོང་མི་སྲིད་པས། ཁོ་

ཚོས་བྱེད་ཐབས་ནི་སྐབས་དང་བབ་ཆགས་ཤིག་ཡིན་སྲིད། གཅིག་བྱས་ན་མན་ངག་དེ་དག་སྐབས་བདེ་དང་བབ་ཆགས་ཀྱི་ཁྲོད་ཡོད་ངེས།

དེ་ལྟར་བསམ་བློ་བཏང་མ་ཐག་མོ་ལ་གློ་བུར་དྲན་རྩལ་གསར་བ་ཞིག་བྱུང་། གཅིག་བྱས་ན་གདོང་མའི་ལག་ཐབས་དེས་གནའ་མི་རྣམས་ཀྱི་ཤེས་རབ་ལ་རྩེ་དབལ་བསྒྲུལ་ཡོད་ངེས། གཅིག་བྱས་ན་ཆེན་པོའི་ཡི་སྐྱོད་ཐབས་དངོས་ནི་རྫུང་བཙག་ཡིན་པ་ལས། ཆུ་ཁོལ་ནང་བསྐོལ་ནས་ལེན་ཐབས་མིན།

འདིའི་སྔོན། ཐུའུ་ཡོའུ་ཡོའུ་ཡིས་ཐེངས་མང་པོར་ཚོད་ལྟ་བྱས་ཡོད། དེ་དག་ཚང་མ་ཆུའི་ནང་བསྐོལ་ནས་བླངས་པ་སོགས་ཡིན། དེ་ན་ཆེན་པོའི་ཡི་ཕན་ནུས་ནི་རྫས་དངོས་ནས་ཚ་བ་ཡིན་ནམ། མོས་ཆེན་པོའི་ཡི་གྲུབ་རྫས་ཤིག་བླངས་ཏེ་ཚོད་ལྟ་བྱས་པ་ན་དངོས་གནས་ཆུ་ཁོལ་མ་ལ་བརྟེན་ནས་དེའི་ནུས་པ་ཤོར་བཞིན་ཡོད།

འདི་ལྟར་བལྟས་ཚེ། མེས་པོ་རྣམས་ཀྱིས་བཤད་

པ་ལྟར་གནོད་མའི་བྱེད་ཐབས་སྤྱད་ནས་ཚོད་ལྟ་བྱེད་དགོས་པ་མིན་ནམ།

འདི་ལྟར་འདང་བརྒྱབ་རྗེས་ཐུའུ་ཡོའུ་ཡོའུ་ཡིས་རང་གི་སེམས་ཤུགས་ལ་བཟོད་བསྲན་མ་ནུས། མོས་དེ་མུར་སྔོན་གྱི་འདང་བརྒྱག་སྟངས་བསྒྱུར་ཏེ་ཚ་གྲངས་དམའ་བའི་བྱེད་ཐབས་སྤྱད། ཆབས་ཅིག་ཆིན་ཧོའི་ཡི་སྙིད་པ་དང་ལོ་མ། རྩ་བ་སོགས་བླངས་ཏེ་བརྟག་དཔྱད་བཏང་། འདི་ལྟར་འདང་བརྒྱབ་ན། དོན་དངོས་སུ་ཆིན་ཧོའི་ལས་གང་ཞིག་ནི་སྤྱོད་ཙུང་ཞིང་སྨན་ནུས་ཕུན་སུམ་ཚོགས་པ་དེ་ཡིན་ནམ།

ཐུའུ་ཡོའུ་ཡོའུ་དང་མོའི་ཚོགས་པས་གཅིག་དགུ་དོན་གཅིག་ལོའི་ཟླ་བཅུ་པའི་ཚེས་བཞི་ནས་བཟུང་ཆིན་ཧོའི་ཡི་དཔེ་གཞི191པ་རྙེད།

"ཨ། རྙེད་བྱུང་། མུར་མོར་ལྟོས་དང་། དེ་ནི་དངུལ་མདོག་དང་ཞིལ་མདངས་ཤིག་མ་ཡིན་པར། སྔོ་ནག་དང་ག་ར་ཐེ་ལྟ་བུ་མཉེན་མོ་ཞིག་རེད།" ཐུའུ་ཡོའུ་

ཡོའུ་ཡིས་སྐད་མཐོན་པོའི་ལས་གྲོགས་ཚོར་བཤད།

ཀླུ་བཙུ་པའི་ཆོས་བཞི་ནི་མོས་ནམ་ཡང་བརྗེད་དགའ་བའི་ཉིན་མོ་ཞིག་རེད། མོ་དང་མོའི་ཚོགས་མི་རྣམས་ཀྱིས་དྲོད་ཚད་དམའ་བའི་བྱེད་ཐབས་ལ་བརྟེན་ནས་ཆིན་ཧྲོའོ་ཡི་ནང་ནས་མདོག་སྔོ་ནག་དང་མཉེན་མོ་ཡིན་པའི་དཔེ་གཞི་རྙེད།

དེའི་རྗེས་སུ་ཚང་མས་མིག་ཟུར་ཆེ་རུ་བགྲད་ནས་བལྟས་ཤིང་། འཚུབ་ཆ་ཆེན་པོའི་སྒོ་ནས་ཚོད་ལྟའི་འབྲས་བུ་ལ་བསྒུགས།

མཇུག་འབྲས་ནི་མདོག་སྔོ་ནག་དང་མཉེན་འཇམ་གྱི་དཔེ་གཞི་དེ་ཙི་གུ་དཀར་པོ་དང་སྤྲེའུ་ཡི་འཁྲུག་གཞིའི་སྲིན་འབུའི་སྐྱེང་བརྒྱབ་པ་ནས་འགྲུབ་ཚད་བརྒྱ་ཆ་བརྒྱ་ལ་སླེབས།

སྐད་ཅིག་གིས་ཚོད་ལྟ་ཁང་ཡུར་གྱིས་ཁེངས།……

དེའི་རྗེས་སུ་ད་དུང་གནད་འགག་གི་བྱ་བ་གཅིག་འགྲུབ་དགོས་ཏེ། དེའི་དཔེ་གཞི་ནི་ནད་ཐོག་སྨན་བཅོས་

ཀྱི་ཚོད་ལྟ་བརྒྱུད་དགོས།

ཐུའུ་ཡོའུ་ཡོའུ་ཡིས་སྨན་རྫས་གང་ཞིག་ཡིན་རུང་དེའི་དུག་ནུས་དང་། སྨན་ནུས་གསལ་པོར་ངེས་རྗེས་ནད་ཐོག་སྨན་བཅོས་བྱེད་དགོས་པ་ཤེས་ཡོད།

ཡིན་ནའང་འདར་ནད་ནི་དུས་ཚིགས་རང་བཞིན་གྱི་འགོས་ནད་ཅིག་ཡིན་པས། གལ་ཏེ་འོས་འཚམ་གྱི་ནད་ཐོག་བརྟག་དཔྱད་ལས་དུས་ཚིགས་བརྒལ་ཚེ། ལོ་གཅིག་ལྷག་ལ་བསྒུག་དགོས། དེ་ལ་བསམ་བློ་བཏང་རྗེས་ཐུའུ་ཡོའུ་ཡོའུ་ཡིས་མྱུར་མོར་ཚོད་ལྟ་བྱ་དགོས་བསྒུག་མི་རུང་བསམས།

དེ་དང་ཆབས་ཅིག་གཟབ་ནན་གྱིས་གོང་རིམ་འགོ་ཁྲིད་ལ་ཚོད་ལྟའི་དང་ལེན་གྱི་སྙན་ཞུའི་ཡི་གེ་ཕུལ། སྙན་ཞུའི་ནང་དུ “ང་ནི་ལས་གཞིའི་ཚོགས་པའི་ཚོགས་གཙོ་ཡིན། ང་ལ་ཐོག་དང་པོར་ཚོད་ལྟ་བྱེད་པའི་འོས་འགན་འདུག……” ཅེས་བྲིས་ཡོད།

ཐུའུ་ཡོའུ་ཡོའུ་ཡིས་བྱ་བ་འདི་ཐག་གཅོད་བྱས་

པ་ན། འགོ་ཁྲིད་དང་ལས་གྲོགས་རྣམས་ངོ་མཚར་བར་གྱུར། ཡིད་ལའང་མ་དྲན་པ་ཞིག་ལ་གནད་འགག་གི་སྐབས་སུ་མོ་ནི་བུ་མོ་དཔའ་རྗོད་ཅིག་ལྟར་སྟོབས་ཤུགས་དང་སྤོབས་པས་བརྗིགས།

"ཐུའུ་ཡོའུ་ཡོའུ། ཁྱོད་ཀྱི་སེམས་པ་ང་ཚོས་རྒྱུས་ཡོད་བྱེད་ཐུབ། ཡིན་ནའང་རང་ལུས་ལ་ཚོད་ལྟ་བྱེད་མི་རུང་། དེ་ནི་དོན་དག་ཆུང་ཆུང་ཞིག་མ་རེད། ཁྱོད་ཀྱིས་འདང་ཞིབ་མོར་བརྒྱུག་དགོས།"

རེད། སྐབས་དེའི་ཚོད་ལྟའི་ཆ་རྐྱེན་ལྟར་ཐུའུ་ཡོའུ་ཡོའུ་ཡིས་རང་གི་སྨྲ་ཚུགས་བཟུང་སྟེ་རང་ཉིད་ཀྱི་ལུས་པོ་ནི་ཅི་གུ་དཀར་པོས་ཚབ་བྱས།

"ཁྱོད་ཚོས་སེམས་ཁུར་བྱ་མི་དགོས། ཨ་ཁུ་ཐང་ཕན་ལགས།" དེ་ནི་གྲུང་པོའི་སྐད་གྲགས་ཀྱི་སྨན་པ་ཚན་རིག་པ་དང་ནད་དུག་རིག་པའི་བློ་འདོན་པ་ཀོའུ་ཧྲང་ཀྲོའུ་ཡིན། ཀོའུ་ཧྲང་ཀྲོའུ་ནི་མི་ཚེ་གང་པོར་སྨལ་ཚོགས་ཀྱི་སྒྲིད་ནད་སེལ་མཁན་གྱི་མཁས་པ་ཞིག་རེད།

ཀྲུང་གོ་དང་འཛམ་གླིང་ཡོངས་ནས་ནད་ཡམས་དེའི་ཐད་མཛད་རྗེས་བཞག་སྩོང་།

བྱིས་པ་མང་པོ་ཞིག་ཤེས་གསལ་ལྟར། ཆུང་དུས་འགོག་ཁབ་བརྒྱག་སྐབས། ཁབ་བརྒྱབ་ཚར་རྗེས་སྨན་པས་ཀ་ར་ཞིག་སྟེར་བ་དྲན། ཀ་ར་དེའི་དབང་གིས་བྱིས་པ་མང་པོས་ཁབ་བརྒྱབ་ཀྱང་མི་ངུ། དོན་དངོས་སུ་ཀོའུ་ཧྲང་ཀྲོའུ་ཡིས་གསར་གཏོད་བྱས་པ་ནི་སྐལ་རིས་ཀྱི་གཉན་ནད་འཛོམས་པའི་རིམས་སྨུག་ཡིན། དེ་ཡིས་ཀྲུང་གོའི་བྱིས་པ་ཁྲི་སྟོང་མང་པོའི་ཚེ་སྲོག་སྐྱོབ་སྩོང་། དེ་ཡིས་གཅིག་ནས་ཀྲུང་གོའི་མི་ཡིས་སྐལ་ནད་མང་པོ་གཞོམ་སྩོང་།

ཡིན་ནའང་མི་མང་པོ་ཞིག་གིས་ཤེས་མེད་དེ། མ་གཞི་ཀོའུ་ཧྲང་གིས་རིམས་སྨུག་གི་ཚོད་ལྟའི་བདེ་འཇགས་བསམས་ཏེ་རང་ཉིད་དངོས་ཀྱིས་ཚོད་ལྟ་བྱེད་སྩོང་། ཁོས་ལོ་གཞོན་རྣམས་ཀྱི་སྐལ་ནད་སྐྱོབ་ཐུབ་པའི་ནུས་པ་གསར་དུ་བཏོན་རྗེས་ད་དུང་རིམས་སྨུག་དེས་

ཁྲིམས་པའི་བདེ་ཐང་ལ་གནོད་མིན་བརྟག་དཔྱད་གཏོང་འདོད། དེ་ནི་ཇི་ལྟར་ཁྲིམས་པ་བདེ་ཐང་ཐུབ་མིན་བརྟག་དགོས། ཁོས་སེམས་ནས་ཡུན་རིང་ལ་བསམ་བློ་བཏང་མཐར་ཇོ་གཉེན་དང་བཅས་ཏེ་རང་གི་ཟླ་ཁ་གང་བའི་ཁྲིམས་པར་ཚོད་ལྟ་བྱས། ཁོས་རང་གི་ཆུང་མར་དོན་དག་འདི་ཤེས་སུ་མ་བཅུག་པར་ཁྲིམས་པ་དཀའ་ལས་ལ་གཏད།

ཇེས་སུ་སེམས་ཞིབ་མོ་ཅན་གྱི་ཆུང་མས་དོན་དག་དེ་ཤེས་པར་གྱུར། ཁོ་ལ “འདི་དོན་དག་ཇོ་མ་རེད་དམ” ཟེར། ཀོའུ་ཐྲང་ཀྲོའུ་ཡིས་ཇོ་གཉེན་དང་བཅས “དོན་དག་ཇོ་མ་རེད། ཡིན་ནའང་ང་ལ་ཐབས་ཤེས་མི་འདུག་པས་ཁྲིམས་པ་དཀའ་ལས་ལ་གཏད་པ་ཡིན། ཁྱེད་ཀྱིས་རྒྱུས་ཡོན་གནང་བར་འཚལ” ཞེས་སྨྲས།

ཁོ་ལ་སེམས་འཁྲུལ་ཐེབས་པ་ཞིག་ནི། ཆུང་མས་དོན་དག་འདི་ཤེས་རྗེས་ཁོ་ལ་ལས་འདེད་མ་བྱས་པར་མ་ཟད། ཀུ་ཡངས་ཀྱི་སྒོ་ནས “ཚེ་སྲོག་ཚང་མ་འདྲ་

མཉམ་གྱིས་གནམ་རྒྱན་མའི་གནང་བ་རེད། རིམས་སྨུག་ནི་ཁྱོད་ཀྱིས་གསར་གཏོད་བྱས་པ་རེད། ཁྱོད་ཀྱིས་ཐོག་མར་རང་གི་བྱིས་པ་ལ་ཚོད་ལྟ་མི་བྱེད་སུ་ལ་བྱེད། གཞན་གྱི་བྱིས་པ་གཅེས་ཕྲུག་མིན་ནམ། ཁྱོད་ཀྱི་སེམས་ནས་ངོ་གནོང་བྱེད་མི་དགོས། ཁྱོད་ལ་འདི་འདྲའི་བྱམས་བརྩེ་ཡོད་པས། བྱིས་པ་བདེ་ཐང་དང་ནར་སོན་ངེས” ཞེས་བཤད།

ཚོད་ལྟའི་འབྲས་བུ་ལ་བསྒུག་པའི་ཉིན་མོ་དེ་དག་ནི་ཀོའུ་ཧྲང་ཀྲོའུ་ཡི་སེམས་ནང་བརྗེད་པར་དཀའ་ལ་འགྲོལ་དཀའ་བའི་ཉིན་མོ་འགའ་རེད། རྒྱུ་མཚན་ཁོ་དང་ཁོའི་ཆུང་མ་གཉིས་ཐེངས་དང་པོར་ཕ་མར་གྱུར་པ་རེད། ཡིན་ནའང་བྱིས་པ་སྔར་བཞིན་བདེ་ཐང་ཡིན་པས་ཀོའུ་ཧྲང་ཀྲོའུ་ཡི་ཧུར་བརྩོན་ལ་གྲུབ་འབྲས་ཡོད་བྱུང་།

བྱིས་པ་འཛུམ་དམུལ་དམུལ་གྱིས་དགོད་པ་དང་། མདུན་ན་ཁྲོ་རྡིལ་འཕྱུར་བ་ལ་བལྟས་ནས་འཛུམ་པ་ལ་

བལྟས་ཏེ། ཀོའུ་ཧྲང་ཀྲོའུ་ཤིན་ཏུ་ཡིད་ཕམ་ནས་ཆུང་མར་འཐམས་ནས་ཏུ་འཐོད་ཡང་ཡང་བྱས།……

"སེམས་གཏིང་ནས་བཀའ་དྲིན་ཆེ། ཁྱེས་པ་སྙིང་སྟོབས་ཅན་ཁྱོད་ཤིན་ཏུ་ལེགས།" ཀོའུ་ཧྲང་ཀྲོའུ་ཡིས་ཆུང་མ་ལ་བལྟས་ཏེ "སྐབས་འདིར་ཁྱེས་པ་འདི་འདྲ་ཆུང་ནའང་། ཁོའི་ལུས་པོས་རྒྱལ་ཁབ་དང་མིའི་རིགས་ལ་མཛད་རྗེས་ཆེན་པོ་བཞག་ཡོད" ཅེས་བཤད།

"ཁྱོད་ཚོས་སེམས་བདེ་མོ་བྱོས། བདག་གིས་ཐེངས་མང་པོར་འདང་བརྒྱབ་པ་ཡིན།" ཐུའུ་ཡོའུ་ཡོའུ་ཡིས་ཡིད་ཆེས་བརྟན་པོས "སྨན་རྫས་རིག་པར་ཞིབ་འཇུག་བྱེད་མཁན་དང་། ཚན་རིག་ཞིབ་འཇུག་པ་ཞིག་ལ་མཚོན་ན། ཀོའུ་ཧྲང་ཀྲོའུ་ལགས་ཀྱི་སྙིང་སྟོབས་དང་སེམས་ཤུགས་ལྟ་བུ་ཡོད་དགོས། བདག་གིས་ཀྱང་ཆེན་རྟོའི་ལས་དཔེ་གཞི་བླངས་ཏེ་ཡིད་ཆེས་ཀྱིས་ཁེངས་ཡོད……" ཞེས་སྨྲས།

གཅིག་དགུ་དོན་གཉིས་ལོའི་ཟླ་བདུན་པར། གོང་

རིམ་གྱིས་ཡང་ཡང་ཞིབ་འཇུག་བྱས་མཐར། ཐུའུ་ཡོའུ་ཡོའུ་དང་ཞིབ་འཇུག་པ་གཞན་གཉིས་བཅས་པེ་ཅིན་ཧུང་གི་མེན་སྨན་ཁང་དུ་སྤར་རྒྱུ་གཏན་ཁེལ་བྱས་ཤིང་། དེ་ནས་ཐད་ཀར་སྨན་རྫས་ཅི་གུ་དཀར་པོའི་ལུས་སྟེང་ལ་ཚོད་ལྟ་བྱས།

སྐབས་འདིར་སུས་ཀྱང་ཐུའུ་ཡོའུ་ཡོའུ་དང་མོའི་ལས་གྲོགས་རྣམས་ཀྱི་མཇུག་འབྲས་ཇི་འདྲ་ཞིག་ཡིན་པ་ཤེས་ཐུབ་མེད།

ཆིན་རྫོང་ཡི་ཉིང་འབྲས་རྙེད་པ།

གཅིག་དགུ་དོན་གཉིས་ལོའི་ཟླ་བདུན་པར། ཐུའུ་ཡོའུ་ཡོའུ་ཡིས་གཙོས་པའི་མི་གསུམ་གྱིས་གཟབ་ནན་གྱི་བལྟ་སྐྱང་འོག གཟའ་འཁོར་གཅིག་གི་རིང་ལ་སྨན་རྫས་ཚོད་ལྟའི་ལས་འགན་འགྲུབ།

ཟླ་བརྒྱད་པ་ནས་བཅུ་པའི་བར། ཐུའུ་ཡོའུ་ཡོའུ་ཡིས་ཡང་བསྐྱར་སྦྱར་སྨན་ལྟ་བུའི་སྨན་རྫས་ཁྱེར་ཏེ་ཡང་བསྐྱར་ཧེ་ནན་ཧྲོའོ་ལ་སོང་། སྐབས་དེར་ཚ་བ་ཆེ་ལ་ནགས་གསེང་ནི་འདར་ནད་ཁྱབ་བདལ་ཆེ་བའི་ས་ཆ་ཡིན། སྔ་རྗེས་སུ་འདར་ནད་ཕོག་པའི་ནད་པ་ཉེར་གཅིག་ལྷག་གི་ནད་གཞི་བཅོས། དེའི་ཁྲོད་ནད་གཞི་ཚབ་ཆེན་མིན་པ་བཅུ་གཅིག་དང་། ཧ་ཅང་ཚབ་ཆེ་བ་དགུ། བར་མཚམས་ཅན་གཅིག་བཅས་ཡོད།

རྟོག་ཞིབ་བྱས་པའི་མཇུག་འབྲས་ནི། ཚབ་ཆེན་མིན་པ་དག་ཆ་སྙོམས་ཀྱིས་དུས་ཚོད་བཅུ་དགུའི་ནང་ཚ་བ་ཞི་བ་དང་། ཚབ་ཆེ་བ་དག་ཕལ་ཆེར་དུས་ཚོད་སོ་དྲུག་ནང་ཚ་བ་རྒྱས་བཞིན་ཡོད། འདི་འདྲའི་མཇུག་འབྲས་ལ་བརྟེན་ནས་ཐུའུ་ཡོའུ་ཡོའུ་ལ་རེ་བསྐུལ་བྱས་ཡོད།

དེ་ནས་ཏོའོ་ནས་ཕྱིར་སླེབས་རྗེས། ལས་གྲོགས་ཀྱི་ཚོགས་ཁག་གཞན་ཞིག་གིས་གཏམ་བཟང་གཞན་ཞིག་འཁྱེར་འོང་འདུག ཁོ་ཚོས་པེ་ཅིན302སྨན་ཁང་ནང་ནས་ནད་ཐོག་སྨན་བཅོས་ལ་བརྟེན་ནས་ནད་པ་དགུ་ཡི་འདར་ནད་བཅོས་པ་དང་། ད་ལྟ་ཚང་མ་དྲགས་སྐྱིད་བྱུང་འདུག

འགོ་ཁྲིད་རྣམས་ཏ་ཙང་དགའ་སྟེ་ཐུའུ་ཡོའུ་ཡོའུ་དང་མོའི་ཚོགས་ཆུང་ལ་ཧེ་ན་འབྲེལ་ཞུས། “ཁྱེད་ཚོར་ཧེ་ན་འབྲེལ་ཞུ། སྨན་རྩ་རྩ་ཚོགས་ལ་ཞིབ་འཇུག་ར་སྤྲོད་བྱས་ཏེ། ཉིང་འབྲས་བླངས་པས་མི་རྣམས་ཀྱི་

ལུས་པོ་བདེ་ཐང་བྱུང་སོང་། དངོས་གནས་གཞན་དང་མི་མཚུངས། ཁྱེད་ཚོས་གསེར་གྱི་བང་མཛོད་ཅིག་གི་སྒོ་ སྒྲིགས་ཕྱེས་པ་རེད། འདིའི་འཕྲོ་ནས་ཉིང་འབྲས་མཉེན་མོ་ཞིག་ཏུ་གྱུར་པ་རེད། དེ་ནི་ཁྱོད་ཚོས་རྒྱུན་པར་ཁ་བཏོན་ལྟར་ཁ་ནས་གླིང་བཞིན་པའི་ལྷུམ་ཅི་ལི་ཡིས་ལེ་གསར་རྙེད་བྱུང་བའི་དུས་སྐབས་ལྟ་བུ་རེད……”

དེ་དང་ཆབས་ཅིག ཐུའུ་ཡོའུ་ཡོའུ་དང་མོའི་ཚོ་ཚང་གིས་ཡང་བསྐྱར་ཚོད་ལྟ་གསར་བ་ཞིག་གི་འགོ་བཙམས།

སྐབས་དེར་ཐུའུ་ཡོའུ་ཡོའུ་ཡིས་ཚོགས་པས་ཚོད་ལྟ་བྱེད་བཞིན་པའི་ཆིན་རྟོའོ་ཚང་མ་པེ་ཅིན་གྱི་གྲོང་མཐའ་ནས་བཏུས་པ་རེད། ཐུའུ་ཡོའུ་ཡོའུ་ཡིས་པེ་ཅིན་ནས་བཏུས་པའི་ཆིན་རྟོའོ་ཡི་ཁྲོད་སྨན་གྱི་ནུས་པ་ཤིན་ཏུ་དམན་པ་ཤེས། རྒྱུན་པར་ཚོད་ལྟ་བྱེད་སྐབས་ཆིན་རྟོའོ་མང་པོ་སྤྱོད་དགོས། དེའི་པར་ཆིན་རྟོའོ་བཏུ་བའི་དུས་ཚོད་ཀྱི་དབང་གིས་དེ་ལས་བླངས་པའི་ཉིང་འབྲས་

ནི་ཐུའུ་ཡོའུ་ཡོའུ་ཡི་ཕྱུགས་འདུན་དང་མཚུངས་པ་ཞིག་མིན། དོན་དངོས་སུ་དེ་ནི་ལས་སླ་མོས་རྙེད་ཐུབ་པ་ཞིག་ཀྱང་མ་རེད། མོའི་ཚོད་ལྟ་ནི་ཡང་བསྐྱར་དཀའ་གནད་ལ་འཕྲད་པ་འདྲ།

ཡང་བསྐྱར་ཐེངས་མང་པོའི་ཚོད་ལྟ་བརྒྱུད་བརྗེས། གཅིག་དགུ་དོན་གཉིས་ལོའི་ཟླ་དགུ་པའི་ཚེས་ཉེར་ལྔ་ཉིན་དང་། ཟླ་དགུ་པའི་ཚེས་ཉེར་དགུ་ཉིན། ཟླ་བཅུ་པའི་ཚེས་ཉེར་ལྔ་ཡིན། ཟླ་བཅུ་པའི་ཚེས་སུམ་ཅུ་ཉིན། ཟླ་བཅུ་པའི་ཚེས་བརྒྱད་བཅས་ལ་ཐུའུ་ཡོའུ་ཡོའུ་ཡི་ཚོགས་པར་མཚོན་ན་ཤིན་ཏུ་གལ་ཆེ་ཞིང་བརྗེད་པར་དཀའ་བའི་ཉིན་མོ་ཞིག་རེད། དེ་ནི་མཉེན་འཛམ་གྱི་མདངར་བཅུད་ལས་ཕོ་ཚོས་རེ་ལྟོས་ཆེན་པོ་བྱ་བའི་ཉིང་འབྲས་བསྡུད་མར་རྙེད་པའི་ཉིན་མོ་རེད།

གཅིག་དགུ་དོན་བརྒྱད་ལོའི་ཟླ་བཅུ་གཅིག་པའི་ཚེས་བརྒྱད་ཉིན་ནི། རྗེས་སུ་ཧྲོའོ་སྦོན་གྱི་ཉིང་འབྲས་རྙེད་པའི་ཉིན་མོར་གཏན་ཁེལ་བྱས་པ་རེད།

ཀྲུང་གོའི་ལྷ་སྨན།

འདི་ལྟར་ཐུའུ་ཡོའུ་ཡོའུ་ཡིས་གཙོས་པའི་ཚོགས་པས་རྙེད་པའི་ཆིན་ཧོའོ་ཡི་ཉིང་འབྲས་ནི། ཚོད་ལྟ་གྲངས་མེད་ཅིག་བརྒྱུད་མཐར་ཀྲུང་གོའི་སྲོལ་རྒྱུན་གྱི་སྨན་གཞུང་ནས་རྙེད་པ་རེད།

འདི་ནི་འཛམ་གླིང་ཧྲིལ་པོ་ངོ་མཚར་བར་བྱེད་པ་དང་། འཛམ་གླིང་ལ་འགྱུར་ལྡོག་བཟོ་བྱེད་ཅིག་གི་གསར་རྙེད་ཆེན་པོ་རེད། ཡིན་ནའང་། གཅིག་བྱས་ན་སྐབས་དེའི་ཆ་འཕྲིན་གྱི་བརྒྱུད་ལམ་ལ་ཚད་བཀག་ཡོད་པས། འཛམ་གླིང་ཡོངས་ནས་ད་དུང་ཤར་ཕྱོགས་ཀྱི་གནའ་བོའི་རྒྱལ་ཁབ་དེ་ལ་འདི་འདྲའི་མིའི་རིགས་ཀྱི་ལས་དབང་བསྒྱུར་བཅོས་གཏོང་ནུས་པའི་སྨན་བཅོས་ལག་ལེན་ཞིག་ཡོད་པ་ཤེས་མེད།

ངོ་མཚར་བའི་ཆིན་ཧོའོ་ཡི་ཉིང་འབྲས་ནི་ད་དུང་མི་ཕལ་ཆེར་གྱིས་ཤེས་སྲིད་ཀྱི་མ་རེད།

གཅིག་དགུ་དོན་གསུམ་ལོའི་དཔྱིད་ཀ་དང་དབྱར་ཀའི་དུས་ཀྱི་ལོ་ཕྱེད་རིང་། ཐུའུ་ཡོའུ་ཡོའུ་ཡིས་བདེ་ལེགས་དང་ཁེ100ལྷག་ཡོད་པའི་ཆིན་ཧོའོ་ཡི་ཉིང་འབྲས་རྙེད། མོས་དེ་དག་ཆ་བཞི་རུ་བགོས་ཤིང་། གཅིག་ཆིན་ཧོའོ་རྫས་འགྱུར་ཞིབ་འཇུག་ཁང་ལ་བྱིན། གཅིག་ནད་ཐོག་སྨན་བཅོས་ཀྱི་བདེ་ཐང་ཚོད་བཤེར་ཁང་ལ་བྱིན། གཅིག་ནད་ཐོག་སྨན་བཅོས་ཀྱི་སྨན་རྫས་ལ་བྱིན། གཞན་གཅིག་གྲ་སྒྲིག་རྒྱུ་ཆར་བཞག དེ་ལྟར་ཞིབ་ཚགས་ཀྱིས་བགོ་བཀྲབ་ཚུལ་ལས། ཐུའུ་ཡོའུ་ཡོའུ་ནི་དོན་དངོས་ཀྱི་ཚན་རིག་པ་ཞིག་ཡིན་པའི་བསམ་བློ་མངོན་བྱུང་།

དེའི་རྗེས་ཀྱི་གཅིག་དགུ་དོན་གསུམ་ལོའི་སྟོན་ཁ་ལ། ཆིན་ཧོའོ་ཡི་ཉིང་འབྲས་དག་ཐེངས་དང་པོར་ནད་ཐོག་སྨན་བཅོས་ཀྱི་ཚོད་ལྟར་སྤྱད། སྐབས་དེར་འདར་

ནད་ཀྱི་དུས་ཚིགས་བརྒྱལ་ཟིན་མོད། ནད་པ་ཉུང་དུ་ཞིག་གིས་སྔོང་ནས་དེའི་ཟིལ་ཤུགས་མངོན་བྱུང་། རྗེས་སུ་ཐུའུ་ཡོའུ་ཡོའུ་ཡིས་ཚོགས་པ་ཁྲིད་ནས་ཡང་དང་བསྐྱར་དུ་ཆིན་ཧའོ་ཡི་ཚོད་ལྟ་དང་བརྟག་དཔྱད་བཏང་།

གཅིག་དགུ་གྱ་གཅིག་ལོའི་ཟླ་བཅུ་པར་འཛམ་གླིང་འཕྲོད་བསྟེན་ཚོགས་པ་དང་། འཛམ་གླིང་དངུལ་ཁང་། མཉམ་འབྲེལ་ཚོགས་གསར་སྤྱེལ་འཆར་གཞི་ཁང་བཅས་ཀྱིས་པེ་ཅིན་ནས་མཉམ་འབྲེལ་གྱིས་འདར་ནད་ཀྱི་རྫས་འགྱུར་གསོ་ལུགས་ལ་སྐོར་གྱི་ཚན་རིག་བྱ་བའི་ཐད་ནས་རྒྱལ་སྤྱིའི་ཚོགས་འདུ་བསྡུས། ཐུའུ་ཡོའུ་ཡོའུ་ཡིས་ཚོགས་འདུའི་སྟེང་《ཆིན་ཧའོ་ཡི་རྫས་འགྱུར་ཞིབ་འཇུག》ཅེས་པའི་གཏམ་བཤད་སྤེལ་ཏེ། འདི་ནི་གསར་རྙེད་ཆེན་པོ་ཞིག་ཡིན། གསར་རྙེད་འདི་ཡི་གལ་ཆེའི་རང་བཞིན་ནི་མིའི་རིགས་ཀྱིས་འདར་ནད་ལ་འཐབ་རྩོད་བྱས་ཏེ་རྣམ་པར་རྒྱལ་བའི་རྟགས་མཚན་རེད་ཅེས་བསྟན།……

ལོ་གཅིག་གི་རྗེས་སུ། གཅིག་དགུ་གྱ་གཉིས་ལོའི་ཟླ་བཅུ་པར། པེ་ཅིན་ནས་རྒྱལ་ཡོངས་ཚན་རིག་ལག་རྩལ་གྱི་གཟེངས་རྟགས་འབུལ་བའི་ཚོགས་འདུ་འཚོགས། ཐུའུ་ཡོའུ་ཡོའུ་ནི་འདར་ནད་ཀྱི་སྨན་རྫས་ཆིན་ཧའོ་ཡི་ཉིང་འབྲས་གསར་རྩེད་གནང་མཁན་ཡིན་པ་དང་། 523ལས་གཞིའི་འཐུས་ཚབ་ཡིན་པའི་ངོས་ནས་བྱ་དགའི་དཔང་རྟགས་བླངས།

དེ་ནས་བཟུང་འཛམ་གླིང་ཡོངས་ནས་ཆིན་ཧའོ་ཡི་ཉིང་འབྲས་ཤེས་སོ། །

དེ་ནས་བཟུང་བྱུང་ཡུན་རིང་ལ་ངོ་མཚར་བའི་ཀྲུང་གོའི་སྔོ་སྨན་ཆིན་ཧའོ་ཤེས་བྱུང་། དེ་ནི་སྔོ་ཞིང་ལྗང་ལ་མཉེན་འདབ་ཅན་ཞིག་ཡིན་མོད། འཛམ་གླིང་ཡོངས་ལ་བསྔུར་བཙོས་དང་མིའི་རིགས་ཀྱི་ལས་དབང་འགན་དུ་བླངས་ཏེ། རྒྱལ་ཁབ་ཀྱི་སྒོ་གླེགས་ནས་འཛམ་གླིང་ལ་ཕྱོགས།……

དུས་རབས་ཉི་ཤུའི་ལོ་རབས་དགུ་བཅུའི་ནང་

དུ། འཛམ་གླིང་འཕྲོད་བསྟེན་རྩ་འཛུགས་ཚོགས་པས་སྡོམ་རྩིས་བཏངས་པ་ལྟར་ན། འཛམ་གླིང་ཡོངས་ནས་མི་གྲངས་དུང་ཕྱུར་ཉི་ཤུ་ལྷག་ཅིག་ཧྥེ་གླིང་དང་ཨེ་གླིང་ཤར་ལྷོ། ལྷོ་ཨེ་གླིང་། ལྷོ་མེ་གླིང་བཅས་ཀྱི་འདར་ནད་ཚབ་ཆེ་བའི་ས་ཁུལ་དུ་འཚོས་ཡོད། ས་ཆ་འདི་དག་བལྟོས་བཅས་ཀྱིས་དཀའ་ངལ་ཆེ་ཞིང་། དཔལ་འབྱོར་དང་སྨན་བཅོས་ཤིན་ཏུ་རྗེས་ལུས་ཡིན།

ཆིན་ཧོའོ་ཡི་ཉིང་འབྲས་ནི་རྒྱ་སྨན་ལས་བྱུང་བས་མ་གོང་དམའ་ལ་རྒྱུན་པར་བཅོས་ཐབས་གཅིག་ལ་ཨ་སྒྲོ་རེ་འགའ་ཚོག དེ་བས་འཛམ་གླིང་འཕྲོད་རྩ་འཛུགས་ཚོགས་པས་ཆིན་ཧོའོ་ནི་འཛམ་གླིང་གི་འདར་ནད་ཁྲབ་བརྡལ་ཆེ་བའི་ས་ཆར་སྐྱུལ་སྤེལ་བཏང་བའི་སྨན་རྫས་ཐོག་མ་ཡིན།

གཅིག་དགུ་གོ་ལྔ་ལོར། ཧྥེ་གླིང་ཁེན་ཉི་ཡའི་ཆེ་སུའུ་མོའུ་ནི་འདར་ནད་ཁྲབ་བརྡལ་ཆེ་བའི་ཞིང་ཆེན་ཡིན་ལ། དེ་རུ་བུད་མེད་ཅིག་ལ་སྐབས་མ་ལེགས་པར་

འདར་ནད་བྱུང་བ་ཡིན།

གལ་ཏེ་སྔོན་ཆད་ཀྱི་བཅོས་ཐབས་ལྟར་སྨན་གསོ་བྱས་ཚེ། ཡོ་ན་གཞོན་པའི་མ་ཡུམ་དེ་ཉིད་གསོན་ཐབས་བྲལ་བར་མ་ཟད། ཁོག་གི་སྦྲུམ་བུ་དེའང་སྐྱོབ་མི་ནུས་པར་མྱུར་མོར་རྫས་སྐྱོན་ཐེབས་ངེས།

སྐབས་དེར་ཀྲུང་གོ་ནས་ཐོན་པའི་སྨན་རྫས་ཆུང་ཆུང་འདི་སྤྱད་རྗེས་བུད་མེད་དེ་བདེ་ཐང་བྱུང་བར་མ་ཟད་ཁོག་གི་བུ་ཕྲུག་དེའང་ངུ་ངག་གི་དབྱངས་རྟའི་ཁྲོད་ནས་བལྟམས་པ་རེད།

ཉིན་ཞིག ཡོ་ན་གཞོན་པའི་མ་ཡུམ་དེ་སེམས་འགུལ་ཐེབས་ཤིང་མིག་ཆུ་བཞུར་ཞོར་ངོ་གདོང་ཤིན་ཏུ་ནག་པོའི་བུ་ཕྲུག་དེ་ལ་འོ་བྱེད་ཞོར་མིང་ལ “ཁྲུ་ཐེ་ཞེན” ཞེས་བཏགས། མིང་དེས་ནམ་ཡང་ཀྲུང་གོ་ནས་ཐོན་པའི་ལྷ་སྨན་ཆུང་ཆུང་ཞིག་གིས་བདེ་ཐང་གི་ཚེ་སྲོག་བྱིན་པ་བརྗེད་དུ་བཅུག་མེད།

གཅིག་དགུ་དོན་གསུམ་ལོའི་ཟླ་དགུ་པའི་ཟླ་

སྨད་ལ། ཐུའུ་ཡོའུ་ཡོའུ་ཡིས་ནམ་རྒྱུན་ལྟར་ཆིན་ཧོའོ་ཡི་ཉིང་འབྲས་གསར་སྐྲིད་ལ་ཚོད་ལྟ་བྱེད་བཞིན་ཡོད། ད་ལྟ་བལྟས་ཚེ་མོས་དཀའ་བརྗོན་ནི་ངལ་མེད་དུ་གྱུར་མེད། “ཁུ་ཐེ་ཞིན” ནི་ལོ་ན་གཞོན་པའི་མ་ཡུམ་དེའི་སེམས་ནང་གི “གྲུང་གོའི་བླ་སྨན” ཡིན་ནོ། །

ཉིས་སྟོང་ལོ་ནས་བཟུང་། འཛམ་གླིང་ནས་འདར་ནད་ཐོག་པའི་ནད་པ་དུང་ཕྱུར་བཅུ་ལྷག་གིས་ཆིན་ཧོའོ་ཡི་ཉིང་འབྲས་མཉམ་ལས་སྨན་བཅོས་སྤྱོད་བཞིན་ཡོད། གྲུང་གོ་ནས་ཐོན་པའི་ཆིན་ཧོའོ་ཡི་ཉིང་འབྲས་དང་ཕྱོགས་འཛོམས་ཀྱི་བཅོས་ཐབས་ཀྱིས་ཚེ་སྲོག་བརྒྱ་ཁྲི་མང་པོ་བསྐྱབས་པ་རེད།

སྨན་རྫས་ཀྱི་ནུས་པ་ སྟར་ལས་རྒྱ་ཆེར་གཏོང་ཆེད། ཆིན་ཧོའོ་ཡི་ཉིང་འབྲས་རྙེད་པའི་རྗེས་སུ་གྲུང་གོའི་སྨན་རྫས་ཞིབ་འཇུག་པ་རྣམས་ཀྱིས་བསྟུད་མར་ཆིན་ཧོའོ་དང་འབྲེལ་བའི་སྨན་རྫས་མང་པོ་གསར་གཏོད་བྱས།

ད་ལྟ་ཆིན་ཧོའོ་ཡི་སྨན་རྫས་འགའ་ཞིག་འགོག་ཁབ་ཏུ་གྱུར་ཅིང་། འཛམ་གླིང་འཕྲོད་བསྟེན་རྩ་འཛུགས་ཚོགས་པས་འཛམ་གླིང་ཡོངས་ལ་ཁྱབ་བསྒྲགས་སྐུལ་སྤེལ་གཏོང་བཞིན་ཡོད། འཐུས་ཚད་མིན་པའི་སྡོམ་རྩིས་བླངས་པ་ལྟར་ན། སྨན་རྫས་གསར་པ་དེ་འཛམ་གླིང་གི་རྒྱལ་ཁབ་སུམ་ཅུ་ལྷག་གིས་བེད་སྤྱོད་བཏང་སྟེ། འདར་ནད་ཕོག་པའི་མི་གྲངས་ཁྲི་བདུན་བརྒྱ་ལྷག་གི་ཚེ་སྲོག་བསྐྱབས་ཡོད། དེའི་ཁྲོད་ཀྱི་ནད་པ་ཕལ་ཆེར་ནི་ལོ་ལྔ་ཡི་མན་གྱི་བྱིས་པ་ཡིན།

ང་མཚར་བའི་ཀྲུང་གོའི་སྨན་རྩྭའམ་གནའ་བོའི་ཀྲུང་ལུགས་ཀྱི་སྨན་རྩྭ་དེ་ཉིད་ཚན་རིག་པའི་ལག་ཤེས་བརྒྱུད་དེ་ནས་འཛམ་གླིང་ཡོངས་ལ་གྲགས་པའི་སྟོབས་གྲགས་ཅན་ཞིག་ཏུ་གྱུར།

སྙན་གྲགས་འཛམ་གླིང་ལ་ཁྱབ་པ།

དུས་རྩོད་ནི་ཡུན་གྱིས་མདུན་ལ་བགྲོད།……

ལོ་ནས་ལོར་མཐུད་དེ་སྐྱེས་པའི་སྤོ་ལྷང་གི་རྩི་ཤིང་རྣམས་དང་མཉམ་དུ། ཐུའུ་ཡོའུ་ཡོའུ་ཡང་དྭངས་གཙང་ཐྲོལ་མེད་ཀྱི་བུ་མོ་ཆུང་ཆུང་ཞིག་ནས། གཞོན་ནུ་མ་སློབ་ཆེན་པ་ཞིག་དང་། དེ་ནས་གཞོན་སྐྱེས་ཚན་རིག་པ་ཞིག་བརྒྱུད་མཐར། ཤེས་མེད་རྩོར་མེད་དང་གདོང་ལ་བྱམས་མདངས་ཤར་བའི་ཨ་ནེ་བགྲེས་མོ་ཞིག་ཏུ་གྱུར།……

ཨུ་རུ་སུའི་དམངས་ཁྲོད་ན་འདི་འདྲའི་གཏམ་རྒྱུད་སྙན་འཛེབས་ལྡན་པ་ཞིག་ཡོད། འཛིག་རྟེན་དུ་གསང་བ་ཞིག་ཡོད། གལ་ཏེ་སུ་ཞིག་གིས་དེ་ཉིད་བརྙེལ་ཐུབ་ཚེ། མི་ཚེ་ནི་དབུལ་པོ་དང་ནད་ཡམས། སྡུག་བསལ་

ཟེར་བ་ཞིག་མེད། གསང་བ་དེ་སྡོང་པོ་ཞིག་གི་ཡལ་ག་ར་བྲིས་རྗེས། རྒྱུན་པར་མི་རྣམས་ཕར་འགྲོ་ཚུར་འོང་བྱེད་སའི་ལམ་འགྲམ་མམ་ཞིང་ཚིགས་ཤིག་ཏུ་བསྐྱུངས་ཡོད།……

ཆུང་དུས་བྱིས་པ་རྣམས་ཀྱིས་གཏམ་རྒྱུད་འདི་གོ་རྗེས་སེམས་ནང་དུ་ལམ་འགྲམ་མམ་ཞིང་ཚིགས་བར་གྱི་སྡོང་ལོ་དག་ལ་སྨར་མེད་པའི་མཚར་སྣང་དང་ཚོར་བ་ཡོད།

ཨུ་ཏུ་སུའི་རྩོམ་པ་པོ་གྲགས་ཅན་ཐོར་སི་ཐེ་ལོ་ལྷུ་ལ་སོན་སྐབས། ཕུ་ཝོ་ཉི་ཀུ་ལའི་མདུན་ནས་གཏམ་རྒྱུད་འདི་ཐོས་མྱོང་། དེ་ནས་བཟུང་སྔོ་ལྗང་གི་སྡོང་ལོ་ཚང་མས་ཐོར་སི་ཐེ་ལ་སྨར་མེད་ཀྱི་མཚར་སྣང་ཞིག་བསྐྲུན་མྱོང་། མི་རྣམས་ཀྱི་བཤད་ཚུལ་ལྟར་ན། རླབས་ཆེ་བའི་རྩོམ་པ་པོ་ཁོང་གིས་མི་ཚེ་གང་པོར་དབུལ་པོ་དང་ནད་ཡམས། སྡུག་བསྔལ་ཞི་བར་བྱེད་པའི་སྡོང་ལོ་དེ་ཉིད་བཙལ།……

ཐུའུ་ཡོའུ་ཡོའུ་ཆུང་དུས་ཨ་མྱེས་ཀྱི་མདུན་ནས་གཏམ་རྒྱུད་འདི་གོ་མྱོང་། ད་ལྟ། མོས་གློ་བུར་དུ་ཅི་ཞིག་གོ་བ་ལྟར་གྱུར། དོན་དངོས་སུ་མོའི་མི་ཚེའི་ཁྱིད་ཀའི་ནང་དུ་སྟོང་པོ་དེ་འདྲ་ཞིག་བཙལ་བ་མིན་ནམ།

མོས་བཙལ་བཞིན་པའི་སྟོང་པོ་དེ་ཉིད་ཤིན་ཏུ་བབ་ཆགས་དང་ངོ་མཚར་གྱིས་ཕྱུག་པ། རྩ་ཐྲིལ་དང་དྲི་བསུང་འཕྱུལ་བའི་སྟོ་རྩ་ཞིག་རེད། དེ་ནི་དངོས་གནས་ལམ་འགྲམ་དང་ཞིང་ཚིགས་སོགས་སུ་སྐྱེས་ཡོད།

ཉིས་སྟོང་བཅུ་གཅིག་ལོར། ཐུའུ་ཡོའུ་ཡོའུ་དགུང་ལོ་གྱ་གཅིག་ལ་སོན། ལོ་དེའི་ཟླ་དགུ་པར། ཐུའུ་ཡོའུ་ཡོའུ་ཡིས་འཛམ་གླིང་གི་སྙད་གྲགས་ཆེ་བའི་སྐྱེ་དངོས་སྨན་པའི་བྱ་དགའ་དང་། གསོ་རིག་གི་འཇིག་རྟེན་ནས་ནོ་སྦེར་བྱ་དགའི་མཚན་སྙན་ཡོད་པའི་ལ་སི་ཁྲུ་ནད་ཐོག་སྨན་བཅོས་ཀྱི་བྱ་དགའ་བླངས། ལ་སི་ཁྲུ་བྱ་དགའི་དཔྱད་བརྗོད་ཞུ་ཡོན་ཚོགས་པས་འདི་ལྟར་གཟིངས་བསྟོད་བྱས་ཡོད། "ཆིན་ཧོའོ་གསར་དུ་རྙེད་ཅིང་དེ་

ཡིས་འདར་ནད་སྨན་བཅོས་ཐུབ་པ་དང་། འཛམ་གླིང་ཡོངས་དང་ལྷག་པར་འཕེལ་རྒྱས་སུ་འགྲོ་བཞིན་པའི་རྒྱལ་ཁབ་མི་བརྒྱ་ཁྲག་མང་པོའི་ཚེ་སྲོག་བསྐྱབས” ཞེས་པའོ། །

ཉྀ་དགུ་པའི་ཆོས་ཉེར་བཞི་ཉིན་གྱི་དགོང་མོ། ལ་སི་ཁུ་བྱེ་དགའི་གསོལ་སྟོན་བཤམས་ཤིང་། ཐུའུ་ཡོའུ་ཡོའུ་ཡིས་བཅར་འདྲི་ལ་ཡོང་བའི་ཞིན་ཧྭ་གསར་འགོད་པ་ལ་སྐྱོད་ཡངས་ངང “བྱ་དགའ་འདི་ང་ལ་གནང་བ་ཞིག་ཡིན་ལ། ང་ཚོ་ཀྲུང་གོའི་ཚན་རིག་པ་རྣམས་ལ་གནང་བ་ཞིག་ཀྱང་རེད” ཅེས་བཤད།

འདི་ནི་ཐུའུ་ཡོའུ་ཡོའུ་ཡི་དྲང་གཏམ་ཞིག་ཀྱང་རེད། དེ་ནི་མོའི་སེམས་ཁོངས་ཀྱི་སྐད་ཆའང་རེད།

523གྱི་ལས་གཞི་འགོ་བཙམས་ནས་བཟུང་། ཆེན་རྟོའོ་ཡི་ཆེས་མཐའ་མའི་བྱ་དགའ་ཐོབ་པའི་བར་ནི་ཤིན་ཏུ་དཀའ་སྡུག་དང་ཀྱག་ཀྱོག་ཆེ་བའི་འགྲུལ་བཞུད་ཅིག་རེད། དེའི་ནང་དུ་ཐུའུ་ཡོའུ་ཡོའུ་ཡིས་གཙོས་པའི་ཁོང་

གི་ཚོགས་པས་ཤེས་རབ་དང་དཀའ་སྤྱད་ཀྱི་རྩལ་ཁྲག་འདྲེས་པར་མ་ཟད། ཐུན་མིན་གྱི་ལོ་རྒྱུས་དེའི་ནང་དུ་རྒྱུན་སྐྱོར་ཤུགས་ཆེན་གནང་མྱོང་བའི་རྒྱལ་ཡོངས་ལའང་འགྲན་ཟླ་མེད། ཡང་གཅིག་བཤད་ན། ཧོའོ་སྟོན་གྱི་ཉིང་འབྲས་གསར་རྙེད་བྱུང་བའི་རྒྱབ་རོལ་ན། རྒྱལ་ཁབ་ཀྱི་རྒྱབ་སྐྱོར་ཡོད་ལ། ཀྲུང་གོའི་ཚན་རིག་པ་རྣམས་ཀྱི་སྟོབས་ཤུགས་ཡོད།

ཚན་ལྡན་གྱི་སྟོམ་གྲངས་ལྟར་ན། གཅིག་དགུ་རེ་དྲུག་ལོའི523གྱི་ལས་གཞི་འགོ་བཙུགས་རྗེས། ཚན་རིག་ཞིབ་འཇུག་པ་དྲུག་ཅུ་ལྷག་དང་ཚན་རིག་མི་སྣ་ལྔ་བརྒྱ་ལྷག་ལས་གཞི་འདིའི་ནང་དུ་ཞུགས་མྱོང་། ཞིབ་ཚགས་ཀྱི་གནས་ཚུལ་ཞིག་གཞིར་བྱས་ན། གཅིག་དགུ་དོན་བརྒྱད་ལོའི་ཟླ་བཅུ་གཅིག་པའི་ཚེས་ཉེར་བརྒྱད་ཉིན་ཡང་ཀྲིག་ནས་བསྡུས་པའི་ཆིན་ཧོའོ་ཉིང་འབྲས་ཀྱི་བཤེར་འབེབས་ཚོགས་འདུ་འཚོགས་སྐབས། དེར་ཞུགས་པའི་ཞིབ་འཇུག་ལས་ཁུངས་དྲུག་ཡོད་ལ། ཞི་བའི་མཐུན་

ཚོགས་ཀྱི་ལས་ཁུངས་སོ་དགུ་ཡོད། ཚོགས་འདུར་ཞུགས་པའི་ཆེད་མཁས་པ་དང་ཚན་རིག་མི་སྣ་བརྒྱ་ཕྲག་ཅིག་ཡོད།

ཐུའུ་ཡོའུ་ཡོའུ་ངོས་ནས་ད་དུང་ཁུ་སིམ་མེར་སེམས་གྲགས་འདོན་མཁན་མང་པོ་ཡོད།

ཉིས་སྟོང་བཅོ་ལྔ་ལོའི་ཟླ་བཅུ་གཉིས་པའི་ཚེས་བཅོ་བརྒྱད་ཉིན། ཀྲུང་གོའི་ཀྲུང་ལུགས་ཚན་རིག་ཞིབ་འཇུག་གླིང་བཙུགས་ནས་ལོ་འཁོར་དྲུག་འགོར་བ་ཡིན། དེའི་ཀྲོན་ཏང་དང་རྒྱལ་ཁབ་ཀྱི་ཆེས་མཐོའི་དབུ་ཁྲིད་ཀྱིས་རྟེན་འབྲེལ་ཤིས་ཚིག་བསྐུར་བ་དང་། ཤིས་ཚིག་གི་ནང་དུ "ཞིབ་འཇུག་པ་ཐུའུ་ཡོའུ་ཡོའུ་ཡིས་གཙོས་པའི་ཀྲུང་ལུགས་ཀྱི་ཤེས་འཛིན་ལྡན་པའི་མི་སྣ་རྣམ་པ། ཁྱེད་ཅག་གིས་དཀའ་ལས་མང་པོ་མྱངས་སྟོང་། ཁྱེད་ཅག་གིས་ཀྲུང་ལུགས་གསོ་རིག་གི་ལས་དོན་དང་མིའི་རིགས་ཀྱི་བདེ་ཐང་ཐད་ལ་མཛད་རྗེས་ཆེན་པོ་བཞག་ཡོད" ཅེས་བྲིས་ཡོད།

འཛམ་གླིང་གི་ཚན་རིག་པའི་སྡེ་ནས་ཀྱང་ཕལ་ཆེར་ངོས་འཛིན་གཅིག་མཐུན་ལྟར། འཛམ་གླིང་གི་གསོ་རིག་སྡེ་ནས་ཆེས་མཐོའི་ལ་སི་ཁྲུ་བྱ་དགའ་ནི། ནོར་རྫེར་སྐྱེ་དངོས་རིག་པའི་བྱ་དགའ་དང་འདྲ་བའི་མཚན་སྙན་ཡོད། དེ་བས་ལ་སི་ཁྲུ་བྱ་དགའ་ཐོབ་མཁན་ནི་ནོ་རྫེར་བྱ་དགའ་ལྟར་གཟི་བརྗིད་ཆེའོ།།

ཉིས་སྟོང་བཅོ་ལྔ་ལོའི་སྟོན་ཁར། རོའུ་ཧྲེན་ནས་ལོ་གཅིག་རིང་གི་ནོར་རྫེར་བྱ་དགའ་བསྟུད་མར་ཐྱི་བསྒྲགས་བྱས།

མི་རྣམས་ཀྱིས་སྔ་མོ་ནས་ཚོད་དཔག་བྱས་པ་ལྟར། ཟླ་བཅུ་པའི་ཚེས་ལྔ་ཉིན། རོའུ་ཧྲེན་ཁ་ལེན་སི་ཁ་གསོ་རིག་གླིང་གིས་འཛམ་གླིང་ཡོངས་ལ་ཁྱི་བསྒྲགས་བྱས་ཏེ། ཀྲུང་གོའི་སྨན་པ་གྲགས་ཅན། ཀྲུང་གོའི་ཀྲུང་ལུགས་ཚན་རིག་གླིང་གི་ཀྲུང་ལུགས་གསོ་རིག་གི་ཞིབ་འཇུག་མི་སྣ་ཐུའུ་ཡོའུ་ཡོའུ་དང་། ཨིར་ལན་གྱི་ཚན་རིག་པ་ཁན་པེར། ཉི་ཧོང་གི་ཚན་རིག་པ་ཏྲ་ཚོན་ཀྲི་བཅས་

ལ་ཉིས་སྟོང་བཅོ་ལྔ་ལོའི་ནོ་བྷེར་སྐྱི་དངོས་རིག་པའམ་གསོ་རིག་བྱ་དགའ་ཐོབ།

ནོར་བྷེར་སྐྱི་དངོས་རིག་པའམ་གསོ་རིག་བྱ་དགའི་དཔྱད་བརྗོད་མི་སྣ་ཨན་ཏི་སིན་ལགས་ཀྱིས "ཐུའུ་ཡོའུ་ཡོའུ་ནི་ཐེངས་དང་པོ་ཆིན་ཧོའོ་ཉིང་འབྲས་ལ་བརྟེན་ནས་སྲོག་ཆགས་དང་མི་ལུས་ཀྱི་འདར་ནད་འགོས་བཅོས་ར་སྤྲོད་བྱུང་བའི་ཚན་རིག་པ་ཞིག་ཡིན། མོའི་ཞིབ་འཇུག་གསར་རྙེད་ཀྱིས་མིའི་རིགས་ཀྱི་ཚེ་སྲོག་བདེ་ཐང་ཐད་མཛད་རྗེས་ཆེན་པོ་བཞག་སྟེ། ཚན་རིག་ཞིབ་འཇུག་པ་རྣམས་ལ་སྒོ་གླིགས་གསར་པ་ཞིག་ཕྱེས་པ་རེད……" ཅེས་བསྟན།

གསོལ་སྟོན་ཆེན་མོའི་སྟེང་ལོ་ན་བརྒྱད་ཅུ་གྱ་ལྔ་ལ་སོན་པའི་ཐུའུ་ཡོའུ་ཡོའུ་གར་སྟེགས་ཀྱི་སློག་གཞུའི་ཁྲིད་ལངས་ཤིང་། འཛམ་གླིང་གི་མི་ཚང་མས་མོ་ལ་བལྟས་ཡོད།……

འདི་ནི་ཀྲུང་གོའི་ཐེངས་དང་པོར་ནོར་བྷེར་བྱ་

དགའ་བླངས་པའི་སྐྱེས་མ་ཚན་རིག་པ་ཡིན།

ཐུའུ་ཡོའུ་ཡོའུ་ཡི་གདོང་ལ་འཛུམ་གྱིས་ཁེངས་ཞོར་ལག་པ་གཉིས་ཀྱིས་ནོར་ཧྲེ་དངོས་ལུགས་རིག་པའམ་གསོ་རིག་བྱ་དགའི་རྟགས་མ་བཟུང་།

"ཁྱེད་ལ་བཀའ་དྲིན་ཆེ། བཀུར་འོས་པའི་སྐྱེས་མ་ལགས། ཁྱེད་ཀྱིས་སྔོ་རྩྭ་ཆུང་ཆུང་ཞིག་ལ་བརྟེན་ནས་མང་པོ་ཞིག་བསྐྱབས་ལ། མི་མང་པོ་ཞིག་གི་ཚེ་སྲོག་བསྐྱབས། ཁྱེད་ཀྱིས་སྔོ་རྩྭ་ཆུང་ཆུང་ཞིག་ལ་བརྟེན་ནས་འཛམ་གླིང་ཁ་ལོ་བསྒྱུར།……"

མི་རྣམས་ཀྱིས་བསྟོད་མར་མོ་ལ་རྟེན་འབྲེལ་ཞུས།

ཐུའུ་ཡོའུ་ཡོའུ་ཡིས་གུས་བཀུར་དང་བཅས "ཆེན་ཧོའོ་ཉིང་འབྲས་ནི་སྲོལ་རྒྱུན་གྱི་ཀྲུང་ལུགས་གསོ་རིག་གི་བཅོས་ཐབས་ལ་བརྟེན་ནས་འཛམ་གླིང་གི་མི་རྣམས་ལ་ཕུལ་བའི་ལེགས་སྐྱེས་རེད། འདར་ནད་བཀྲུད་འགོས་སྔོན་འགོག་དང་། འཛམ་གླིང་གི་མི་རྣམས་ཀྱི་ལུས་པོ་བདེ་ཐང་ཡོངས་པ་ལ་དོན་སྙིང་གལ་ཆེན་ལྡན། ཆེན་ཧོའོ་

ཉིང་འབྲས་གསར་རྙེད་བྱུང་བ་ནི་ཀྲུང་ལུགས་སྨན་རྫས་ཀྱི་སྦྱོར་རྒྱུ་ལེགས་འགྲུབ་བྱུང་བའི་བདེན་དཔང་ཡིན། དེ་ན་བྱ་དགའ་འདི་ཀྲུང་གོའི་ཚན་རིག་བྱ་བ་དང་། ཀྲུང་ལུགས་གསོ་རིག་འཛམ་གླིང་ཅན་དུ་ཕྱོགས་པའི་མཚན་སྙན་ཡིན” ཞེས་བཤད།

བརྟན་དུ་མཚམས་བཞག་མེད་པའི་འཚོལ་ཞིབ།

མི་མང་པོ་ཞིག་གི་སེམས་སུ། ཐུའུ་ཡོའུ་ཡོའུ་ཡིས་འཛམ་གླིང་ཡོངས་མཚན་སྙན་འབར་བའི་ནོར་སྦེ་བྱ་དགའ་བཞེས་པས། མོས་བྱ་དགའི་དངུལ་འབོར་ཆེན་དེ་འདྲ་ཞིག་གང་དུ་སྤྱོད་རྒྱུ་ཡིན་ནམ་སྙམ། ཚན་རིག་གི་ལམ་བུའི་སྙིང་མོ་ནི་རྒྱལ་མཚན་གྱི་རྩེ་མོར་འཛེགས་ཟིན་པས། མོས་བྱ་དགའི་དངུལ་བླངས་ནས་ཚེ་འཇུག་རོལ་ཡང་ཅི་སྐྱོན།

དོན་དངོས་སུ་ཐུའུ་ཡོའུ་ཡོའུ་ཡིས་བྱ་དགའ་བླངས་ནས་ཕྱིར་སླེབས་རྗེས་དེ་ནི་དམངས་སྒོར་ཁྲི་སུམ་བརྒྱ་དྲུག་ཅུ་ཡོད་ཅིང་། བློ་ཞིབ་མོས་གས་ཆ་གསུམ་ལ་བགོས་ཞིང་། དེ་ལས་ཁྲི་བརྒྱ་རང་ཉིད་ཀྱི་མ་ཡུམ་

སློབ་གྲྭ་པེ་ཅིན་སློབ་གྲྭ་ཆེན་མོར་ཕུལ་ནས་ཐེབས་རྩ་གསར་བ་བཙུགས། ཁྲི་བརྒྱ་ཀྲུང་ལུགས་གསོ་རིག་གི་སྨེ་ཏུ་འཚོལ་ཞིབ་དང་གསར་གཏོད་ལ་འཛོན་པའི་ན་གཞོན་ཚན་རིག་ཞིབ་འཇུག་པ་རྣམ་པར་ཕུལ། ཁྲི་བརྒྱ་ནོར་སྐྱེར་བྱ་དགའི་ལམ་བུར་བསྐྱོད་སྐབས་ཚོགས་པའི་འགྲོ་གྲོན་དང་ཚན་རིག་ཞིབ་འཇུག་གི་ལས་དོན་གཉེར་མཁན་རྣམས་ཀྱི་རྒྱུན་ལྡན་འཚོ་བའི་འགྲོ་གྲོན་ལ་ཕུལ།

ཐུའུ་ཡོའུ་ཡོའུ་ཡིས་གསལ་པོར་ཤེས་གསལ་ལྟར། ཚན་རིག་གི་གྲུབ་འབྲས་དང་ཚན་རིག་གི་གསར་རྟོགས་ཡོད་ཚད་དགའ་བསུའི་ཐལ་མོ་དང་མེ་ཏོག་ཕུལ་བའི་ཁྲོད་མཚམས་བཞག་པ་མིན། དེ་ལས་ལྷོག་སྟེ་དེ་ནི་ཁུ་སིམ་མེར་མགོ་བོ་བསྒུར་ནས་རང་ཉིད་ཀྱི་ལམ་བུ་ལ་འབད་པ་དང་། སྨུ་མེད་ཐང་སྟོང་ནས་ལམ་གསར་བ་འཚོལ་མཁན་ཡོད། དེའི་ཕྱིར་ཀྲུག་ཀྱོག་གི་ལམ་བུའི་མདུན་དུ་ཐུའུ་ཡོའུ་ཡོའུ་ནི་སྔར་བཞིན་ལྷིང་འཇགས་དང་བབ་ཆགས་ཡིན།

ཉིས་སྟོང་བཅོ་ལྔ་ལོར་རོའུ་ཏིན་ནས་ནོ་རྗེར་བྱ་དགའ་བླངས་པའི་ཉིན་མོ་དེ་ལ། གསར་འགྱུར་ཁང་མང་པོའི་བཙར་འདྲི་པས་མགྲོན་ཁང་གི་ཕྱི་ནས་ཨ་ནེ་བགྲེས་མོ་ལགས་ཕེབས་པར་བསྒུག་ཡོད། ཡིན་ནའང་མི་རྣམས་ཀྱིས་ཇི་འདྲ་བསྒུགས་ཀྱང་ཐུའུ་ཡོའུ་ཡོའུ་ཡི་གྲིབ་མ་ཙམ་ཡང་མ་མཐོང་། མ་གཞི་ཐུའུ་ཡོའུ་ཡོའུ་ཡིས་ཆེད་དུ་མི་རྣམས་ཀྱི་འུར་ཟིང་ལ་གཡོལ་ནས་ཁ་རོག་གེར་འགྲོ་རིམ་བསྒྲུབས་རྗེས་གནམ་གྲུར་བསྡད་ནས་ཕྱིར་སླེབས།

ཉིས་སྟོང་བཅུ་བདུན་ལོའི་ཟླ་དང་པོའི་ཚེས་དགུ་ཉིན་གྱི་སྔ་དྲོ། “ཉིས་སྟོང་བཅུ་དྲུག་ལོའི་རྒྱལ་ཁབ་ཀྱི་ཚན་རིག་ལག་རྩལ་གྱི་གཟེངས་རྟགས་འབུལ་བའི་འཚོགས་ཆེན” མི་དམངས་ཚོགས་ཁང་ཆེན་མོ་ནས་བསྡུས། ཐུའུ་ཡོའུ་ཡོའུ་ཡིས་རྒྱལ་ཁབ་ཀྱི་ཆེས་མཐོའི་ཚན་རིག་ལག་རྩལ་བྱ་དགའ་བླངས། ཡིན་ནའང་བྱ་དགའ་བླངས་རྗེས་གསར་འགྱུར་ཁང་ཚང་མས་ཐུའུ་ཡོའུ་ཡོའུ་ཡི་གྲིབ་མ་ཙམ་ཡང་མ་མཐོང་། ཨ་ནེ་བགྲེས་མོ་ལགས་

ཀུན་གྱིས་ཉམས་མ་བཞག་པའི་བབ་དང་བསྟུན་ནས་མི་ཚོགས་དང་འབྲེལ་ནས་ཕེབས་འདུག

ལོ་དེར་ཀྲུང་གོའི་ཚན་རིག་གླིང་གི་རྒྱལ་ཁབ་གནམ་རིག་ཁང་གིས་རྒྱལ་སྤྱིའི་གནམ་རིག་ཨུ་ཡོན་ཚོགས་པའི་རྒྱ་སྐར་ཚན་ཆུང་གི་ཨུ་ཡོན་ཚོགས་པའི་གྲོས་བསྡུར་བརྒྱུད་དེ། ཐུའུ་ཡོའུ་ཡོའུ་ཡིས་གཙོས་པའི་མི་སྣ་ལྔ་ལ་ཀྲུང་གོའི་ཚན་རིག་པའི་མིང་ཐོག་ནས་རྒྱུ་སྐར་ལྔ་ཞེས་པའི་མཚན་སྙན་ཕུལ། ཨང་རྟགས31230ནི་རྒྱུ་སྐར་ཆུང་ཆུང་“སྐར་མ་ཐུའུ་ཡོའུ་ཡོའུ”ཞེས་པའི་མིང་དུ་གསོལ། ཡིན་ནའང་འདི་འདྲའི་གཟབ་རྒྱས་ཀྱི་མཛད་སྒོ་ལ་ཐུའུ་ཡོའུ་ཡོའུ་མ་ཞུགས་པར་དགོངས་ཞུ་བྱས། ཚན་རིག་པའི་སྐར་མ་དཀྱུང་སྔོན་གནམ་ན་འཚེར་ཞིང་མི་རྣམས་ཀྱི་ཡིད་དབང་འཕྲོག་བཞིན་མཆིས་ནའང་། ཐུའུ་ཡོའུ་ཡོའུ་ཡི་སེམས་སུ་ཚན་རིག་པ་ནི་སྐར་ཆེན་ཞིག་མིན་པས། ཚན་རིག་པའི་གར་སྐྱེགས་ལ་གློག་གཞུའི་འོད་སྣང་མི་དགོས……

ཉིས་སྟོང་བཅོ་བརྒྱད་ལོའི་ཟླ་བཅུ་གཉིས་པའི་ཚེས་བཅོ་བརྒྱད་ཉིན། ཚང་མས་བཅོས་སྒྱུར་སྒོ་འབྱེད་ཀྱི་ལོ་ངོ་བཞི་བཅུའི་ཚོགས་ཆེན་ལ་རྗེས་འབྲེལ་ཞུ་བཞིན་མཆིས། ཐུའུ་ཡོའུ་ཡོའུ་ནི་ཀྲུང་ལུགས་གསོ་རིག་ཚན་རིག་གསར་གཏོད་ཀྱི་ཕུལ་བྱུང་འཐུས་ཚབ་པ་ཡིན་པས། "བཅོས་སྒྱུར་གྱི་གདོང་ལེན་པ" ཞེས་པའི་མཚན་སྙན་ཕུལ། རྒྱལ་ཡོངས་ཀྱི་མི་རྣམས་ལ་སེམས་འགུལ་ཐེབས་པ་ཞིག་ལ། བྱ་དགའ་འབུལ་བའི་མཛད་སྒོའི་སྟེང་ཐུའུ་ཡོའུ་ཡོའུ་དང་མཉམ་དུ་གཟི་བརྗིད་ལྡན་པའི་བྱ་དགའ་འདི་ཐོབ་མཁན "ལེ་ཧྥིན་སྙིང་སྟོབས" ཀྱི་ཕུལ་བྱུང་རྒྱུན་འཛིན་པ་ཧོའོ་མེན་ཡེ་དང་། ལོ་ན་བརྒྱད་ཅུ་གྱ་བརྒྱད་ལ་སོན་པའི་ཐུའུ་ཡོའུ་ཡོའུ་བཅས་སླེབས་ཤིང་། ལྷོད་མོ་པ་རྣམ་པ་དང་དྲ་གྲོགས་རྣམས་ཀྱིས་དྲ་ངོར་ཡི་གེ་འདི་ལྟར་བྲིས་ཡོད།

"སྣང་ཚུལ་དེར་བལྟས་ནས་ཤིན་ཏུ་དུ་སྙིང་བྱུང་།"

"ཇི་འདྲའི་བྱམས་སེམས་ལྡན་པའི་མི་ཞིག་ཨང་།

ཅེ་འདྲའི་བབ་ཆགས་ཀྱི་ཚན་རིག་པ་ཞིག་རེད་ཨང་།”

“ཀོའོ་མེན་ཡེ་ཡི་བྱམས་བརྩེ་ལྡན་པའི་སྐྱོད་སྟངས་ཀྱིས། མི་ཚང་མས་ཚན་རིག་པར་བརྩི་བཀུར་བྱེད་པ་མཚོན……”

ཉིས་སྟོང་བཅུ་དགུ་ལོའི་དཔྱིད་གསར་དུས་ཆེན་གྱི་སྐབས་སུ། གསར་འགྱུར་གསར་བ་ཞིག་གིས་ཡང་བསྐྱར་འཛམ་གླིང་ཡོངས་ཀྱི་མིག་དབང་འཁྲོགས། དེ་ནི་དབྱིན་ཇིའིBBCཡིས “དུས་རབས་ཉི་ཤུའི་རླབས་ཆེ་བའི་ཚན་རིག་པ” ཞེས་པའི་འདེམས་བྱའི་མི་སྣའི་གྲས་སུ་ཀྲུང་གོའི་ཚན་རིག་པ་ཐུའུ་ཡོའུ་ཡོའུ་ནི་ཀླུམ་ཅེ་ལི་དང་ཨེ་དབྱིན་སི་ཐན། ཨེ་ལོན་ཐོའུ་ལིན་གསུམ་དང་མཉམ་པོར་བཀྲང་ཡོད།

མཚན་སྙན་མང་པོ་ཆར་བ་བཞིན་བབས་ནའང་། ཐུའུ་ཡོའུ་ཡོའུ་ཞེས་པའི་ཨ་ནེ་བགྲེས་མོ་ཁོང་གིས་འཚོལ་ཞིབ་ཀྱི་གོམས་འཚམས་བཞག་མྱོང་མེད། མོས་ཚན་རིག་པའི་དཔུང་སྡེ་ཁྲིད་ནས་མུ་མཐུད་དུ་ཀྲུང་གོའི་གསོ་རིག

གི་ལམ་ཆེན་གསར་བར་བསྐྱོད་ཅིང་མཆིས།……

ཉིས་སྟོང་བཅུ་དགུ་ལོའི་དབྱར་ཁའི་སྐབས་སུ། མི་རྣམས་ཧང་སངས་པར་བྱེད་པའི་གནས་ཚུལ་ཞིག་བསྒྲགས་ཤིང་། དེ་ནི་ཐུའུ་ཡོའུ་ཡོའུ་ཡིས་དཔྱང་སྡེ་ཡིས་ཚན་རིག་གི་གྲུབ་འབྲས་གསར་བ་ཞིག་རྙེད་བྱུང་།

དོན་དངོས་གྲུབ་འབྲས་གསར་བ་ཅི་ཞིག་ཡིན་ནམ།

སྐབས་བདེ་ཡིས་བཤད་ན། འདར་ནད་ནི་སྔར་བཞིན་འཛམ་གླིང་སྟེང་ཚེ་སྲོག་ལ་འཚེ་བའི་ནད་རྒྱུ་གཙོ་བོ་གཅིག་ཡིན། ཆིན་ཧོའོ་ཉིང་འབྲས་ཀྱི་ཟུང་འབྲེལ་བཅོས་ཐབས་ནི་འཛམ་གླིང་ནས་འདར་ནད་ཀྱི་གཉེན་པོ་གལ་ཆེས་སུ་གྱུར་ཡོད། ཆིན་ཧོའོ་ཉིང་འབྲས་ཀྱི་སྤྱོད་རྒྱ་ཆེ་རུ་ཕྱིན་པ་དང་བསྟུན་ནས། ས་ཆ་ལ་ལར་འདར་རྒྱུའི་སྲིན་བུས་འགོག་སྨན་རང་བཞིན་ཐོན་གྲུབ་བྱུས་མོད་སྨན་བཅོས་ཀྱི་གྲུབ་འབྲས་བསམ་ཐོག་ལྷུར་བྱུང་བ་ཞིག་མིན།

ཚན་རིག་ལ་རྒྱལ་མཚམས་མེད། ཚན་རིག་པའི་བྱམས་སེམས་ལ་རྒྱལ་མཚམས་ཀྱི་ཕྱོགས་རིས་མེད། དུས་སྔ་མོ་ཞིག་ནས་ཀྲུང་གོ་ནས་འདར་ནད་མེད་པར་བཟོས་ཡོད་ནའང་། ཐུའུ་ཡོའུ་ཡོའུ་ཡིས་གཙོས་པའི་ཁོང་གི་སྨན་བྱེད་དཔུང་སྡེ་ཡིས་ལོ་མང་པོར་འཚོལ་ཞིབ་བྱས་པའི་འབྲས་བུར། གཞི་ནས "འདར་ནད་སྐྱེ་ལུགས་ཞིབ་འཇུག" "འགོག་སྨན་རང་བཞིན་གྲུབ་ཚུལ" "སྨན་བཅོས་བྱེད་ཐབས་སྐོམས་སྣང་ས" སོགས་ཀྱི་ཐད་ནས་གྲུབ་འབྲས་གསར་བ་བླངས། འདར་ནད་ཀྱིས་གནོད་འཚེ་དར་བའི་རྒྱལ་ཁབ་དང་ས་ཆ་ཁག་ནས "ཆིན་ཧའོ་ཡི་འགོག་སྨན་རང་བཞིན" སྤེལ་ནས་སྨན་བཅོས་དངོས་ཀྱི་བྱ་བར་ཞུགས།

འཛམ་གླིང་འཕྲོད་བསྟེན་རྩ་འཛུགས་ཚོགས་པའི་འཛམ་གླིང་འདར་ནད་ལས་གཞིའི་ཀྲུའུ་རིན་པེ་ཏེ་ལོ་ཨ་ལུང་སོའུ་ཡིས "མིག་སྔའི་བར་དུ། ཆིན་ཧའོ་ཉིང་འབྲས་མཉམ་ལས་སྨན་བཅོས་བྱས་པའི་ནད་པ་དུང་

ཁྱུར་བཙུ་ལྷག་ལ་བུད། ཐུའུ་ཡོའུ་ཡོའུ་ཡིས་གསོས་པའི་ཚོགས་པས་འདར་ནད་འགོག་བཅོས་ཀྱི་ཞིབ་འཇུག་ཐད་བརྟོན་པའི་མཛད་རྗེས་ཁྱད་པར་དུ་འཕགས་པ་དང་། བྱས་པ་གཞལ་བར་དཀའ” ཞེས་དཔྱད་བརྗོད་སྩལ།

ཆབས་ཅིག་ཐུའུ་ཡོའུ་ཡོའུ་ཡི་ཚོགས་པས་ཧྲོང་ཆིན་ཆིན་ཧོའོ་ཉིང་འབྲང་ལ་བརྟེན་ནས་སྨན་བཅོས་བྱས་ཏེ་ཚད་མཐོའི་གཤིས་འགྱུར་རང་བཞིན་གྱི་ཁྲ་ཐིག་ནད་ལ་གྲུབ་འབྲས་ཆེན་པོ་བླངས། གསར་འགོད་པ་དང་མི་མང་གིས་གནས་ཚུལ་འདི་ཤེས་ནས་ཁྱབ་སྒྲོག་བྱེད་སྐབས། ཐུའུ་ཡོའུ་ཡོའུ་ཡིས་སྔར་བཞིན་ལྷོད་བག་གིས་ཚན་རིག་པའི་གཟབ་ནན་གྱི་ལྟ་ཚུལ་བཟུང་སྟེ “ཆིན་ཧོའོ་ལ་བརྟེན་ནས་ཁྲ་ཐིག་ནད་བཅོས་ཆེ་གྲུབ་འབྲས་མངོན་གསལ་བྱུང་བས། ང་ཚོའང་ཚོད་ལྟ་ལེགས་འགྲུབ་བྱུང་བ་ལ་དགའ་སྤྲོས་ཤིངས་བྱུང” ཞེས་བཤད།

ཐུའུ་ཡོའུ་ཡོའུ་ཆུང་དུའི་སྐབས། ཨ་ཕ་དང་ཨ་མྱེས་ཀྱིས་མོ་ལ་གནའ་བོའི་མཚན་ཉིད་སྨྲ་བ་ཁྲུང་ཙེ་ཡིས་ལེགས་བཤད་ཅིག་བཤད་སྦྱོང་སྟེ། "ཚེ་ལ་མཐའ་ཡོད་ཀྱང་། ཤེས་བྱར་མཐའ་མེད" ཅེས་པའོ། །དོན་ནི་ཚེ་སྲོག་ལ་ཚད་བཀག་ཡོད་པ་དང་། འཛིག་རྟེན་གྱི་ཤེས་བྱའི་གནས་ལ་མཐའ་མེད་ཅེས་པའི་དོན་ཡིན། དེ་བས་ཐུའུ་ཡོའུ་ཡོའུ་ནི་སྲོལ་རྒྱུན་གྱི་ཀྲུང་ལུགས་གསོ་རིག་གི་ཁྱབ་ཁོངས་ཡིན་ནའང་འདྲ། ལྗང་མདོག་གི་སྨུ་མཐའ་མེད་པའི་རང་བྱུང་ཁམས་དང་འཛིག་རྟེན་ཁམས་ཡིན་ནའང་འདྲ། དེ་ལ་གསང་བ་བགྲང་དུ་མེད་པ་ཞིག་ཡོད་པས་མི་རྣམས་ཀྱིས་གསར་རྟོགས་དང་གསར་རྙེད་བྱུང་བར་རེ་བསྒུག་བྱས་ཡོད།

ཉིས་སྟོང་བཅུ་དགུ་ལོའི་ཟླ་དགུ་པའི་ཚེས་ཉེར་དགུ་ཡིན། ཀྲུང་ཧྭ་མི་དམངས་སྤྱི་མཐུན་རྒྱལ་ཁབ་དབུ་བརྙེས་ནས་ལོ་འཁོར་བདུན་ཅུ་ལོན་པའི་རྟེན་འབྲེལ་དགའ་སྟོན་ཞུ་སྐབས། ཀྲུང་ཧྭ་མི་དམངས་སྤྱི་མཐུན་

རྒྱལ་ཁབ་ཀྱི་གཟི་བརྗིད་མཚོན་སྣེ་གནང་བའི་ཚོགས་ཆེན་མི་དམངས་ཚོགས་ཁང་ཆེན་མོར་གཟབ་རྒྱས་དང་འཚོགས་པ་དང་། རྒྱལ་ཁབ་ཀྱི་ཀྲུའུ་ཞི་ཞི་ཅིན་ཕིང་གིས་རྒྱལ་ཁབ་ལ་བྱས་རྗེས་ཆེ་ཞིང་རྒྱལ་ཁབ་ཀྱི་གཟི་བརྗིད་མཚོན་སྣེ་ཐོབ་མཁན་རྣམས་ལ་དངོས་སུ "སྤྱི་མཐུན་རྒྱལ་ཁབ་ཀྱི་གཟི་བརྗིད་དཔང་རྟགས" དང་། "མཛའ་མཐུན་དཔང་རྟགས" "རྒྱལ་ཁབ་ཀྱི་གཟི་བརྗིད་མཚོན་སྣེ" བཅས་ཀྱི་དཔང་ཡིག་གནང་། "སྤྱི་མཐུན་རྒྱལ་ཁབ་ཀྱི་གཟི་བརྗིད་དཔང་རྟགས" ཐོབ་མཁན་མི་བརྒྱད་ཡོད་ཅིང་། དེ་དག་ནི་ཡུའུ་མིན་དང་ཧྲིན་ཅི་ལན། སུང་ཙ་ཁྲིན། ལི་ཡེན་ཉིན། ཀྲང་ཧྥུའི་ཆིན། ཡོན་ལུང་ཕིན། ཧོང་ཝེའུ་ཧྭ། ཐུའུ་ཡོའུ་ཡོའུ་བཅས་ཡིན། ཐུའུ་ཡོའུ་ཡོའུ་ནི་རྒྱལ་ཡོངས་གསོ་རིག་འཕྲོད་བསྟེན་ཁྲབ་ཁོངས་ནས "སྤྱི་མཐུན་རྒྱལ་ཁབ་ཀྱི་གཟི་བརྗིད་དཔང་རྟགས" ཐོབ་མཁན་ཡིན།

"ཀྲུང་ལུགས་སྨན་རྫས་ཚན་རྩལ་གསར་གཏོད་

གྱི་ཕྱུལ་བྱུང་འཕྲུས་ཚབ་པ། ཆེན་རྩོལ་ཉིང་འབྲས་ཞིབ་འཇུག་གསར་རྗེད་པ། འདར་ནད་སྨན་བཅོས་གནད་གྲོལ་བྱེད་མཁན་ཁོང་གིས་ཡོ་ཆེ་དྲུག་ཙུའི་རིང་ལ་ཀྲུང་ལུགས་གསོ་རིག་གི་ཞིབ་འཇུག་ལག་ལེན་གནང་སྟེ། མིའི་རིགས་ཀྱི་བདེ་ཐང་བྱ་བཞག་ལ་བླ་ན་མེད་པའི་མཛད་རྗེས་བཞག”

བྱ་དགའི་ཤེས་ཚོག་ནི་དེ་ལྟར་སྐབས་བདེ་གོ་བདེ་ཞིག་ཡིན་ནའང་། ཚོག་འབྲུ་རེ་རེ་ཡི་རྒྱབ་ལྗོངས་ནི་ལོ་ན་དགུ་བཅུར་ཉེ་བའི་སྐྱེས་མ་ཚན་རིག་པ་ཁོང་གི་མི་ཚེའི་ལམ་བུའི་ཁྲོད་ཀྱི་ཀྱག་ཀྱོག་དང་དགའ་སྤྲོའི་ཁ་ཆར་ཡིན་ནོ། །

དཔེ་སྐྲུན་པ། ཨ་སྟགས་ཚེ་རིང་བཀྲ་ཤིས།

རྩོམ་སྒྲིག་འགན་འཁུར་པ། ཚེ་ཕྲུག་རྒྱལ། ཧ་མགྲིན་རྡོ་རྗེ། ཁྲིན་མེ། ལི་མེ།

ཐུའུ་ཡོའུ་ཡོའུ།

འཛམ་གླིང་ལ་ཤུགས་རྐྱེན་ཐེབས་པའི་ཀྲུང་གོའི་སྨོ་རྩྭ་ཚུང་ཚུང་ཞིག

ཞེའུ་ལུའུ་ཡིས་བརྩམས། བསོད་ནམས་ཚེ་རིང་གིས་བསྒྱུར།

སི་ཁྲོན་མི་རིགས་དཔེ་སྐྲུན་ཁང་གིས་བསྐྲུན་ནས་བཀྲམ།

2023ལོའི་ཟླ1པར་པར་གཞི་དང་པོ་བསྒྲིགས།

2023ལོའི་ཟླ1པར་པར་ཐེངས་དང་པོ་དཔར།

དེབ་ཚད། 130mm×185mm

དཔར་ཤོག 6.5

ཡིག་འབྲུ་སྟོང་། 75

དཔེ་རྟགས། ISBN 978-7-5733-1112-2

དཔེ་རིན་སྒོར། 28.00
